ende wære hie him
denne heah ofer heafde
geafon on gar secg him
murnende mod men ne cunnon secgan
soðe sele rædenne hæleð under heofenum
hwa þæm hlæste on feng.

.I.

ĐA wæs on burgum beowulf scyldinga leo
leod cyning longe þrage folcum gefræge
ge fæder ellor hwearf aldor of earde
oð þ him eft onwoc heah healf dene heold
þenden lifde gamol 7 guð reouw glæde scyl
dingas ðæm feower bearn forð gerimed in
worold wocun weoro da ræswa heoro gar 7
hroð gar 7 halga til hyrde ic þ elan cwen
heaðo scilfingas heals gebedda þa wæs hroð
gare here sped gyfen wiges weorð myd þ
him his wine magas georne hyrdon oðð þ
seo geog oð gewe?x mago driht micel h?
on mod bearn þ hea? weced hatan wolde

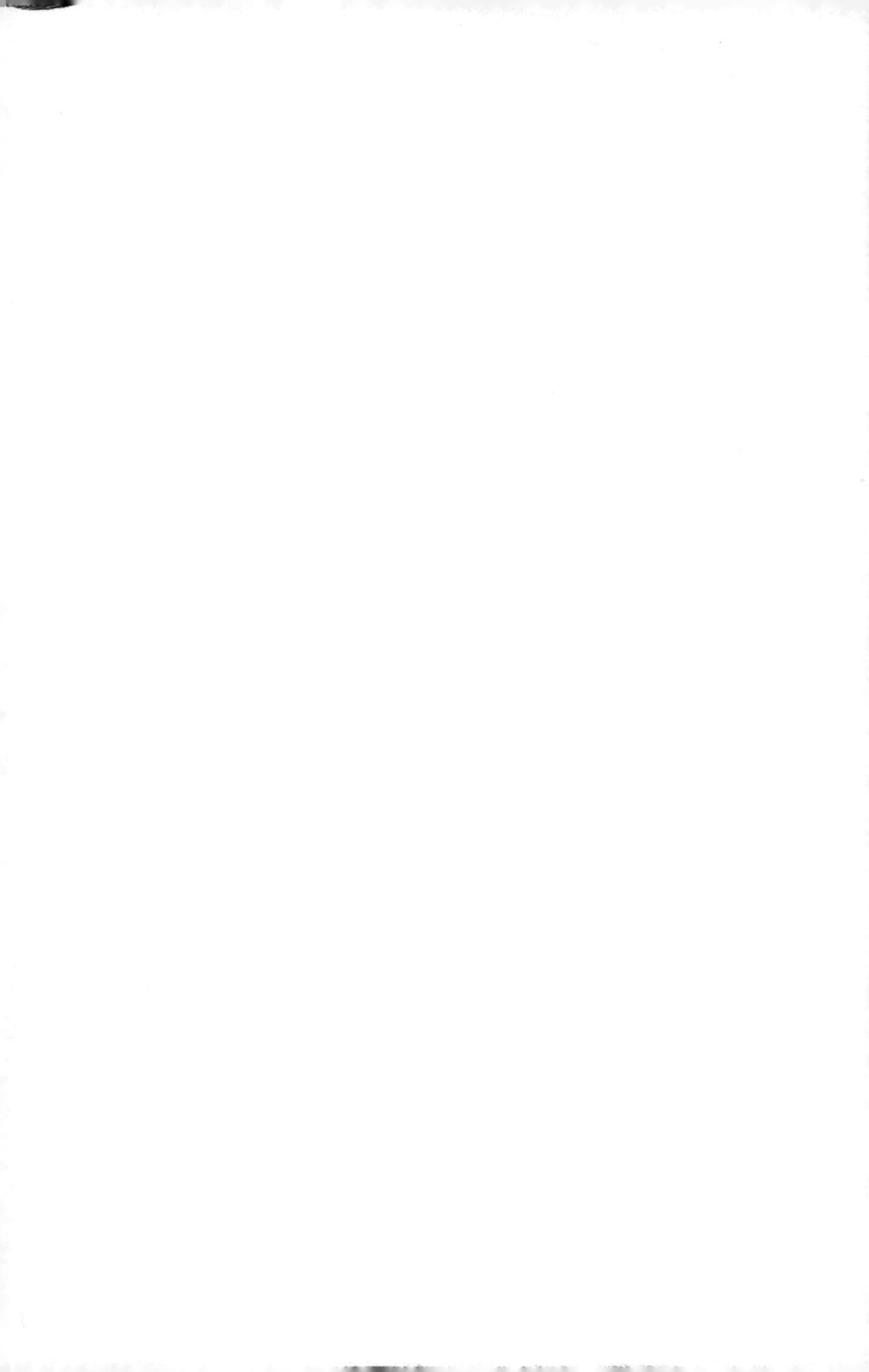

冯象作品

BEOWULF

贝奥武甫

古英语史诗

冯象 译注

浙江文艺出版社
Zhejiang Literature & Art Publishing House

图书在版编目(CIP)数据

贝奥武甫 / 冯象译注. —杭州：浙江文艺出版社，
2025. 1. — ISBN 978-7-5339-7707-8

Ⅰ. I561. 22

中国国家版本馆 CIP 数据核字第 2024JS6233 号

策划统筹	曹元勇
责任编辑	顾楚怡
营销编辑	耿德加　胡凤凡
校　　对	李子涵
责任印制	吴春娟
装帧设计	胡斌工作室
数字编辑	姜梦冉　诸婧琦

贝奥武甫
冯象　译注

出版发行	浙江文艺出版社
地　　址	杭州市环城北路 177 号
邮　　编	310003
电　　话	0571-85176953(总编办)
	0571-85152727(市场部)
印　　刷	上海盛通时代印刷有限公司
开　　本	850 毫米×1120 毫米　1/32
字　　数	230 千字
印　　张	11
插　　页	4
版　　次	2025 年 1 月第 1 版
印　　次	2025 年 1 月第 1 次印刷
书　　号	ISBN 978-7-5339-7707-8
定　　价	148. 00 元(珍藏版)

献给

父母

Wyrd oft nereð

  unfægne eorl

þonne his ellen deah

目 次

增订版缀言

《贝奥武甫》初版的译注，大约始于一九八七年秋，八九年春完成，次年元月定稿付梓。那段时间挺忙，一边作博士论文，一边翻译史诗，还给旅美学人办的《九州学刊》供稿，写一组论中世纪文学的书评。第一篇《他选择了上帝的光明》，评耶鲁英文系罗宾逊教授的新著（如今已是"贝学"经典）《贝奥武甫与司位文体》，日期作八七年九月，正是为译注做的准备。现在想想，年轻的时候，真是精力充沛。

一九九二年暑假回国调研探亲，在上海与同学聚会。有位淘古董的老友跟我说，他囤了二十本《贝奥武甫》。我问有何道理。他说，看版权页，这书只印了三千册，现在严重缺纸，不会重印了。将来市面上价钱肯定大涨。一晃三十年过去，想必老友的预言没错。

初版的装帧简朴大方，我蛮喜欢。还有一个属于个人偏好的理由：书是铅字排版的，笔画的粗细，字距跟标点的疏密，看上去比电脑排的舒服。这事可能多数读者不会留意，但我对色彩线条的细微变化比较敏感，小时候爱画画，养成的习惯。书刊何时全部变成电脑排版的，记不得了，网上说是一九九三年。前一阵子有则新闻，复旦还是哪一所大学，一老教授去世后藏书没地方搁，堆在弄堂口，让路人随意拿，然后就论斤卖了。我估计，再过三十年，存世的铅字版书籍，散落民间的就不多了。所以最后，这书的初版可能真有点收藏价值呢。

此次增订，书的大结构未变。原以为两三个月即可竣事，做起来才发现远远不够，因为很多资料得重新查阅（当然温书也是乐趣）。这样，从去年八月起，史诗的译文从头至尾修改了三遍；注评扩充了四倍，覆盖所有重要的校补、异文异读、神话典故、历史背景、沙迦传说同疑难诗句的解读。五个附录（《血战费恩堡》残卷、贝学小辞典、重构大事年表、人名族名地名表和三国王室谱系）皆有订正或重写。参考书目也拉长了，方便有兴趣的读者检索；前言则换成一篇追忆师恩的文章（代序）。

初版文字的电脑输入，是内子的功劳。她还站在普通读者的角度，提了不少修改建议。其中有一条未能完全采纳，就是补一篇论述史诗的长文。其实已经写了，但不太满意，觉得阐释过细，像烦琐的专业论文，便拆散了放在注评里了。希望这样注评会变得更有趣些。

现代西方的许多思想同社会文化观念，主流宗教和政法制度，根子在中世纪而非希腊罗马。盎格鲁－撒克逊英国（449~1066）的文学遗产，便是西方中世纪的一个重要传统。这一领域在中国仍是冷门，关注和研究不多。有历史的原因，不赘述了。但《贝奥武甫》是个例外，在 Z 世代（网生代）中间知名度颇高。这个我原先不知道，是回国服务以后学生告诉我的。他们都看过一位名叫"贝奥武夫"的中洲英雄的连环漫画和数码电影，或者打过他搏巨魔屠火龙的电子游戏。

今天是世界读书日。读书写书是我的工作。然而我想，若是可以年轻"五十个冬天"，恐怕也会忍不住看一天动漫、体验会儿电游吧——如果人必须去到那儿才能破解魔咒，寻出金环的宝藏，如老托尔金那样，流连忘返在少年人的心里面，那一片古剑与火龙的故乡。

二〇二三年四月二十三日于铁盆斋

译经典·写时代·忆师恩
（代序）

去年六月，译经收尾，圣录（kethuvim）的后半部分即五小卷、《但以理书》和后史（两记一志）终于完工。自二〇〇二年写《创世记》故事，开始译注摩西五经，屈指算来，恰好做了二十年。

本想趁热打铁，写一组文章，研究圣录诸篇的。内子道：还是先把《贝奥武甫》修订了吧，读者催问好久了。这个顺序也有道理，按照做学问先难后易的原则。记得钱默存先生有言，文字工作，编大部头教材简单，论文次之；注释稍难，但遇上拦路虎，尚可不注或作"待考"；最难的是翻译，连一个字都逃不过去。当然他说的是认真的翻译。

于是把《贝奥武甫》的几种新老注本翻出来，读了一遍，顺带温习了相关历史文献。觉得译文可修订处不少，有些表达和专名需要重新斟酌，注评部分则应大大扩充。这里面有一个缘故。八十年代，经外文所好友申慧辉介绍，同北京三联沈昌文先生联系出书的时候，国内出版业还很困难，纸张紧缺。从前著书也不兴添许多注释，跟现在不一样。所以我注评只写了一百一十五条，沈先生照单全收，已经打破惯例了。

古英语史诗《贝奥武甫》是英国文学的开山鼻祖，益格鲁-撒克逊文明的第一座丰碑,位列欧洲中世纪四大史诗之首(其余三部是《罗兰之歌》《尼伯龙之歌》《熙德之歌》),在英语世界,属于大学生中学生必读的经典。翻译经典,做好不容易;我的体会,是一辈子的事业。下面就说说这番事业的缘起和求学之路上的几位老师——都是几十年前的事了,这些天因为重读他们的著作,就一幕幕又回来眼前——尤其是我的博士导师班生(Larry D. Benson)先生,那"一颗幽默、洒脱又不失虔敬的灵魂"(《先知书》前言)。

*

　　我是六八届初中生,"老三届"的尾巴,只念了一年书就"文革"了。下乡去到云南"插队落户",自学外语,当了中学教师。回想起来,少年不更事,却也不太怕艰苦和病痛,适应力强。要是成年人,感受就不同了。比如干部知识分子下干校锻炼,后来"伤痕文学"血泪控诉的很多。可我们当时看他们,好羡慕。拿着工资吃国家粮,盖一排宿舍,开两片荒地,栽点庄稼,养几头猪。没干两年又回城去了,而我们知青是要"扎根边疆一辈子"的。

　　主要是精神上苦闷。一九七〇年,大学开始招收工农兵学员。但我是无资格的,因为是"黑九类"家庭出身,归于"可以教育好的子女"之列。调动工作呢,也不可能。边境一线地区往内地调,是一刀切不批准的。我争取过。云南人民广播电台发了调令,商调我去电台做英语教学节目——七二年二月尼克松访华之后,全国掀起了学外语的热潮。可是县教育局的领导说:别来缠我。你白天白说,晚上瞎说,不合政策

（见《以赛亚之歌·罗嘎》）。路都堵上了，怎么办呢？只好咬咬牙，打持久战了，自己定一个奋斗目标：译一部西方经典，再写一本书，给那"天翻地覆"的大时代留个记录。课本里不是有一句马克思语录：外语是人生斗争的武器？

多年以后，大约是到港大教书，常回内地讲学，有了比较，九十年代了我才意识到，人就是那样：有时候落入逆境，无望了，反而葩培育并立定一个理想。

这两项任务，译经典跟写时代，需要读很多的书，外国的书。渐渐地，对书里面各种思想追根溯源，就碰上了古典语言和中世纪文学。

"文革"后期，搞"评法批儒"。家父同胡曲园先生（复旦哲学系主任）被叫去外滩的总工会大楼（原交通银行大楼），帮工人理论小组注释法家著作。这是他被打倒、"隔离审查"后，第一次获准回家居住，虽然仍须接受批判。那时我喜好译诗，选些古今诗词练习。家父遂请方重（芦浪）先生批改。方先生是上海外院英语系主任，译过陶渊明，功力很深。一行诗，一个长句，往往他改动一两个词，调整下顺序，品味就出来了。他是清华学堂毕业留美的，先入斯坦福跟一位名师塔特洛克（J. S. P. Tatlock）念乔叟，复转伯克利读博。后因不堪忍受种族歧视，又听闻北伐胜利，中国留学生兴奋莫名，便"决计提前归国"，放下了已成初稿的论文《十八世纪的英国文学与中国》（见先生自述《求学年代漫笔》）。

乔叟（约1343～1400），史称"英诗之父"。但方先生译《坎特伯雷故事集》和《特罗勒斯与克丽西德》，用了散文。我对照原文读了疑寻思，能否再现乔叟的诗律风格呢？然而并没有写信去求教，原因忘了，或是怕讨论方先生种的"毒草"，被人发现不好。但也可能是心有旁骛，兴趣转向拉丁语了（用一本苏联教材，我在福州路旧书店两毛钱淘来的）。

这个以诗译诗的实践性问题，后来同杨周翰先生聊过。杨先生说，他在西南联大时曾以维吉尔史诗《埃尼阿斯记》卷六试验译法。感到新诗格律尚未成熟，近体诗跟七古又音节太少，容纳不了原文的六音步节奏。遂决定放弃诗体，故五六十年代译奥维德《变形记》与贺拉斯《诗艺》，皆以散文出之（参《埃尼阿斯记》译本序）。

前两天，仿佛是天意，友人石君惠赐北京外院学报《西方语文》的创刊号电子版（1957），内中恰有杨先生一文，评方先生译乔叟《坎》《特》二书。商榷一些译法的同时，肯定了散文译诗以应急的"明智"，说至少保证了忠实，间或也能传达原著"极其微妙"的幽默。言下之意，还是期盼有诗体的汉译再现乔叟"音乐性很强，明朗流畅，毫不费力，自然而生动的风格"，一如卞之琳先生译《哈姆雷特》（同期有吴兴华先生评卞译）。这篇书评，杨先生六卷《作品集》未收，算是佚文，对我来说格外珍贵。

言归正传。真正转到乔叟和中世纪文学，是考上北大西语系以后。一九八二年二月入学，但那个学年导师系主任李赋宁先生在耶鲁访问，我便开始学希腊语，向杨业治（禹功）先生请教。老先生是家父母三十年代在清华念书时的德文老师，所以是我的太老师了。他也是清华毕业拿庚子赔款留美的，在哈佛读的硕士，继而游学海德堡四年。日耳曼学和古典语文之外，还精通西洋乐理，主编《德汉词典》，造诣极高。他译的奥地利音乐学家汉斯立克《论音乐的美》，听上海音乐学院的朋友说，是他们的考试必读，影响很大。巧的是，他和方先生一样，也译过陶渊明（汉译德）。我上燕东园太老师家聊天，谈到中世纪史诗，他说，当年哈佛英文系有位百科全书式的学者基特里奇（George Kittredge），讲授《贝奥武甫》是一绝，你可读一读。

《贝奥武甫》我看过现代英语译本，对故事情节和英雄搏怪、屠龙夺金一类神话母题略知一二。现在听了太老师谈论古日耳曼英雄社会跟北欧（古冰岛语）沙迦，再读便感受到了史诗的深沉、反讽与悲思。于是想学古英语了。

五六月间，李先生从美国回来了，得知我的兴趣在中世纪，十分高兴。原来他早年留学耶鲁，就是专攻这一段，博士论文是研究一部有名的十四世纪抄本，大英图书馆 MS Harley 2253（含中古英语、诺曼法语和拉丁语诗文，习称 Harley Lyrics），编注其中的政治讽刺诗。导师为语文学家梅纳（Robert Menner）和乔学家兼《贝奥武甫》译者唐纳逊（Talbot Donaldson）。但写到一半，新中国成立了，先生到纽约华美协进社（China Institute）拜谒梅贻琦校长，梅校长鼓励他回清华任教，他便辍笔踏上了归途（见先生回忆录《人生历程》，页98，102）。

先生送我两本书：牛津版《乔叟研究目录》和斯威特《古英语入门》。让我先熟悉一下"乔学"各领域的进展，为论文选题做准备。然后从秋季开始，每周两晚，到蔚秀园先生家中学古英语。古英语方面，则自己阅读乔叟（代表伦敦方言）和各地方言文献，对照法国学者莫斯的经典《中古英语手册》，写读书报告与先生讨论（详见《木腿正义·蜜与蜡的回忆》）。论文方向便定为乔叟的诗律。这个语文学训练法，加上西语系别的课程（如外教开的莎士比亚、杨周翰先生的十七世纪英国文学），挺适合我的。北大两年半，李先生为我打好了古英语和乔学基础。

不过研究中世纪文学，当时国内书刊很少。论文涉及的好些资料，包括乔学新著、古法语骑士传奇和普罗旺斯／奥克语（Occitan）游吟歌手的集子，都是我向外教波士夫人求助，她从法国寄来的（参见《圣诗撷英・众神宁静》）。其中有一本学者常引用的《乔叟与法国传统》，后来才知道，作者慕斯卡金（Charles Muscatine）是我的博士导师的导师。

*

一九八四年，由李先生、杨周翰先生和教拉丁语的法国专家贝尔娜小姐推荐，我上了哈佛英文系，导师即系主任班生先生。

班先生是中世纪文学和乔学大家，当时正在编他的河畔版《乔叟全集》。报到那天，他各方面考问一遍，读过哪些书云云，见我已有语文学和诗律的基础，就让我跳过入门课程，直接跟副导师百老汇剧作家阿尔弗雷德（William Alfred）先生念《贝奥武甫》。并嘱我去侯敦（珍本善本）图书馆听老馆长邦德（William Bond）先生讲版本学，学一点中世纪抄本同古书的知识（详见《信与忘・理想的大学》）。鉴于中世纪文献拉丁语居多，又介绍我到古典系听课，选了塔朗特（Richard Tarrant）先生的奥维德《变形记》、齐奥科夫斯基（Jan Ziolkowski）的中古拉丁语戏剧。之后学习希伯来语，还听了库格尔（James Kugel）先生讲《圣经》和希伯来诗律。

班先生自己则给我一个人开一门"乔叟研究"，配一名助教,负责操作储存了乔叟作品全部抄本和词汇索引(glossarial concordance)的计算机。那时个人电脑还是稀罕物,不能联网,我们用的是詹姆斯楼(行为科学系)顶层一台硕大的计算机。就这样,在瓦伦屋(英文系小楼)的地下小教室里,局域网终端银屏闪闪,先生叼一支香烟,吞云吐雾,讨论起了乔叟:诸抄本的特点、方言词汇跟修辞风格,《坎特伯雷故事集》各篇的顺序、人物及历史背景,等等,都是编《全集》需要厘清的问题。得益于此种"活学活用,立竿见影,在'用'字上狠下功夫"的教学法,很快,我就定了论文选题,即古法语长诗《玫瑰传奇》的中古英语译本(格拉斯哥残卷)三片断中,乔叟手笔的真伪考。

这题目的好处,是与老先生们讨厌的新派理论无涉,纯是了结一场打了几个世纪的乔学官司。论文完成时,副导师皮尔索(Derek Pearsall)先生的《乔叟传》刚脱稿,他说:看了你的考证,我把书稿改了几处呢。皮先生是英国绅士,讲话机智而含蓄,不像美国人直统统的。

一九八七年春,过了博士资格考,得了空闲,便准备译《贝奥武甫》。向李先生汇报,先生非常支持,亲自致信沈昌文先生推荐出版。次年,杨周翰先生来杜克大学和全美人文中心(NHC)讲学,我把试译的章节寄去请教。杨先生回信多有指点,并说起他留学牛津,听托尔金(J. R. R. Tolkien)、冉恩(C. L. Wrenn)、刘易斯(C. S. Lewis)等大家讲授史诗和乔叟的情形。那是他病倒前留给我的最后的教诲(详见《以赛亚之歌·饮水思源》)。

选择移译《贝奥武甫》,很大程度上是受了阿尔弗雷德先生的感召。他不仅讲课精彩——"听他一堂课,学生绝对大脑充血、揉眼伸腰，一个个仿佛从电影院里出来"（《木腿正义》前言）——也是现代丛书《贝奥武甫》的译者；其散文译笔雍容华贵，既有节制又有诗意的发挥。故而解读上每有疑问，就找他请教。时而也上雅典路他的寓所喝下午茶，听他神聊，讲他如何开着坦克打到德国，一路上的陷阱、失误和运气，像"岁月缠身的老将怀念起少年时光"（《贝》2111）。阿先生是独身主义者，寓所常有演艺界人士和哈佛戏剧社的学生进进出出，洋溢着一种潇洒不羁的气氛。一九九九年他去世后，学生成立阿尔弗雷德学社，房子便捐给了学社，做"中世纪文学跟戏剧爱好者的家园"（参《创世记·石肩》《我是阿尔法·弁言》）。

阿先生是纽约人，爱尔兰裔，虔诚的天主教徒。他同教修辞学的爱尔兰诗人希尼（Seamus Heaney）交好，加上皮先生，三个人定期搞诗朗诵会，《贝奥武甫》是他们的保留节目。一天，希先生突然宣布，他也开始译古英语史诗了，要给爱尔兰的世仇盎格鲁-撒克逊人的"主歌手"换一副被压迫者的嗓门。他虽是著名的诗人（九五年获诺奖），却不善教课，只会念讲稿，学生昏昏欲睡。但这句话让我顿生敬意。希先生译得很慢，反复推敲，寻找一种冷峻而浑厚的带有爱尔兰音腔的语汇跟节奏。译本于九九年面世，颇受读者喜爱。

*

我上北大的时候觉得很幸运，赶上了末班车，老先生大多还健在。现在想想，八十年代的哈佛何尝不是末班车呢？班先生他们那代人过去，大学自治而自律的人文传统便衰落了，连同承载它的伦理人格。如今的校园,官僚化功利化了;而且凡事讲求政治正确,禁忌林立——诚然历史地看,也有其合理性(或如黑格尔所言, was wirklich ist, das ist vernünftig)——班先生假若年纪四十岁,光凭他自嘲的那个"不可救药的共和党"身份,就保不住被轰出课堂。

先生是南方人,亚利桑那州的儿子。大学毕业入伍,到海军陆战队服役四年(另说高中毕业参军五年,见哈佛文理学院纪念文告),其中一年在朝鲜战场。所以他是跟志愿军交过手的老兵。但这段经历他从来不提,是同学私下说的。复员后,进伯克利英文系,跟慕斯卡金读博士。我问过先生,慕斯卡金这个姓,是哪里人。先生说,他是纽约的俄裔犹太人,耶鲁英文系破纪录的第一个犹太学生。二战爆发,报名当了海军,曾参加 D-Day 诺曼底登陆。我上了耶鲁法学院才知道,他还是美国宪法史和加州公立教育史上留名的人物。麦卡锡"红色恐慌"那会儿,迫害左翼人士,加州政府搞了个效忠宣誓。慕先生带头,有三十一位伯克利教师拒绝在宣誓书上签名,被开除公职。他随即提起宪法诉讼,历时三年,最后打赢了官司。伯克利许多教授声援他的正义事业,大学遂请他返校复职。终其一生,慕先生积极参与加州的教育改革与平权运动,并为此多次出庭做专家证人。乔学方面他的主要成就和传世之作,便是波士夫人寄赠的那本《乔叟与法国传统》。

班先生的副导师也很有名,是法国印象派大师雷诺阿的孙子,电影童星兼哈佛高才生,太平洋战场上的机枪手和"贝学"家,阿兰·雷诺阿(Alain Renoir)。有一次先生忆旧,说雷先生富有法国人的才情和表演天分,他的《贝奥武甫》课迷倒一大批学生。众人都说，这一表人才怎么落在英文系了？应该去好莱坞呀。

先生的博士论文，是探讨十四世纪中古英语头韵体长诗《加文爵士与绿骑士》的诗艺和寓意。显然论文深获好评，因为他一九五九年伯克利毕业即受聘于哈佛，从此再没有离开。

先生学问上的贡献，可分为三大块。一是乔叟，以《乔叟全集》（1987）和《乔叟词汇索引》（1993）为代表，造福于学林。二是亚瑟王传奇，从他的博士论文开始，校注古籍，考据源流，阐发新说，涵盖整个领域，包括中古英语分节体和头韵体《亚瑟之死》，马罗里爵士的散文《亚瑟之死》，以及十二世纪柯雷先（Chrétien de Troyes）的古法语亚瑟王系列。受惠于先生的教导，我对中世纪传奇也大感兴趣，从《圣杯传》《墨林》《哀生》《玫瑰传奇》到威尔士和爱尔兰的神话传说。这是后来我写亚瑟王与圆桌骑士故事集《玻璃岛》的因缘。

第三，便是《贝奥武甫》和古英语诗，先生有几篇开风气的论文，是各种贝学文萃必收的。最早一篇《盎格鲁-撒克逊程式化诗歌的文学特征》，在哈佛还留下了一段掌故。哈佛的民俗学和神话研究，肇始于首任英文讲席教授兼乔学先驱柴尔德（Francis Child）收集整理《英格兰与苏格兰民歌》八卷（1857~58）。后经柴氏的学生基特里奇（杨业治先生的老师）接力推进，到英文系的马公（Francis Magoun）、古典系的帕里（Milman Parry）和洛德（Albert Lord）手里，终于蔚为大观。现在好像归日耳曼文学系的米切尔（Stephen Mitchell）领衔。米老师八十年代尚是"青椒"（青年教师），教我们古冰岛语和北欧沙迦，一个小班，七八个人。

一九三四年，帕里带着他的学生洛德，到南斯拉夫偏远山区调查民谣，给民间歌手的演唱录音，总结出一套谣曲传唱的程式和相应的诗学。并由此设想，荷马史诗也遵循同样的传唱技法，起初并无固定文本。然而帕里英年早逝，没来得及阐发他的理论——三五年十二月，他到洛杉矶访岳母，在旅馆房间内遇难。警方称，他放在旅行箱里的手枪走火，击中心脏（但他女儿怀疑是他杀）——是马公支持洛德完成了帕里的未竟之业，并亲自出马，把这一理论拓展到古英语诗，认为《贝奥武甫》也是口传而非（寺院或宫廷）书写文化的产物。五六一年代，马公此说是显学。

班先生却逆流而上，论文开篇就点了马公和洛德的名。他的立论很巧，从翻译入手。传世的古英语诗，有相当部分译自拉丁语宗教文献。班先生用一连串例证说明，马公、洛德认定的判断即演唱的口传作品的标准，如押头韵的复合词和短语，套喻（kenning）用作衬词，诗句极少跨行（enjambement）等，在古英语译作中也大量存在。如果这些特点无法据以区分译作和原创，包括赞美诗、圣徒传、英雄歌谣，乃至《贝奥武甫》，则不管马公所倡导的"帕里-洛德理论"对荷马史诗的解释有效与否，对判定一首古英语诗是否口传，或即兴演唱的记录，是无意义的。因为那些译自拉丁语的宗教诗和寓言诗，例如《创世记》《出埃及记》《凤凰》，肯定是出自拉丁语娴熟的寺院僧侣和读书人之手，而非不识字的歌手之口。

一九六四年十二月，论文在现代语言协会（MLA）纽约年会上宣读，一石激起千层浪，学界开始重新认识《贝奥武甫》和古英语诗律。据说，马公有点不悦。之后，班先生即以此文和新著《加文爵士与绿骑士：艺术和传统》（1965）为代表作，申请终生教职(tenure)。而评审委员会的主席不是别个，正是英文系资深教授马公。这马老先生却不是象牙塔里的学究，他是第一次世界大战的王牌飞行员(flying ace)，战斗英雄。原来他哈佛本科毕业，恰逢战事紧张。他谎称自己是(英属自治领)加拿大人，到英国报名参加皇家空军，当了双翼机飞行员；不久便壮志凌云，取得击落敌机五架的辉煌战绩。战后回到哈佛，念语文学博士，留校任教，成了天才的基特里奇的接班人。老先生学问渊博，热衷于收集研究民谣童话。晚年自学芬兰语，翻译了芬兰史诗《英雄国》(*Kalevala*, 1963)。芬兰人大为感动，以国家最高荣誉给他授勋。他还是洛德的博士论文导师。所以班先生这篇论文，挑战了他们师生两个(英文系和古典系)大牌教授。

于是老英雄遇上了新问题：毙不毙这个亚利桑那州荒野边地冒出来的刺头？踌躇半天，忽然窗口吹进一股风，翻开了年轻人的履历表，亮出一行字，"海军陆战队……朝鲜战场"。他心底咯噔一下，"记起了自己的荣光"(mærþo gemunde)，一如丹麦老王对"蜂狼"贝奥武甫的殷殷属望(《贝》654以下)……

以上是哈佛老院(Harvard Yard)里的传说。

我上网检索了一下，马公一九六一年退休，班先生是六五年(据先生的文集《驳论集》编者序，则是六四年)升教授。如此，先生申请终生教职时，马公应该不会参与评审。当然，不排除委员会上有教授是马公一派，却秉持百家争鸣的原则，投了赞成票。没有不透风的墙，内幕流传出来，好事者附会到了马公身上。毕竟，人都愿意老英雄多一桩逸闻趣事。

*

　　如今班先生也成了传奇。他是二〇一五年二月逝世的，享年八十六。学生和同道的纪念文字，都提及他的不修边幅，办公室烟雾腾腾，书架上酒瓶站岗。那年头吸烟而非禁烟才是人权，所以他讲课能够一支烟一会儿当粉笔指点，一会儿又叼在口中。有几回叼颠倒了，过滤嘴朝外，手就伸进裤兜摸打火机。这时大伙儿的心就吊起来了，都想看他把烟嘴点燃的窘相。可他总是在最后一秒，把香烟翻转或者打火机又放回了兜里，弄的课堂里一片无声的叹息。

　　先生对八十年代兴起的理论潮不感兴趣。收到别人赠书，凡是后结构主义、女权主义之类，就塞到他认为"爱玩理论"的研究生的信箱里，封面贴一张黄字条："转赠不代表赞同"。

　　我们研究生最享受的，是周四下午的中世纪文学研讨会之前，他主持的聚餐。那是先生当系主任以后建立的制度，周四中午全体出动，从瓦伦屋走到麻省大道上的海豚饭店。通常是他起个头，讲两句现在属于政治不正确的冷笑话，然后大家七嘴八舌瞎聊。聊完吃饱，便折回瓦伦屋二楼会议室，人手一杯西班牙雪利酒，研讨会开始。主讲人是先生邀请的专家，包括加拿大、欧洲和日本来访的国际学者。也安排博士生讲自己的论文。我讲过两次，一次谈乔叟的译笔风格（即我的博二论文），一次讨论《贝奥武甫》诗人的异端思想。讲者言毕，先生便起身，一边评议或提问，一边给众人斟酒。他的脑筋似乎可以同时做两件事儿，学问饮酒两不误。

用一位现在明尼苏达大学任教的女同学的话说,那时节,每个周四"都是我们的卡米洛城和高荒伯古堡的欢宴"。卡米洛(Camelot)是亚瑟王同桂尼薇王后的都城,英勇的圆桌骑士的驻地;高荒伯(Bercilak de Hautdesert),即先生的博士论文及第一部专著研究的《加文爵士与绿骑士》里的古堡主人,莫甘娜仙姑(Morgne la Faye)的骑士——那绿袍绿马,玩砍头游戏的绿发巨人(参阅《玻璃岛·绿骑士》)。

先生是老派绅士。晚年,夫人得了帕金森病,他悉心照料了十年,从无一句怨言。这事我原先不知道,是皮先生的悼词披露的。皮先生来美之前,执教于英国约克大学,那里的中世纪研究中心是他创办的。荣休以后便回到约克的老屋;他也是夫人先走。前年,英国新冠最凶的时候,皮先生也走了,享年九十。

*

一九九二年六月,拙译《贝奥武甫》问世。我在耶鲁申请了一笔研究费回国调研,顺便探亲访友,包括拜访沈先生和《读书》诸女史,取样书。那是留学八年第一趟回国。返美后,到瓦伦屋看望班先生,给他送上新书。先生非常高兴,翻开书,口中便朗朗地把引子"麦束之子"希尔德的船葬,用古英语背诵了一遍,道:中国读者会怎么看呢,这样的异教英雄,异端传统? 他还记得周四研讨会我讲的题目呢。随后拿到隔壁办公室给贝特(W. Jackson Bate)先生看,说:杰克,《贝奥武甫》到了中国,是不是思想史上的一件功德呀? 贝先生是十八、十九世纪文学的权威,曾以思想史评传《济慈传》和《约翰生传》两次摘得普利策奖。

我心里仿佛被什么东西击中了。开车回家的路上，一个念头悄悄升起：也许于"思想史"而言，贡献可以再大些，试一试译注圣书？

于是十年过后，二〇〇二年春，开始了那另一件功德：译经。

二〇二〇年春节，希伯来圣经最具哲学思辨的部分《先知书》译注杀青。献辞是纪念班先生，引了他喜欢的《神曲·地狱篇》四章的两节：

Uscicci mai alcuno, o per suo merto
o per altrui, che poi fosse beato

请告诉我，老师，我启唇发问
极想确认那信仰可战胜
一切谬误：

可曾有谁，凭自己
或别人的功德
从这儿出去
再蒙福？

二〇二三年三月于铁盆斋

阿尔弗雷德（William Alfred）等［译］：《中世纪四大史诗》（*Medieval Epics: Beowulf, The Song of Roland, The Nibelungenlied, The Cid*），Modern Library，1963。

班生（Larry D. Benson）［主编］：《乔叟全集》（*The Riverside Chaucer*），Houghton Mifflin，1987；Oxford University Press，1988。

班生：《驳论集：从贝奥武甫到乔叟》（*Contradictions: From Beowulf to Chaucer*），Scholar Press，1995。

皮尔索（Derek Pearsall）：《乔叟传》（*The Life of Geoffrey Chaucer*），Blackwell，1992。

希尼（Seamus Heaney）［译］：《贝奥武甫》（*Beowulf: A New Verse Translation*），W. W. Norton，2000。

方重［译］：《乔叟文集》，上海译文出版社，1979。

李赋宁：《学习英语与从事英语工作的人生历程》，北京大学出版社，2005。

杨周翰［译］：《埃尼阿斯记》，人民文学出版社，1984。

冯象：《木腿正义》，增订版，北京大学出版社，2007。

冯象：《创世记》，修订版，生活·读书·新知三联书店，2012。

冯象：《玻璃岛》，第二版，生活·读书·新知三联书店，2013。

冯象：《以赛亚之歌》，生活·读书·新知三联书店，2017。

冯象：《圣诗撷英》，生活·读书·新知三联书店，2017。

冯象：《我是阿尔法：论法和人工智能》，牛津大学出版社，2018。

《先知书》，冯象译注，牛津大学出版社，2020。

故事梗概

上篇：鹿厅

《贝奥武甫》习称史诗，其歌吟而纪念而反思的是，英雄与民族之死这一古代日耳曼人最关心的问题。开头和结尾一对感人的"旱教"葬礼，托起了史诗前后呼应、插曲交织、充满隐喻象征的壮阔的叙事。

暴君海勒摩倒台之后，丹麦大乱，民不聊生。一天，大海上漂来一叶满载金银的小舟，舟里躺着一个襁褓裹起的婴儿，头枕一束麦穗。居民惊异，小心翼翼将他收养了。这"麦束之子"长大以后平定四方，为丹麦带来了王位的继嗣和数不清的贡物。他因此得了"希尔德"之名，意为（族人之）"盾"。

史诗的引子便是写他的海葬。跟来时一样，他的曲颈木舟又堆上了珍宝，他靠着桅杆，回波涛里去了。(1-52)

丹麦越发强盛，直至国王罗瑟迦称霸两海（北海和波罗的海），筑起"殿堂之冠"鹿厅。不料乐极生悲，欢宴上赞美上帝创世的歌声引来一头怪物葛婪代——是的，此处诗人让丹麦宫廷从北欧"众神的黄昏"穿越到了基督教时代——第一夜，鹿厅就被攫走三十名卫士。从此蜜酒席变为屠场，"地狱之魔"占了鹿厅 整整"十二个冬天"。(53-193)

大海北方（今瑞典南部），风族高特王赫依拉有一个外甥，魁伟勇武，一双铁掌"不下三十个人的力量"，人称"蜂狼"贝奥武甫。他听说丹麦有难，就命人造船，组织起一支十五人援军。经海岸哨长盘问和传令官引见，他来到罗瑟迦的宝座前，请求徒手与凶魔交锋。(194-455)

原来贝奥武甫的父亲当年杀人结了血仇，曾寻求罗瑟迦庇护：知恩图报，这才是英雄本色。却有一个宫廷辩士翁弗思"松开了挑衅的念头"，他从国王脚下起身，绘声绘色讲了一段"蜂狼"少时跟人比赛游泳，誓言落空的传闻。但贝奥武甫沉着应对，公布了当年浪里博怪的真相；辩士反受了一通奚落。(456-661)

晚宴结束，罗瑟迦率扈从撤离鹿厅，留下高特人守卫。半夜，葛婪代破门而入，战士们措手不及被他吞吃一人。但贝奥武甫的铁掌已经死死钳住仇敌的魔爪，一场激战，撕下了怪物的整条臂膀。(662-836)

清晨，兴高采烈的丹麦人顺着地上的血迹，攀上峭岩，找到了魔巢：一口翻滚着污血的深潭。回城路上，歌手唱起屠龙英雄西蒙和暴君海勒摩的故事。这段插曲暗示了"蜂狼"未来的命运：他将带给高特五十年和平，直至迎战一条守护黄金的火龙。(837-915)

罗瑟迦望着鹿厅的金顶下悬着的那只魔爪，赞不绝口，当下认了英雄为义子。赐礼的筵席上，歌手又唱了一段意味深长的历史即"费恩堡插曲"：半丹麦人的公主席尔白嫁给了弗里西王费恩。她没能"纺织和平"消弭宿怨，却在两国武士准备共庆新年的大厅里，在突然爆发的冲突中，接连失去了儿子、哥哥和丈夫。(916-1159)

王后薇色欧上殿敬酒，赠予贝奥武甫一件稀世珍宝大项圈，要他答应将来支持丹麦王子接班。可是大项圈似乎并非吉祥的礼物。诗人提醒说，东哥特勇士聪明的哈马，入"光明之城"交出珍宝，收获了"永恒的回报"；而高特王赫依拉将"因骄傲而撞上不幸"，戴着这只大项圈，血染弗里西人的土地。（1160-1231）

谁也没想到，夜宴未完，葛婪代的母亲已经挨近了鹿厅。丹麦人在梦乡里被她叼走了军师，罗瑟迦的第一爱将。国王悲恸欲绝，向贝奥武甫形容深潭之恐怖。英雄劝他"与其哀悼，毋宁复仇"。（1232-1396）

于是他俩率军寻到潭畔，发现了军师血淋淋的头颅。愤怒的风族战士弯弓射杀一条水怪。"蜂狼"穿上铠衣，发出誓言；辩士翁弗思借给他一把常胜的古剑。（1397-1491）

贝奥武甫刚沉到潭底，便被捕进了魔窟。古剑伤不了妖母，英雄反被摔倒在地。千钧一发之际，他翻身站起，抽出洞壁上挂着的一支神剑，劈了雌怪。接着他寻出葛婪代僵尸，砍下首级；神剑的"波纹雪刃"沾了滚烫的妖血，却熔化了。污血涌上水面，等待良久的丹麦人以为英雄殒命，便撤离了峭岩。但忠诚的高特战士坐着没动，一直等到首领胜利归来。（1492-1650）

罗瑟迦端详着"蜂狼"从潭底带回的神剑残柄，感慨万千：那鎏金的剑柄上刻着远古洪水灭巨人的记载。次日，又赐下十二件珍宝，提议两国息争缔和。并预言，除了贝奥武甫，"高特人绝无更佳的人选"接替赫依拉为王。（1651-1887）

满载礼品回到祖国，英雄向舅舅赫依拉汇报除怪经过。他提到罗瑟迦有一嫁女弭仇的计划，但判断不会成功。如同先前的席尔白公主,新娘将看着亲人一个个倒下;而鹿厅会跟费恩堡一样命运,逃不脱战火吞噬。他把罗瑟迦奖赏的宝物名骥都献给了舅舅,大项圈则送了慧德王后。骁悍的国王与贤惠的王后,让诗人想起另一对古代君主——坏公主佘力跟贤王奥法的故事。(1888-1962)

赫依拉大喜,将父王雷泽尔留下的宝剑,连同七千户采邑并一处单独的大厅赐了贝奥武甫。从此,再无人说起他早年的"懒散","蜂狼"赢得了贵族百姓的尊敬和爱戴。(1963-2199)

下篇:屠龙

赫依拉父子因为骄傲和不慎,先后战死,高特元气大伤。慧德王后"献上王国的财富和宝座",贝奥武甫做了君主。果然,"五十个冬天太平无事",直至一个逃亡奴隶探到龙穴的宝藏,拿走一只金觥,触怒了火龙。后者立刻向风族报复,口喷毒焰,遍地焚烧,摧毁了王宫和赐礼的宝座。人们不知道,那宝藏是古代绝灭了的一族勇士掩埋并诅咒了的,大蛇守护黄金,已经"三百个冬天"。(2200-2323)

平生第一次,白发苍苍的英雄胸中涌起黑暗的思绪。但他依然决定迎战火龙。他回想起当年鹿厅的壮举,以及舅舅殁后,如何辅佐幼主,保卫祖国。他叫人打造一面全铁的战盾,挑选十一名亲信扈从组成决死队;又命盗宝奴隶带路,做了"队伍的第十三人"。(2324-2416)

走到龙穴前的岩岬,老王回顾了外公兼抚养人雷泽尔的恩情和舅舅们的悲剧,高特同瑞典如何陷于争战,感到"命运

已近在咫尺"。他宣布，要跟恶龙一对一决斗，在生命的末日为人民夺取黄金。(2417-2537)

他扑向宝库赤焰熊熊的洞口；毒龙喷出烈火包围了老王。决死队害怕了，丢下扈从的义务，躲进树林——只有一人，贝奥武甫的亲戚威拉夫举起了圆盾。第二个回合，坚硬的龙头居然扮断了"蜂狼"的名剑。第三个回合，大蛇咬住了他的头颈；幸亏年轻的威拉夫及时冲上，刺穿了火龙的咽喉。老王拔出短刀，将大蛇拦腰斩断。(2538-2711)

英雄自知运数已尽，命威拉夫打开宝库，让他最后看一眼用生命赢来的黄金。他要高特人为他在"大海的肩胛"上筑一座高陵留作纪念；又解下项圈和盔甲，托付威拉夫接班。(2712-2820)

威拉夫怒斥了那十个背弃主公的逃兵，他们的族亲将为此而受罚流放。然而高特的灾难已经像乌云聚积在天际：北方的瑞典人跟南方的法兰克人一旦得知英雄的死讯，必将发兵报还宿仇。威拉夫派回后方营地报信的使者说，不久，高特的家园将由乌鸦、秃鹰同灰狼主宰。(2821-3029)

众人来到龙穴宝库，明白了古人植下的黄金的诅咒——虽然为时已晚。他们把大蛇的残尸推下绝壁，将老王和他赢得的宝藏一起载到鲸鱼崖顶举行火葬。(3030-3136)

尾声，又回到"异教"葬礼这一主题。现在，英雄之死标志的不是一个民族的兴起，而是它灭亡的开端。"庞大的死之火苏醒了"，葬礼上它是唯一跳着舞的战士。那么一座大厅，"骸骨的大厅"崩塌了。一如鹿厅的公主和费恩堡的王后，绝望的高特贵妇绑起了金发：一遍又一遍，她织不尽的哀歌。

然而,英雄的死又是他走进不死的诗,即化为史诗,美名远播而被世人铭记——十二位勇士骑上骏马,环绕大陵,唱出了对贝奥武甫最高的赞誉。(3137-3182)

贝奥武甫[*]

---

* 大英图书馆（原属大英博物馆）孤本（MS Cotton Vitellius A. xv）原文不分章、节、行，但有罗马数字标明长短不一、不尽合理的四十三章；可能是后人诵读或演唱的选段标记，非诗人本意。译文保留了各章分野，另加小标题，提示内容，并划分诗节，以利阅读。方括号[ ]表示抄本受损，有脱文，括号内文字系注家恢复；另读另解请参阅注评。圆括号( )内是为达意或避免误解而补缀的词语。

上　篇

引子：灵　船

听哪——
谁不知丹麦王公当年的荣耀
持矛的首领如何各逞英豪！

多少次，向敌军丛中
5　"麦束"之子希尔德夺来蜜酒宴的宝座
威镇众酋。他本是一个无助的
弃婴，却因此赢了后福：
飞云渺渺，他
一天天长大，受人敬重
10　直至鲸鱼之路四邻的部族
纷纷向他俯首纳贡：
　　　　　　　　好一个大王！

后来他得了一子，王位有了继嗣
神恩赐百姓的慰藉——
生命的三公
15　光荣之统帅

因见部落久无首领,屡遭灾祸
特意降下的惠泽:
希尔德之子"大麦"贝乌
名声鹊起,誉满北国。

20 [年轻]人侍奉父王左右
就应当品行端正,赏赐大方;
以便老来他有部下追随,战火临头
扈从与(首领)同在。
美名若此,一个人
25 无论去到哪个部族都能成就!

终于,"盾王"希尔德用尽了寿数
矍铄而终,回到主的怀抱。
战友们将他抬向海涛
遵照他
30 盾族人敬爱的国君和朋友
多年统治结束之际的亲口嘱托。
港口,等着一只曲颈的木舟
他们主公的灵船
遍被冰霜,行将远航。
35 他们把深受爱戴的王者放入船舱
让项圈赐主骄傲地靠着桅杆
四周堆起八方贡献的无数珍奇。
我从未听说
(世上的)战舰,哪一艘

40 用胄甲和刀剑装饰得这般漂亮！
　　人们在也胸前缀满珠宝,让它们随主人
　　落入洪流的臂膀,漂向远方——
　　没有奇骘部落的黄金
　　没有辜负,当初他褴褛中
45 只身从壑涛上来到(丹麦人中间)
　　满满一船的礼物。他们还在他头顶上
　　悬一面金线绣成的战旗
　　让浪花托起他,将他交还大海。
　　人们的心碎了。
50 大厅里的谋臣,乌云下的勇士
　　没有人知道,小舟
　　究竟驶向谁手。

一、鹿　厅

　　接着,"大麦"王收获了盾族的爱戴
　　一座座城堡,英名久长
55 各族颂扬——从父王永别家园
　　到(儿子)高贵的"半丹麦人"海夫丹
　　继位,统治光荣的希尔德子孙。
　　(海夫丹)劳兵到老,骁勇依旧
　　生有三子一女:"剑矛"海洛格
60 "胜利之矛"罗瑟迦
　　"好人"哈尔佳——
　　我听说[公兰做了奥]尼拉的王后

善战的崖族王的配偶。

末了,征战的胜利和荣光归了罗瑟迦
65　他得到扈从与族人衷心拥戴
越来越多的年轻战士
投奔到他帐下。霸业既兴
他萌发了一个心愿:
要(在丹麦)建一座蜜酒大厅
70　宏伟之极,让人的子孙永远传颂。
宝座前,他要向老将新兵
颁发神的全部赏赐
除了部落公地,人的生命。

于是,开工的命令下达各个部族
75　到处在传,那宫殿要全中洲协力装点。
很快——按人的速度——
便按时落成,一座殿堂之冠。
那号令四方的人给它起了名字:
"鹿厅"。
80　他说到做到,果然摆开宴席
分赐了项圈和珠宝。
　　　　　　　　大厅高高耸立
张开宽阔的山墙,它在等待
一场突袭,凶暴的火焰;
时间尚未到来,当利剑在翁婿之间
85　唤醒血仇,布下无情的屠宰。

这时，一头在黑地里逡巡的凶魔
再也按捺不住了。他无法忍受
鹿厅内日复一日的宴飨
悦耳的琴音，嘹亮的歌喉。

90　　原来，歌手唱的是
人的起源，全能者如何开天辟地
让水波环绕美丽的山野——
如此他一一数说：
是胜利之（王）安置日月

95　　做下土栖居者的明灯；
又点缀大荒，用青枝绿叶
每一种生命都是他创造——
那活着动着的一切。

就这样，勇士们竟日高歌
100　　欢声笑语，直至灾祸突然降临：
一头地狱般的顽敌！

这凶魔名叫葛婪代
有名的荒厉游魂
戚戚沮泽，是他的要塞。

105　　这东西从不知幸福
他借一族怪物的巢穴潜伏多年
做了造主严惩的该隐苗裔——
那（第一）枉血债，永恒之主能不追讨？

亚伯的凶手没赚得福报
110　被命数的报应者远远逐出了人群。
从该隐孳生出无数精灵魑魅
借尸还魂的厉鬼——还有巨人
他们与上帝抗争了许久
上帝给了他们应得的报酬。

二、葛棼代

115　夜幕降临,他来了!
他挨近巍峨的大厅,窥探
戴金环的丹麦人喝了麦芽酒
如何安顿。只见殿上酣睡着一队
高贵的战士,筵席散后
120　梦乡里哪晓得忧虑! 那无救的孽障
凶残之极,早已急不可耐;
他野性发作,一把从床上抓了
三十个卫士,背在肩头
转身便走,满载他的一餐屠戮
125　兴冲冲回到居处。

待到拂晓
葛棼代的暴行已不是秘密。
夜宴之后,清晨迎来的竟是哭号。
美名的王公满面愁容
130　一向尊贵却失了扈从的首领

不得不坐下,忍受牺牲与哀伤。
人们看见了那元凶的足印
受诅的鬼灵:这场争斗太残忍
太可恨,太长了!

                    不给喘息的机会

135 入夜,那怪物又犯下加倍的凶杀;
而且毫无悔意,一意孤行
他在罪恶中深陷不拔。
于是不难发现
有人宁愿挑偏僻角落休息

140 靠近外间(已婚扈从的)卧房——
当大厅内新来的卫士已经公开敌意
发出真确的恐吓,那捡了条性命的
还不远远躲避?

就这样,仇敌称霸

145 公然与正义抗争,独自跟全体作对
直至殿堂之冠空无一人。
漫漫十二个冬天过去
希尔德子孙的朋友受尽煎熬
接二连三深深的忧伤。悲哀的歌曲

150 传向四方,对人的子孙倾诉
葛媺代闰罗瑟迦
不停的攻击,无情的杀戮
年复一年无休止的蹂躏。
他不懂讲和

155　不愿向丹麦人队伍中
　　　任何人赔偿损失而止恶。
　　　明智的谋臣，没有一个指望
　　　从这屠夫手上，拿到像样的赎金。
　　　[相反]这黑色的死亡之影
160　对新老将士穷追不舍，设下埋伏的圈套。
　　　昏昏荒野，沉沉长夜
　　　没有人知道，那地狱之魔
　　　在哪里出没。

　　　于是，人类的仇敌
165　可怕的孤行者越发肆无忌惮
　　　黑夜里独占了金碧辉煌的鹿厅。
　　　然而他始终近不了宝座
　　　（领不着）项圈：报应者不许——
　　　神的爱与他无缘。

170　希尔德子孙的朋友伤心不已
　　　意气消沉。众多大臣坐下
　　　商议，却一筹莫展：
　　　人再勇敢，也承受不起
　　　那袭击的恐怖。
175　他们不时到神庙发愿
　　　向偶像献上牺牲，高声祈祷
　　　求那灵魂的屠夫出手
　　　祛灾施救。

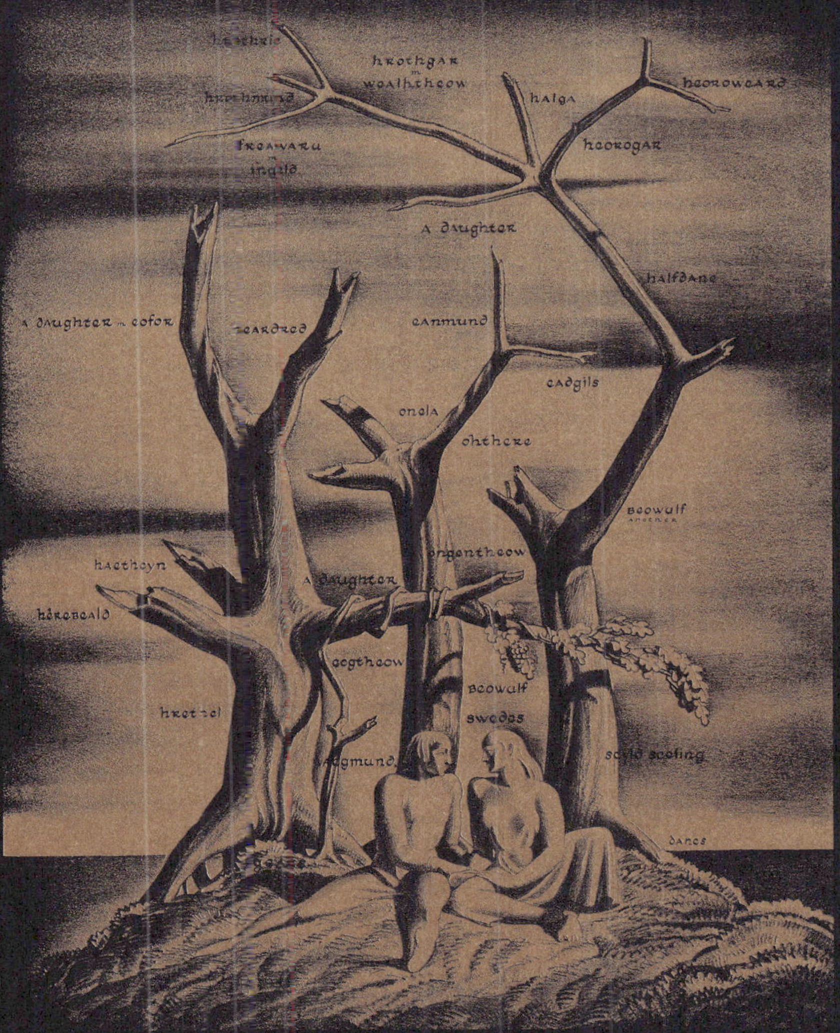

hrothgar
m
wealhtheow
halga
heorowcard
freawaru
m
ingeld
heorogar
a daughter
halfdane
a daughter m eofor
heardred
eanmund
eadgils
onela
ohthere
beowulf
haethcyn
a daughter
herebeald
ecgtheow
beowulf
swedes
scyld scefing
danes

这便是他们的陋俗

异教徒的幻想，心底藏着的

180　那座地狱。他们不知命数之主

不识一切功罪的仲裁，至高上帝

当然更不懂赞美诸天的护佑

荣耀之统帅：在劫难逃了

那大祸临头反将灵魂投入烈焰的！

185　没救了，他的（命运）。

幸福属于

那死后可以把我主寻觅

去天父怀中求得和平的人！

三、跨过天鹅之路

海夫丹之子久久沉浸于哀戚

190　智勇之人，竟无法摆脱袭来的噩运。

太猖獗、无情、持久了

那落在族人身上的残酷打击

黑夜的罪恶之尤！

　　　　　　这事传到北方

让高特王赫依拉手下一员猛将

195　得知了葛婪代的暴行。

这好汉让名的尊贵、魁伟

论勇力盖世无双。

他命人造一艘劈浪快舟

宣布要跨过天鹅之路

200　去拜访(丹麦)著名的领袖:
　　那战王正亟需人手。
　　智慧的长者虽然都爱他
　　却未发一言劝阻;
　　相反,他们激励着英雄意气
205　为远征占卜观兆。
　　那豪杰便从高特人当中挑选武士
　　找最勇敢的,共一十四人;
　　他指挥队伍直奔战船
　　这老练的水手,来到岸边。

210　是时候了,船已经下水
　　在峭崖下驻泊。
　　披甲的勇士登上船头
　　当海流翻滚着冲向沙滩;
　　铠环熠熠,刀剑森森
215　舱里走进渴望出征的劲旅
　　让周身箍紧的木舟推离了海岸。
　　于是,战船贴上波涛
　　极像一只水鸟,项上沾着飞沫
　　乘风而去了!
220　待到次日,曲颈的木舟
　　已按时走完了(大半路途)
　　水手望见了陆地:闪亮的石崖
　　山岩峥嵘,突兀的岬角
　　大海扶岸——航程结束了。

225 风族战士立即登陆
把快船系住，身上的锁子甲
铿锵作响。他们感谢神明：
此番破浪还算轻松！

这时，在崖墙上巡逻警戒的
230 盾族哨长突然发现
有人全副披挂，走下跳板
一张张圆盾闪出刺眼的光辉。
他吃了一惊，不由得心急火燎
要弄清楚这支队伍的来历。

235 这罗瑟迦的部将驱马来到岸边
手摇长矛，厉声喝道：

来者何人？竟敢披坚执锐
驾此高舰，驶过滚滚浪街
叩我海岸！听着

240 哨长我［一向］严守疆防
绝不让任何敌人
自海上侵犯丹麦人的土地；
也从无任何勇士
光天化日之下，手执椴盾

245 在此登陆。何况你们并未获得
我们（两位主人），善战的伯侄批准。
不过遍数天下英雄，我真没见过
如你们中可披甲的那位

一般魁伟的。

250 他定不是大厅里的无名侍臣
风度全仗着武器打扮——除非
那堂堂相貌骗人。

现在我必须
知道你们的来历，不能让生人
刺探丹麦人的土地。外族远邦的
255 水手们，听清楚我的问话：
快快道来，切莫延宕
你们究竟来自何方？

四、回答哨长

那为首的，打开言辞的宝库
队伍的指挥从容回答：
260 我们是高特族人
赫依拉（大王）火塘边的伙伴。
家父的大名人人知晓
高贵的骁将"剑奴"艾奇瑟便是。
他享足了冬天，上了长路
265 老了才辞别家园；
天南海北，有见识的人都记得他。
我们怀着仰慕之心，特来拜访
你的主公，"半丹麦人"海夫丹之子
族人之护卫——请不吝赐教！
270 有一件要事，须惊动他

享美誉的丹麦领袖——我同意
这已经无需保密。

听说——
对不对，青多多指正：
盾族人中间出了不知什么祸害
一头神秘的仇家，将黑夜
沉入恐怖，施行不可名状的
摧残与厮杀。我可以就此尽绵力
给罗瑟迦一点建议，为他
智慧的老王，克服顽敌
献上一计——假如他能抓住转机
解除这场灾难的困扰——
而后
忧愁的浊浪就会平息。
否则，他将不断为悲伤所压迫
只要那厅堂之冠还高高耸立。

哨长听了这话，登时
敌意全消，从马背上答道：
身为警卫而持盾尽职
须头脑清醒，能区分并掂量言行。
我明白了，这是一支
准备为盾族主公效劳的队伍。
前进吧，带上武器铠衣
让我当你们的向导。
我还会命令年轻人严加防范

295 好好看守你们停靠在此
     新上了松香的快船；
     直到它重新载上亲爱的战士
     曲颈的木舟，驾驭汹涌的海流
     回到风族的故乡。愿勇者蒙福
300 出战斗的风暴而无恙！

     他们出发了。
     船静静泊着，宽舱的战舰
     系上缆绳下了锚。
     一只只护颊上，野猪盔饰铮亮：
305 那黄金镶嵌、烈火烧硬的
     猛士的生命卫兵。他们斗志昂扬
     列队疾行，直至远远望见
     那座金顶的雕木大厅
     矗立于人世间的楼宇之冠
310 光芒四射，辉耀万邦——
     王者居住的宝殿。

     善战的哨长便指着
     那座勇士们的明亮的殿堂
     请高特人上去。
315 然后这（忠于职守的）向导拨转马头：
     我该回去了。
     愿全能的天父降恩
     佑你们平安，克服险阻！

但我得守卫海疆,防备敌人。

五、鹿厅的传令官

320　大道由石块铺就
　　引导战士们列队前行。
　　巧手织就的铠衣格外耀眼
　　铁环锁着铁环,胸脯奏出战歌。
　　终于他们抵达大厅,一身可畏的披挂。

325　他们把坚固若神工箍铁的宽盾
　　靠着高墙放下,坐上长凳
　　略带着被风浪吹打过的倦意——
　　胸甲还在铮铮作响。水手的长矛
　　立起,铅灰尖儿桦木插到一处;

330　这支铁军,被刀兵装点得
　　越发威武。

　　　　　　　出来一位骄傲的大臣
　　向勇士发问:尔等从何处带来
　　这些镶金的盾和狰狞面盔
　　铁灰铠甲跟整齐的矛?

335　我乃"胜利之矛"罗瑟迦的传令官
　　可我见过的外邦人,如此轩昂的不多。
　　想必,你们并非无家可归
　　才来此求见丹麦王
　　而是出于英雄气概和远大志向?

340　那以勇力著称的给了他答复

风族的骄子,铁盔下的硬汉接过话来:

我们是赫依拉的同桌伙伴

"蜂狼"贝奥武甫,是我的名字。

我希望向"半丹麦人"海夫丹之子

345　大名鼎鼎的国王,你的主公

面陈来意——若蒙他恩许

容我们向慷慨者致敬。

"狼矛"乌父加回答——这旺达尔王子

人人知晓他的品德和勇气智慧:

350　应你的请求,就你的光临

我将请示丹麦人的朋友

希尔德子孙的领袖

项圈的赐主,尊贵的主公。

凡是他认为合适的答复

355　我不会片刻耽误。

他随即快步走到罗瑟迦的宝座前——

那皓首德勋的,左右两班贵族。

传令官上(殿)面朝丹麦人的护主

深谙扈从礼仪的乌父加

360　向主公兼朋友禀告:

有一队高特人远道来访

越过了辽阔的海洋。

为首的武士名叫贝奥武甫

声称有要事与您，我的主公

365　商洽。请不要拒绝他们的请求

仁慈的罗瑟迦！

他们装备精良，看上去

值得贵族勇士尊敬；

尤其是，不可小觑了

370　带队的那位头领。

六、贝奥武甫的请求

盾族的护主罗瑟迦道：

是他呀，他小时候我就见过。

他已故的父亲，叫"剑奴"艾奇瑟

娶的是高特王雷泽尔的独生女。

375　现在"剑奴"的儿子终于来了

好样的，寻访一个忠实的朋友！

是的，去高特人那里还礼

答谢的水手也说，他打仗出了名

一双铁掌，十指间不下

380　三十个人的力量。

一定是至圣的上帝，慈悲为怀

遣他来我们西丹麦人中间

制止葛婓弋的暴行——

遂我所愿！如此英雄气概

385　我定要重重犒赏。

快请他们进来

同我的亲族将领相见；
还要当众宣布，丹麦人
欢迎他们！

　　　　　　[于是乌父加

390　返回大厅门口]传旨：
奉我常胜之主公，东丹麦领袖之命——
大王了解你们的家世
壮士不畏险阻，跨海相访
他热烈欢迎你们！现在

395　你们可以进宫觐见罗瑟迦了。
特准你们不脱盔甲
但请将战盾及长矛
留在此处，暂候会谈分晓。

那大力者便立起，众勇士簇拥

400　一队英姿勃发的好汉：
几个人遵命留下看守武器；
其余人列队，大踏步
来到鹿厅的屋顶下。[那豪杰]
头戴(猪)盔，在大殿中央站定

405　贝奥武甫声若洪钟，胸甲闪闪
名匠织就的层层铠环：

愿罗瑟迦(大王)健康！
我是赫依拉的外甥并家将
少年时代便建有奇功。

葛婪代的事，我在家乡已略知一二；
（远航归来的）水手都说
每当残日躲到苍穹底下
这座大厅，殿堂之冠
便空荡荡的，对战士毫无用处。
所以我的族人，最好的谋臣
智者建议，我来此拜访您
罗瑟迦大王。因为他们知道
我的武艺，亲眼见过
我从战场凯旋，浑身敌人的血污：
一次就捉住五个，宰了一窝
巨人；黑夜里惊涛上
我九死一生，替风族报还怨仇
狠狠地砍杀了几条海怪——
叫它们当我的对头！
现在，我只想找到那头元凶葛婪代
一对一决斗！
　　　　　　　这个小小请求
光荣的丹麦人的护主
希尔德子孙的朋友
望您不要拒绝。我既已远道而来
万民之盾，战士的首领
请允许我和我的勇士，一个人
并这支铁军，肃清鹿厅！

我还听说

那怪物生性鲁莽,不屑用兵器。

435　所以,为了让我亲爱的主公
　　赫依拉替我感到自豪
　　我也放弃挥舞宝剑,不举
　　那张黄椵木宽盾。战场上我要
　　徒手擒住凶魔,仇敌相遇
440　杀个你死我活!

　　　　　　　　　　死亡攫走的人
　　须信靠主的裁判。我不怀疑
　　假如他得胜,他会跟往常一样
　　(弄脏)这座杀伐之厅
　　毫无顾忌,吞噬高特人的队伍
445　光荣的武士之英。

　　　　　　　　　　不用遮掩我的头颅
　　若是我被死亡捉去,自有一张大口
　　覆盖我的尸首,血淋淋一餐由他背走
　　埋葬腹中;那孤行者将大快朵颐
　　把窠巢溅得一片猩红。

450　料理我的残躯
　　就不用您费心了!
　　如果战斗绊倒了我,请交还赫依拉
　　这副胄甲之冠,护我胸膛的铠环之王;
　　此是雷泽尔遗赠,神匠威兰的作品——
455　该来必来,任随命运!

七、罗瑟迦设宴

盾族的君主罗瑟迦道：
贝奥武甫我的朋友，出于仁慈
不忘[旧谊]，你特来援助我们。
想当年，尔父亲手起刀落
460 杀了狼子族的何锁拉
惹出一栏大仇。[风]族
因惧怕战争报复，不敢收留。
于是他趟过汹涌的波涛
投奔南丹麦人，美誉的希尔德子孙。
465 那时，我刚开始统治丹麦
风华少年，拥有这辽阔的国度
英雄的堡垒；而海夫丹之子家兄
"剑矛"海洛格过世不久——
他比我强多了！最终
470 我用赎金了结了这场仇隙
跨过大海的背脊，给狼子族送去
古代的珍宝。"剑奴"艾奇瑟
则向我起了誓。

            说起葛婪代
我心里便充满悲伤。他的仇恨
475 疯狂的掠袭与鹿厅的屈辱，叫我
如何启齿 眼见得家将凋零
一个个被命运扫进葛婪代的魔爪；

而上帝本可以轻而易举
制止那凶顽的屠戮！

480　常常，扈从们酒酣之际
举杯发誓，要留在殿上守候
持利剑与葛婪代相拼。
可是清晨到来，这蜜酒大厅
高贵的居处，已陷入血污；

485　曙光里，一条条长凳
湿漉漉一片猩红。忠实的卫队
就这样衰微，亲爱的朋友
被死亡夺走！

　　　　　　　现在请入席吧。
待会儿，你兴致上来

490　再听（他们唱）英雄业绩。

于是大厅里摆开长凳，为高特人
设麦芽酒宴；众壮士一同入座
因勇力而倍感自豪。专有一位侍臣
负责端一只镂金酒盅，为宾主

495　斟上清亮的琼浆。不时
歌手引吭，乐声在鹿厅回荡。
英雄们笑了：
丹麦人和风族的队伍真不小。

八、翁弗思挑衅

艾奇拉之子翁弗思,坐在盾族主公脚下

500　他忍不住松开了挑衅的念头——

贝奥武甫的英勇远征

伤了他的自尊。

他最不能容忍的事

就是中洲天下,有任何人

505　比他更在乎荣誉——他起身这样攻击:

是你么,那个跟"碎浪"勃雷卡比试的

"蜂狼"? 跳进无边的大海

为了面子而搏击怒涛;

潜下深深的湍流

510　只为吹牛而拿性命开玩笑!

没有人,无论敌友

能够劝动尔们,放弃危险的旅程。

伸开双臂　游行水乡

手划洪波丈量海街;

515　不顾严冬潮水涌起的巨浪

你们俩在那咸水国度坚持了七夜——

结果他力气大,遥遥领先。

黎明时分,大海将他抛上了

洛姆人的土地。

520　从那儿他回到亲爱的祖国

剑族的家园,美丽的和平营垒
赢得了人民的爱戴
要塞和项圈:"鲨石"之子
兑现了他针对你发的全部誓言。

525 所以我并不指望,这一次结局更妙
尽管你打起仗来每每得手——
冲冲杀杀算不了什么,假如今晚
你敢在近处与葛某周旋!

贝奥武甫,"剑奴"之子一声冷笑:
530 听着,翁弗思我的朋友
你一喝麦芽酒,讲起勃雷卡就没完
而且还是他那次冒险!
实话实说,谁比得上我的水性
恶浪里我那场苦战!

535 想当初,我和勃雷卡还是孩子
初生之犊,说话不知轻重;
誓言既出——到大洋上尝尝拼命的滋味——
便决计不能收回。
所以出海时,我们手里握着裸剑
540 打算用它对付鲸鱼。
勃雷卡无法将我甩开
领先冲击浪颠
因我不愿意让他落后。
就这样,波涛上(五天)五夜

545 我们俩始终没有分离，直到晚潮
澎湃而起，把我们拆散。
浑黑的天幕
刺骨的海水
北风怒吼着搅动大洋：
550 受惊了的海兽发脾气了！
幸亏这仁巧手织就的铠衣
助我抵挡，镶金的层层锁环
保护了我的胸膛。突然一头凶敌
恶狠狠把我拖到海底，叼着我
555 死不松口。但命运不弃
我的搏斗之剑找到了它的要害——
无情的一击，在我手中
那强大的海兽交出了生命。

九、薇色欧敬酒

狂怒的水怪轮番进攻
560 我用宝刃一一奉还，决不敢
亏待了它们。卑鄙的猎手
咬不着我，没捞到抢食的快乐
无法在海底摆开宴席。
相反，待到天明
565 那吃了我一剑的都冲上了
沙滩，伤痕累累
长睡不起，再也不能阻碍

水手航行大海。

东方亮了,升起了神的明灯
海波复归宁静。眼前
已是嶙峋的岸岬,多风的悬崖。
人运数不完,全凭勇敢:
常常,获救在于坚持!
无论如何,足有九条海怪
撞上我的剑头。天下
可曾听说,一场更苦的夜战
人在洪流里更险的经历?
终于,我挣脱了仇敌的齿爪
诚然已精疲力竭——大海将我托起
白浪滔滔,送我来到
芬族的土地。
               这样的搏斗
利刃之威,我从未听人提及
有你的一份! 论打仗——
不是我自夸——你跟勃雷卡
都缺一腔英雄气概,配你们的
漂亮宝剑——虽然你不怵
做同胞兄弟的杀手,戕害至亲。
为此你终必下冥府受罚
再聪明也白搭!

我再奉劝你一句,"剑余"艾奇拉的儿子:

要是你的心学学你的嘴，还鼓得起
一丁点勇气，葛婪代怎能
对你的主公犯下这弥天大罪
那残忍的凶魔又怎敢侮蔑鹿厅？

595　然而他早已发现，不必顾忌
报复或刀剑的围攻，无须惧怕你们
常胜的希尔德子孙丹麦战士。
他横征暴敛，一个不放
他意气扬扬，大肆搜杀；

600　根本不指望，持矛的丹麦人
稍稍抵抗。

　　　　　但今晚我要他尝尝
高特人争战的勇力。
当新一天来临，旭日身披朝霞
从南方照临人的子孙

605　谁要愿意，尽管放心大胆
加入蜜酒的庆筵！

愁容离开了财宝赐主。
光荣的丹麦人善战的领袖
皓首的王有了希望，族人之盾

610　听到了贝奥武甫的决心。

战士们又次笑了
歌声复起，伴着愉快的谈话。
罗瑟迦的王后薇色欧，遍缀黄金

依照礼节向大厅里的人们致意。

615　高贵的夫人，首先为东丹麦人的国主
　　　斟上满满一盅，祝他
　　　美酒享用不尽，深得臣民敬爱。
　　　他高兴地接过酒杯
　　　胜利之王开始了盛大宴会。

620　接着，这盔族的公主走下宝座
　　　向新老将士各班举起名贵的酒盏；
　　　然后径直来到贝奥武甫身旁
　　　金环闪闪，贤惠的王后
　　　亲自替高特王子递上琼浆。

625　字字珠玑
　　　她感谢神明遂了她的心愿：
　　　终于盼到，有豪杰光临
　　　要克服凶顽。

　　　　　　　　　那出生入死的壮士
　　　从薇色欧手上接过酒盅，话音
630　因求战心切而激动；
　　　"剑奴"之子贝奥武甫立下誓词：
　　　自从我率亲随登舟渡海
　　　那一刻起，已经横下一条心——
　　　只要不栽倒在那头元凶的魔爪下
635　就定要实现（丹麦）人的意愿。
　　　而这蜜酒大厅
　　　必成全我的壮志
　　　不然，我宁可迎来末日！

王后听罢高特人的骄傲的誓言

640　大喜，一身黄金的尊贵夫人

坐回她的主公身畔。

又一次，大厅里回响起

豪迈的话语，兴高采烈的人们

唱着胜利者的歌。很快

645　到了海天丹之子预备就寝之时；

他心里明白，凶魔

已经摩拳擦掌，盘算着袭击高堂

从太阳的余晖不见

到夜幕降临，黑暗笼罩一切——

650　幽影，在步步逼近

乌云下一片昏沉。

　　　　　　　全体起立

罗瑟迦与贝奥武甫互道晚安。

老王祝愿壮士走运

守住那酒宴大厅，又殷殷嘱咐：

655　自从我能够手举圆盾，这丹麦人的宝殿

不曾托付他人——除了今天给你。

接过这殿堂之冠好好保卫吧：

记得你的荣光

展示你的勇力

660　警惕你的强敌！

奇功自有厚报，只要你挺立不倒。

十、蜂狼守候巨人

言毕，罗瑟迦，盾族的护主
带麾下将士撤离大殿；
战斗的统帅想要回到王后
665   薇色欧的床前。

                        人们都听说了
为对付葛娄代，荣耀之天君
新指派了一位鹿厅卫士
替丹麦王执行一项特殊任务：
守候那巨人。这高特王子最信赖
670   自己的勇力和报应者的恩顾。

他解开铁环织就的胸甲
摘下头盔和镶金的剑；
他把珍贵的装备
交给侍从，命他保管。
675   而后，高特人的豪杰贝奥武甫
上床之前再一次发出豪言：
论力气，讲战功
我自信不亚于葛娄代。
因此我不想借利刃剪除他的性命
680   尽管那不过是举手之劳。
他不会使用兵器
不懂如何砍击，斫穿圆盾

无论他反袭多么凶猛。
所以今晚我们俩就赤手空拳

685　只要他敢露面，我就奉陪到底——
让英明上帝，至圣的主裁断
荣耀该归谁手，谁称他的心意！

英雄躺下身去
枕头贴上勇士的面颊；四周

690　他的剽悍水手，也都以大厅为床。
他们当中没有一个存着幻想
要再见故乡的亲友和城堡
养育他们的家园。
他们知道，酒宴过后

695　已有太多的丹麦战士被血腥的死
攫走。但这一次
天主织就了争战的胜机
把救援与安慰，赐予风族人；
以使全体借着一人的力量和无畏

700　克服顽敌。千真万确，永远是
大能的神统治人类。

夜色朦胧，大踏步走来了
那头黑影里的孤行者！
而那座山墙高耸的殿上

705　射手都熟睡了——除开一个卫士。
人应懂得，若命数之主不愿意

魔怪绝无可能将人拖进黑影底下。
但"蜂狼"警醒着，等着仇敌
他满腔怒火，只盼厮杀！

十一、葛婪代的惨叫

710　葛婪代迈出了荒原。
雾蒙蒙的山崖下，他头顶神的烈怒；
这狠毒的猎手，打算
来高堂捕人（弄一顿美餐）。
他在乌云下疾行，直至清清楚楚

715　眼前已是那座酒宴大厅
金顶的建筑。他不是第一次
造访罗瑟迦的宫廷，可他一辈子
从来没有，也再不会，这么倒霉：
遇上守大厅的——那名警卫！

720　这被剥夺了欢乐的东西
摸到鹿厅，那上了铁闩的门扇
他魔爪一碰便倒了。那怪物
杀气腾腾，一脚踹进大殿的嘴
迅速踏上彩砖地板

725　恶狠狠四下扫视，两眼
闪烁着阴森森的光芒
像是燃着火焰。

　　　　　宝殿上

只见许多战士，一队青年
族人挨个儿酣睡一处。

730　他的心窃笑了
残忍的凶徒，决意不等天亮
就把他们一个个生吃了。
美餐一顿的希望，灼得他心痒痒的。
然而命运不济，那一夜过后

735　他的饕餮便到了尽头。

赫依拉勇武的外甥，目不转睛
看这杀人狂如何出手。
那怪物也并无耐心
说时迟，那时快

740　他已经抓起一个沉睡的战士
迫不及待，一把撕开
放进獠牙大口，将骨锁咬得粉碎
囫囵吞下，鲜血如注；
刹那间整具尸骸已入腹中

745　连手带足！
　　　　　　然后他猛扑上前
伸手便捉假睡在床的英雄
张开魔爪，直捣（贝奥武甫）。
不料那猛士可敬得更快
翻身坐起（以全身重量）压上

750　他的手臂。罪孽的牧者立刻发现
整个中洲大地没有任何人

请他领教过如此强大的手力。

他心里发慌

但越是害怕越脱不了身。

755　他想逃窜，逃进黑暗的老巢

窜回鬼魅中间。行凶一世

他没受过这番礼遇！

然而那豪杰，赫依拉的外甥

牢记着当晚的誓言，一跃而起

760　将魔爪死死钳在手掌。巨人的手指断了

他不顾一切，拼命向外挣扎。

英雄步步紧逼；那惯犯只求躲避

不管往哪，但愿早早告辞

藏进沼泽深处。他知道自己指爪的力量

765　已经留在仇敌掌中。这害人妖物

来鹿厅这一趟，可真悲苦！

国王的宝殿震动了

好一场恐怖的"苦酒"应酬！

全体城堡主人，丹麦勇士，都战栗了。

770　大厅在呻吟，守卫在咆哮。

奇迹：这一席酒宴

居然容得下这样两位力士

华丽的建筑居然挺住了，没崩塌！

亏得它里里外外都有铁条箍牢

775　巧妙的匠心设计。

我听说，这一双仇敌打到哪里

那里雕金的长凳便飞离地板。
之前，希尔德子孙的智者
绝对料想不到，任何人能用
780 任何办法任何计谋，摇撼或损毁
这座镶金的殿堂——除非
火舌吞噬，烈焰埋葬。

                        一声惨叫
陌生而凄厉。深深的恐惧抓住了
北丹麦人，围墙外面听着那悲鸣的
785 每一位武士。上帝的对头
唱出他的绝望，他告别胜利的挽歌；
地狱的俘虏因剧痛而哀号。
将他强留，扼住不放的
是那位今生此世
790 膂力第一的人中英豪。

十二、金顶下的魔爪

战士的护主不想便宜了
那杀人的访客，没指望他多活一天
能够造福于任何部落。
贝奥武甫的扈从也冲了过来
795 个个奋勇争先，挥起祖传的宝剑
全力保护他们的王子
光荣的首领。
但他们不曾料到：

不论(多少)赤胆武士加入这场恶战

800　围起那凶手,四面砍击

　　猎取他的灵魂,世上并无

　　一把剑,或一件常胜的兵器

　　可以伤着那十恶不赦的敌人。

　　因为他早已用一道咒语

805　镇了一切铁刃。

　　　　　　　　　　但他割弃生命

　　脱离此世今朝,还需一番痛楚;

　　那异域的戾灵去到鬼魅之国

　　尚有一段苦路——

　　之前他丧心病狂,残害人类

810　与上帝争战

　　终于发现,肢体竟动弹不了

　　被紧紧锁在赫依拉勇武的外甥掌中:

　　仇家相遇

　　只恨对方不死!

815　可怕的怪物受了致命的创伤

　　从肩膀豁开一条大口

　　肌腱裂开,骨锁俱断。

　　战斗的荣耀

　　赐予了"蜂狼"贝奥武甫。

820　垂死的葛娄代挣扎着,逃回沼泽

　　下到凄惨的巢窟。他心里明白

　　时日无多,生命即将了结。

　　一场血战

实现了全体丹麦人的意愿。

825　就这样，他肃清了罗瑟迦的大殿
　　　那来自远方的智慧和勇敢的心
　　　救了急难；一场夜斗
　　　何等的壮举！高特王子实践了
　　　他向东丹麦人许下的诺言

830　除暴安良；
　　　解脱了他们之前不得不忍受的
　　　蹂躏、屈辱与悲伤。
　　　作为明证
　　　壮士在金顶下高高

835　悬起那只巨掌，连同肩臂——
　　　葛婪代的整条魔爪！

十三、颂歌：西蒙和海勒摩

　　　天亮了。我听说
　　　赐礼的大厅聚集了无数战士
　　　各部落的头领，远远近近

840　都赶来争睹奇观。
　　　没有谁替那生命的割离
　　　难过。人们细细辨认
　　　那头丢了荣誉的凶犯的足印；
　　　看他如何心疲气短，逃出（鹿厅）

845　惨败之后，留下污迹斑斑

一条灭亡之路，直至水怪的深潭。
但见
鲜血涌起，恶涛涡旋
热浪吐着泡沫，一片猩红：
850　葛娄代大限已到。他弃绝欢愉
藏进了他的沼泽要塞，吐出生命
他的异教的灵——下了地狱！

看毕，他们从潭畔折回
老将率同年轻战士，跨上骏马
855　趾高气扬，一路上多么欢快！
贝奥武甫的壮举传开了
人们一遍又一遍将他称颂
从北到南，两海之间
像这样无愧于任何王国的执盾勇士
860　大地之上，苍穹底下
找不出第二人。
但他们并未责备恩主——他
当然是最好的王，仁慈的罗瑟迦。

一会儿，血气方刚的战士
865　催动栗色的快马，互相比试
拣道路平坦的地方，摆开
熟悉的赛场。一会儿
一位歌手，君王麾下文采出众
通晓古史的扈从，回想起一支支

870　歌谣,就挑出曲子即兴填词
　　　配和音律发为新声;
　　　他开始赞扬贝奥武甫的功绩
　　　将优美的字句巧妙交织,朗朗的
　　　一篇动人故事——
　　　　　　　　　　他唱的是

875　"胜掌"西蒙,那脍炙人口的英雄
　　　瓦尔士之子的逸闻,种种曲折
　　　争斗和流亡,一次又一次
　　　人的子孙难以想象的
　　　复仇与罪恶——漫漫征途

880　唯有"孤狼"费特拉可托付心曲:
　　　外甥始终不离舅舅。
　　　同甘共苦,他们并肩战斗
　　　曾挥剑斩绝了巨魔整整一族。

　　　西蒙死后,荣名远播:

885　要何等的勇气,才能搏杀大蛇
　　　宝库的护卫! 他贴着灰色的绝壁
　　　这王公的儿子,孤胆斗士
　　　豁了出去——费特拉不在身边。
　　　依然运数在握,宝剑抡起

890　刺穿了斑斓的火龙;
　　　名贵的铁刃,深深插入石崖
　　　大蛇一命呜呼。
　　　可怕的英雄施展了神力

夺来金环的宝藏,随意享用。

895　瓦尔士的儿子将财富
　　　搬进他的小舟,沉甸甸一舱
　　　耀眼的报酬。

　　　　　　　　　那龙在烈火中熔化了。

　　　自从"武心"海勒摩的战火熄灭
　　　论壮举,西蒙确是诸部之中
900　最出名的亡命者;
　　　兴盛之时,又不啻战士的台柱。
　　　而(丹麦暴君)却失了勇气和胆略
　　　在巨人族中间,被出卖到
　　　仇人手里,草草了结。
905　阴郁的波涛,压着他太久了
　　　他成了百姓同王公贵族的一大祸害。
　　　原先,不少智者还指望
　　　危难关头,依靠他的援助;
　　　相信年轻的王子迟早会脱颖而出
910　继承父亲的尊荣,捍卫族人
　　　财富和城堡,战士的国度
　　　希尔德子孙的故乡。可悲的是
　　　如此勇敢的意志,竟落得这个下场!
　　　赫依拉的外甥赢了朋友和人民
915　爱戴;而罪,俘虏了"武心"。

　　　那边,骑手们还在比赛。

黄土路扬起的(飞尘)追着
高升的红日。返回雄伟的鹿厅
一群人豪情焕发，又细看那奇迹。

920 这时国王也已步出寝宫
那项圈宝库的护主，荣耀加身
亲率大队扈从，由那侍女簇拥的
王后陪伴，浩浩荡荡
来到蜜酒大殿。

十四、感　恩

925 罗瑟迦登上大厅台阶
望着金光四射高高的屋顶
和葛娄代的巨掌，赞口不绝：

为这景象，快向全能的主感恩吧！
我在葛娄代手上没少受蹂躏；

930 然而上帝，荣耀之牧者
总是奇迹接着奇迹。
不久前，我还陷于绝望
苦于找不到摆脱困境的良方；
眼睁睁看着这殿堂之冠变了颜色

935 被血腥的屠杀主宰。噩运
笼罩每一个谋臣，大家
灰心丧气，不知如何保卫
这万民的营垒，抵御魔怪凶敌。

如今,借着天主的伟力

940 一位壮士一举成就了
我们已经不敢设想的功勋——
真的,任何女人
在人世间诞下这样一个儿子
她若还健在,即可宣布:

945 那终古的报应者在生育上
赐了她大福。

从现在起
贝奥武甫,我心里要爱你
如我亲生的儿子,勇士之英。
请珍惜这新的亲情吧!

950 这世上凡我享有的
你一样不会缺少。从前
我常常为小得多的功劳奖赏
次一等的英雄,远不如你的战士。
而此番你的壮举,已使你千古流芳——

955 愿全能的主,一如今日
赐你福泽无量!

贝奥武甫,"剑奴"之子回答:
这场厮杀我们心甘情愿
豁出命去,与未名的蛮力周旋。

960 我真希望
您能够亲眼见到那头顽敌咽气
披着他一身长毛的盔甲!

我本想用这双铁腕

将他直接绑上灵床

965 叫他在我的掌中挣扎性命——

除非他隐匿了身子。

可惜，命数之主不许。

我没能阻止他逃遁，擒拿死敌

劲道不够；那凶犯动作

970 太猛了。不过他为了脱身

也留下了一件抵押：这只魔爪

连同肩臂。可怜的家伙

没购得任何安慰。罪有应得

那恶贯满盈的东西，活不了几天了。

975 血淋淋的伤口已将他牢牢抓住

套上致命的枷锁：

无救的戾魔

他必须挨到大审判

看明光中报应者如何发落！

980 从此，"金余"的儿子不再高声

吹嘘他的战果功劳

当贵族们观看了屋顶下高悬的巨掌——

多亏一人的勇力，赢来的

魔爪一只。但见那异教武士

985 指尖，伸出根根利爪

硬似钢铁，好一柄恐怖的钉耙！

人都说，没有一样兵器

包括百战的古剑,能够伤害这头
凶魔,砍下这条鲜血淋漓
990 黑魆魆的手臂。

十五、庆　筵

于是传旨：修复鹿厅。
无数双手忙碌起来,男男女女
清理酒宴大堂,重新装点
宾客的居处。四壁悬挂
995 金线织成的壁毯,令观众
面对那一幅幅美景眼花缭乱。
之前,这富丽堂皇的建筑
尽管里边用铁条箍牢
还是震得门枢俱裂,摇摇欲坠
1000 唯有屋顶未损。终于那怪物
遍体罪污,转身逃亡
断了偷生的希望。
　　　　　　死,不容易躲——
谁愿意可以试试——困境催逼
凡内中有灵的皆须寻觅
1005 那为大地居民,为人的子孙
预备的去处;让自己的躯壳
躺进坟茔,宴飨过后
长眠不醒。
　　　　　　时间到了。

海夫丹之子跨进宝殿

1010 国王要亲自主持盛大的庆筵。
我从未听说，哪一位财宝赐主
周围这样大一群扈从，举止如此豪迈。
众人精神抖擞，坐上长凳
尽享佳肴；两位族亲则按礼数

1015 举起一杯杯蜜酒：高高的屋顶下
罗瑟迦和"胜利之狼"罗索夫
一对坚毅的伯侄。鹿厅里济济一堂
都是朋友，希尔德子孙之间
尚无阴谋与背叛。

1020 为报答胜者，海夫丹的剑帅赠予
贝奥武甫一面金线绣成的战旗
一副头盔，一领胸甲
并一把缀满宝石的长剑——
让众人依次赏识了，送到英雄面前。

1025 贝奥武甫接过大厅的酒盅，一饮而尽
射手中间，他无须为这份厚礼惭愧。
我从未听说，有谁在麦芽酒宴上
向另一位，更亲切地赏赐
这样四件金灿灿的宝物。

1030 那头盔顶上，凸起
一道银丝缠绕的盔冠
挂住护面，以便主人手持盾牌
冲向仇敌之际，免遭

战火淬砺了的兵刃伤害。

1035 接着,战士的护主又命将八匹骏马
备了雕金鞍辔,牵来大厅
呈于殿前。为首的一匹
披挂格外珍奇,宝石闪闪
乃是大王的坐骑,海夫丹之子
1040 当年利剑争锋,所乘的名骥——
杀敌,他名不虚传
总是一马当先,所向披靡。

于是英格朋友的保护人
将骏马和武器一并赏了贝奥武甫
1045 嘱他好好受用。就这样
著名的王公,将士的宝库之盾
用名骥和珍藏,回报了那一场血战:
如此之慷慨,任何人凭良心
说实话,都无可指摘。

十六、插曲:席尔白的悲伤

1050 然后,扈从的主公给随同贝奥武甫
跨过海街,坐上这席庆宴的
每一个高特人,赏赐一份古宝;
并命以黄金厚偿
不幸遭了葛娄代毒手的那位——

1055　若非上帝英明

　　　　壮士无畏,扭转命运

　　　　那怪物运会残害多少好汉!

　　　　往昔一如今日,是命数之主统治人类。

　　　　所以深谋远虑,明辨在心

1060　无论何时均为上策。

　　　　纷争世界,旅次人生

　　　　须尝遍多少爱恨与离合!

　　　　歌声复起,为"半丹麦人"的统帅

　　　　弹响了欢乐之树或六弦竖琴;

1065　熟悉的旋律,催动罗瑟迦的歌手

　　　　走到蜜酒宴的长凳间,倾述

　　　　另一座大厅的悲剧:

　　　　　　　　　　　　当费恩的家将

　　　　对(来访的)半丹麦人席乃夫

　　　　突然举起利剑,盾族的英雄

1070　便注定了难逃弗里西人的屠杀。

　　　　的确,席尔白(王后)没有理由称赞

　　　　巨人族的信誉。她毫无过错

　　　　却迎来一场盾牌交击,亲友相残

　　　　儿子和寻哥听凭命运摆布

1075　倒在矛尖。　　　　好伤心的贵妇人!

　　　　"钩子"霍克的爱女并非无故哀哭

　　　　命数的裁断——那个不祥的黎明

晨光照亮血泊,亲人的尸体
占了这世上[她]原先最幸福的地方。

1080 激战夺走了费恩大半的扈从;
元气大伤,他无法
坚持在这座变了屠场的殿宇
跟"骟马"韩叶斯一拼到底,也不能
将席乃夫的副手跟残部逐出。

1085 末了韩叶斯提出停战条件:
要弗里西人空出另一处大厅
居室与高座,由丹麦人和巨人子孙
对半享用,领受赐礼;
而"人主"伏克瓦德之子(费恩)

1090 应当每天犒赏丹麦人
用项圈招待韩叶斯的队伍
分发黄金的财富——不多不少
一如他在麦芽酒席,奖励
弗里西人的那份珍宝。

1095 于是双方许下诺言,订立和约。
费恩向韩叶斯郑重起誓:
将严格遵照谋臣商定的规则
尊重刀兵之祸的残余;
保证,任何人

1100 不得以言辞或行动破坏停火
不许侮辱或恶意中伤——
虽然这些人失去了领袖,跟了

杀项圈赐主的凶手,那是迫不得已。

若有弗里西人寻衅攻讦

1105　唤起血仇的回忆

必请宝剑的利刃定夺是非。

火葬准备就绪,绚烂的金子

搬出了宝库。盾族的勇士之杰

被抬上了柴堆。历历在目:

1110　一件件血迹斑斑的铠甲

一只只铁盔上,雕金的野猪

一个个被刀枪摧折的高贵武士——

倒下的人真不少!

席尔白命将儿子也放上去

1115　跟席乃夫并肩,让舅甥两具骨舟

躺到一处,一同加入焚烧。

贵妇人边哭边唱着哀歌

柴堆上,载去了烈士。

巨大的死之火旋转着冲向天空

1120　在坟冢前发出震雷般的爆裂。

头颅熔化了,伤口炸开了溅出乌血。

那贪得无厌的精灵——火,吞噬

一切,吞受了部族双方被一场突袭

攫走的全体战士:

　　　　　　　　他们的光荣去了。

十七、韩叶斯复仇

1125　之后,那些失去战友的武士便解散了
　　　各自回家,去照看弗里西的高堡。
　　　但韩叶斯不得不留下,在费恩身边
　　　挨过那个被屠杀玷污了的冬天
　　　郁郁不乐。他思念着故乡

1130　却[无]法将曲颈的木舟驶向大海——
　　　海水在阴云下翻腾,与风暴抗争;
　　　终于,坚冰锁住了怒浪
　　　直至新的一年再临(人的)居处
　　　一如今日,依然按时

1135　更新季节——换上
　　　明媚的春光。
　　　　　　　严冬过去了
　　　大地怀抱一片嫩绿。流亡的人
　　　虽然极想离开他作客的宫廷
　　　萦绕心头的却是复仇,而非航海;

1140　是如何挑起一场致命的冲突
　　　靠铁剑把巨人的子孙记住。
　　　所以,他没有拒绝世人的规矩
　　　当洪拉夫的儿子将"战辉"
　　　交到他的膝上:那口名剑的雪刃

1145　巨人族早有所闻。

于是轮到悍勇的费恩，在自己家里

遭受利剑的凶杀——当（盾族的）增援

跨海到来，古拉夫和奥拉夫

痛悼了那场屠戮，（向韩叶斯）倾吐

1150　他们的冤屈：心底的激愤

就再也克制不住。

　　　　　　　　然后大厅

被仇敌的血染红，费恩倒下

首领连同扈从，王后被夺。

希尔德之孙的射手往船里装满

1155　国王收藏的各样宝物

他们在费恩宫中掠得的全部

巧匠制作的珍奇。随即将高贵的夫人

送回丹麦，经由滔滔海途

交还她的亲族。

1160　歌谣唱毕，欢声复起。

长凳上乐音清亮，美妙的酒盅

斟满琼浆。薇色欧项链金光闪闪

走到那一对勇者伯侄的座前：

那时他们的友谊尚无裂隙

1165　还坦诚相见。那儿还坐着翁弗思

盾族主公脚下的辩士——大家还相信

他的胆略，虽然刀剑交锋之际

他对同胞并不诚实。

　　　　　　　盾族的王后道：

请喝下这一杯，我尊贵的夫君！
1170 财宝的赐主，愿您高兴！
战士的黄金之友，请向高特人
好好道谢，此是人之常情；
记得还风族以仁爱
不忘您远近得来的礼品。

1175 我听说，您有意将这位英雄
收为义子——鹿厅肃清了
光明的金环之殿！各方的酬报
请多多享用，直至望见命数的裁决
而把人民和王国传给子孙。
1180 我知道，仁慈的罗索夫侄儿
他定会尊重且善待晚辈
假如您，希尔德子孙的朋友
万一先他抛下这世界；
我相信，他也定会慷慨回馈
1185 我们的孩儿，若是他没有忘记
我们顺他的心意，满足他的欲望
从小到大赐他的荣誉。

言毕她转向长凳，她的两个王子
"胜国"罗里奇和"胜手"罗思蒙
1190 及贵族青年的席位：两兄弟之间
坐着贝奥武甫，高特人的英雄。

heatho
Realms
LAKE
wenner   SWEDES
LAKE
WATTER
g
e
a
north sea   t
s
Raid at heor   jutes
ó   n
BALTIC
frisians
hetWARAS of

十八、大项圈

酒盅递到他的手里,友谊的颂词
高声交换,镂金的礼品
恭恭敬敬送上:两个臂圈
1195 一领锁子甲无数铠环;我听说
还有一只天下英雄的珍宝里绝无仅有的
特大项圈,纯如矮子霹雳薪兄弟
(魔法炼造),聪明的哈马
投奔光明之城时所带,项链与宝匣——
1200 他逃脱了东哥特"巨力"王
狠毒的圈套,选择了永恒的回报。

这宝环后来归了"黑王子"的外甥
高特王赫依拉的颈项。那是他末一次
远征,在战旗下保卫自己的财富
1205 刀剑的斩获。命运攫走了他:
当他因骄傲而撞上不幸
向弗里西人挑起冲突。
这强大的王公佩戴宝石
渡过那喜波涛,在圆盾下栽倒。
1210 法兰克人收拾了君王的残躯
胸甲连同那只大项圈。
次一等的武士搜剥了死者
杀声沉寂之后,高特人填满了

尸沟……

鹿厅里响起一片喝彩。

1215　薇色欧当着宾主全体,道:
　　　请收下这只项圈,亲爱的贝奥武甫。
　　　愿你走运,年轻人,用好这领胸甲
　　　部族的宝物,一切顺达!
　　　展示你的神威,但请耐心教导
1220　这两个孩子,我不会忘记报偿。
　　　你的英名已流传遐迩
　　　人人歌颂,而永播海疆
　　　直达峭壁上风的宫廷。
　　　愿你一生蒙福,高贵的王子!
1225　希望这份礼品令你满意。
　　　以行动善待我的儿子吧
　　　幸福的人!
　　　这里
　　　贵族互相信赖,对领袖忠心耿耿
1230　扈从团结,族人有备:
　　　武士喝了誓酒,只等我一声命令。

　　　说完她回到宝座。好一席珍肴
　　　众人开怀畅饮——万没料到
　　　残酷的命运早已捻起了
1235　许多勇士的命线,当夜幕降临
　　　罗瑟迦回到他的卧房

王者预备安寝。一如旧日

留守大殿的一众扈从

把条凳擡了，铺开被枕——

1240 不想豪饮了麦芽酒的人中间

有一位死期将至，睡下了再不会起来！

他们将漂亮的椴木圆盾搁在枕边；

长凳上，战士的头盔一字摆开

高高的十分醒目

1245 连同铁环织就的胸甲

攻无不克的长矛。

他们已经习惯了经常准备战斗

无论在家在军，任何时候

只须主公要他们效力——

1250 那真是一支劲旅！

十九、葛娄代母亲

他们沉入了梦乡。为这一觉

其中一人寸了惨痛的代价，仿佛

金顶的大殿仍归葛娄代守卫——

而他恶行累累，未得善终

1255 死于元赦的大罪。

后来才知道

好些人说，黑地里还有一位

报仇的。那场血战结束，哀恸

便久久啮噬着葛娄代的母亲

一头凶狠的雌怪：可怕的深潭
1260 冰冷的水底，掩藏了她的
巢穴。当初
该隐对弟弟举起屠刀
顶着杀害同父骨肉的标记
被定罪流放。他远离人的欢乐
1265 出没于茫茫荒野，却生下一族
命定的鬼魅，葛婪代即其中一员。
这受诅咒的凶犯，最后在鹿厅
撞见一位守夜的壮士：
怪物扑来，将他狠狠抓在魔爪。
1270 然而他牢记着自己的神力
上帝恩赐的宝贵天赋
把自己托付于全能者的恩泽
安慰与援助；果然就克服了顽敌
那来自地狱的妖孽。人类的仇家败了
1275 断绝了欢歌，寻他的死处去了。
但现在他母亲
一心报复，不顾一切迈开
悲伤的征途，要为儿子讨还血债！

她悄悄挨近鹿厅
1280 戴金环的丹麦人还在沉睡。
勇士的命运顿时翻转，当妖母
踏进大门：那雌怪之凶悍
犹如女人拼力厮杀，造下的恐怖

比之于全副武装的战士

1285 当带有锤纹的宝剑雪刃饮血

斫穿对手的盔饰,狰狞的野猪——

顶多略逊一分。

大厅里乱作一团,座席上

刀剑出鞘,举起一面面宽盾

1290 却没有人想到头盔和胸甲:

惊惧抓住了他们。

那女妖见惊动了众人

就想快快离开,保全性命;

她一把掐起一位贵族

1295 叼在魔爪,便往沼泽里走。

那人却是罗瑟迦的第一爱将

两海之间出名的执盾勇士。

可怜他一世荣名,竟在床上

死于非命!

        贝奥武甫不在那里;

1300 光荣的高特人受了赐礼之后

被安置在别处休息。

鹿厅又传出惊呼,她摘下了

那只血淋淋的爪子。哀号复起

重新占了居处。这笔交易太不吉祥:

1305 双方都拿自己亲友的生命

来做抵偿!

銀发的王心如乱麻
年迈的领袖,刚刚得知
他的扈从之首
最亲近的部下惨遭横死。

1310 贝奥武甫,那胜利庇护的英雄
立即被召到寝宫。拂晓
高贵的冠军率领他的伙伴
战士紧随首领,来谒见老王:
噩耗之下,智者只有等待
1315 看天主是否愿意改变他的逆境。
忽听那功勋卓著的人和他的队伍
踏上地板,回响在大厅
一个洪钟似的声音向英格朋友的主公
问候:夜来是否如他所愿
1320 安枕无忧?

二十、深　潭

罗瑟迦,盾族的护主叹道:
请不要问候幸福,丹麦人的哀恸
回来了!"桦矛之军"艾舍勒
死了,"巨剑"于门拉夫的长兄
1325 我的军师智囊,肩并肩的战友。
曾几何时,鏖战中我们
还互掩头颅,率步卒争锋

猪盔交击。是勇士就该这样
如艾舍勒自始至终!

1330 可恨一个亡命厉鬼害了他——
又是在鹿厅! 我不知道那女怪
叼了尸骸,得意扬扬躲去了哪里
饱餐。她算是报仇雪恨了!
前夜你施展神力

1335 铁掌下除掉葛娄代
因为他年复一年摧残
我的人民。他刚在搏斗中倒下
毙命,不忍又冒出一个
穷凶极恶的妖母,为儿子讨债

1340 不顾一切报复。对于心里
悲悼着他们财宝赐主的
众多战士,这是何等的创痛;
如今那只助依实现每一个意愿的手
垂下不动了!

1345 我曾听本地居民报告
大厅里的谋臣形容,说见到
两头这样的怪物占了荒原:
硕大的异域庚灵。
其中一个,远远望去

1350 走路像是女人;另一个
身形丑陋,踏着逃犯的路

是男子模样——不过比人要魁伟。
当地人很早就叫他葛婪代
但不知他的父亲是谁
1355 抑或他们（母子）有什么妖孽前辈。
这两怪守着一片隐秘的疆土
有狼群出没的高坡
狂风扫荡的海岬
还有险恶的沼泽小径。
1360 那儿山溪泻入悬崖下的黑雾
在大地深处泛起洪流；向前不远
再走几哩，便是那口深潭。
上方长一扇挂满霜雪的树林
盘根错节，遮住水面。

1365 每天入夜，便现出一幕可怕的奇景：
水波上磷磷的火。人的子孙当中
没有一个智者知道潭底如何。
那荒原的漫游者，双角丫杈的牡鹿
不幸落入了猎犬的围剿，从远处逃来
1370 寻树林庇护。然而它宁肯舍弃生命
死在岸上，也不跳进水里
［保全］脑袋。这可不是福地！
潭中时时惊涛激荡
黑浪滔天，动辄卷起
1375 恐怖的风暴，骤然间日月无光
阴云欲泣。

现在我们又只能
指望你的帮助了。你还不认得那个
危险去处,罪行累累那头凶犯的
窠巢。有胆就找她出来!
1380　战斗自有厚报,一如我之前
赏赐——稀世珍宝
金环无数,只待你凯旋!

二十一、翁弗思的古剑

贝奥武甫,"剑奴"之子回答:
请智者节哀。朋友已逝
1385　与其悲悼,毋宁复仇!
人生在世无非一场拼斗
死期未卜,唯有荣誉不移
壮士捐躯,舍此还有什么冀望?
起来
1390　王国的护卫,让我们立刻出发
追寻葛蔓代妖母的踪迹。
我向您保证,她跑不了;
不管藏在地下,躲进山林
还是潜到海底,不管她逃去哪儿!
1395　今天再大的痛苦您也必须忍耐
这是我对您的期待。

长者跃起(如释重负)

为听到如此豪言而感谢上帝
大能的主。随即罗瑟迦叫人备马
1400　一匹长鬃团作小鬏的坐骑；
这英明君主全副披挂，点起一队
持盾的精兵，开拔！

林间小道上一行脚印
历历在目，正是那雌怪留下的
1405　罪痕。她已经越过昏沉沉的荒野
背着那位断了气的将军
"胜利之矛"麾下第一名护国英杰。
而高贵的战士已经攀上绝壁
踏着勉强容纳一人的
1410　无名野径，避开峭崖下
一个个水怪的洞穴。
如此一路向前，他亲率
数名老练的亲随，探察地形
直至蓦地发现：灰岩死寂
1415　怪树低悬，阴森森一扇
霜林底下泛起污血，一口
打着旋涡的水潭。
　　　　　　　　丹麦人的心
碎了，希尔德子孙的朋友
没忍住哀哭，当扈从们看到
1420　弃在岸崖上的不是别个
正是艾舍勒的头颅。

激流里还在冒出滚烫的血丝
灼痛他们的泪目。

　　　　　[战]号呜咽
一遍遍吹响，步卒忙蹲下观察。
1425　只见水中条条大蛇摇头摆尾
斑斓的海龙在浪里巡逻；
岬角下三三两两躺着怪兽
它们常在晨雾曚昽的船帆之路
追赶凶多吉少的旅人。
1430　此刻龙蛇受了惊吓，纷纷
沉入水底：深潭听到了
嘹亮的号音。

　　　　　一位高特武士
弯弓射去，击中一条海怪。
锋利的箭镞插上要害，它游泳
1435　顿时慢下，不再搅动潭水；
死，得了猎物。
马上，几支刻了野猪护符
带齿的长矛，将它在波涛里
狠狠钩住，拖上崖岸——
1440　好一头逐浪的行者，大家瞪着
这吓人的过客。

贝奥武甫穿上他的铠衣
一点没想到惜命。那巧手织就
铁环细密，宽宽的胸甲

1445 要去波涛中探险；
它懂得怎样保护骨屋
不让仇敌狠毒的利爪伤害
人的心房和生命。
那铮亮的铁盔守卫脑袋

1450 它将搜寻潭底，划破湍流；
那华丽的胄檐镶了珍宝
乃是古代的良匠以绝技制造
饰以猪符，从此竟没有一支剑
一把斧，可将它咬穿。

1455 值此关头，罗瑟迦的辩士
借给他的那口长柄大剑，也不是
无力的支援。那剑名"龙停"
是传世的一品古宝
雪刃明晃晃印出丫权毒纹

1460 复经战场的鲜血淬硬。
它从未在搏斗中辜负主人
那亲手抡开它冲锋陷阵
杀敌的勇士。这不是第一次
它要实现英雄壮志。

1465 的确，"剑余"之子把武器借予
那位更强的剑客，大约忘了
之前趁着酒兴出言的唐突。
他一身武艺却没敢试试

自己的勇气,潜到激流下面
1470 舍命一搏。他因此丢了
威名和荣誉。另一位则相反
他已经披挂停当,只等开战了。

二十二、潭底的战歌

贝奥武甫,"剑奴"之子告辞:
我走了,海夫丹大名鼎鼎的儿子
1475 战士的黄金之友,智慧之君
请记住我们的约定:
假若为了救您的急难
我生命不保,您依然是我父亲
在我离开后您名分不变;
1480 假若我被战斗攫走
您便是我这些扈从与同伴的庇护。
还要请您,亲爱的罗瑟迦
把您赏赐我的珍宝转交赫依拉;
让高特人的主公,雷泽尔的儿子
1485 看到这份黄金即可想见
我遇上了一位多么慷慨的项圈赐主
生前曾豪受他的恩顾。
请您让翁弗思,驰誉的人
拿我那口闪着漂亮波纹的古剑。
1490 是的,舞'龙停'而摘英名
我虽死无憾!

说完,不待答话,那高特人
风族王子便奋不顾身
冲了出去;汹涌的波涛接纳了
1495　壮士。入水后过了好半天
才沉到潭底,立刻
那头又凶又馋
统治了那片水域五十个冬夏的女妖
发现人类的一员
1500　下来侵犯了她的窠巢。

她一把将壮士抓起。
然而魔爪可怕,却伤不了
他的身躯;他裹着层层铁环
那妖母爪牙并用,也无法
1505　撕开环扣,咬破铠甲。

雌海狼索性沉底
拽着铠环王子,往窝里拖。
此刻即令他再英勇
也无济于事:他抡不开兵器。
1510　因为无数水怪已将他团团围住
海兽的獠牙疯狂撞击
他的盔甲。接着力士发现
被拖进了一个洞府
一间不祥的大厅。潭水不见了

1515　石洞的拱顶挡住了怒涛。
　　　只见一处耀眼的火光
　　　明晃晃地照着。

　　　然后他才看清了那深渊的孽障
　　　硕大的妖母。勇者狠命一击
1520　持剑的手丝毫没有退缩
　　　让饰着波纹的雪刃在她头顶
　　　唱出觅食的战歌。但访客
　　　马上发觉，寒光咬不住生命
　　　急难关头"龙停"辜负了王子——
1525　虽则它，从前多少场交手
　　　斫碎猪盔，屡屡变甲士为白骨。
　　　这无价之宝，第一次
　　　没禁得起赞誉。

　　　但是他毫不动摇，勇气不减
1530　赫依拉的外甥一心立功。
　　　他发怒了，扔了那口波纹古剑
　　　将锋利的钢刃丢弃在地
　　　壮士要赤手搏击，靠一双铁掌。
　　　是好汉就该这样
1535　若是决意在沙场上赢取青史垂名
　　　他哪顾得了自家性命！

　　　他揪住葛婪代妖母的肩膀

善战的高特王子，没有为厮杀

而后悔——"蜂狼"怒火迸发

1540　将仇敌猛地摔倒。

那雌怪立刻回报了他

狠毒的魔爪将他死死掐住。

他一下喘不过气来，勇士之杰

冷不防踉跄几步，跌了一跤。

1545　妖母趁势骑上大厅来客

拔出明晃晃一把宽刃短刀

便为她的独子讨债。

生命又靠肩上那件锁子甲保全

刀尖雪刃只咬下一片火星！

1550　（那一天）在大地深处险些埋葬了

"剑奴"之子，风族的英雄——

若非胸口上层层铁环给了他援助

而上帝至圣，掌握着胜负：

轻而易举

1555　英明的主，诸天之统帅

主持正义，当贝奥武甫翻身站起。

二十三、神　剑

这时他在（四壁悬挂的）武器中间

一眼看到一口胜利保佑的神剑

古代巨人锻造的兵刃之王

1560　勇士的骄傲；只是它比世人

在战场上挥舞的任何兵器都重

都高贵不凡——真正的神匠手艺。

希尔德子孙的力士握住带金环的剑柄

这杀红眼的,抽出饰着波纹的宝器

1565 不顾性命 狠狠砍去

正中那女魔颈脖。

顿时脊柱摧折

妖身两断,仆倒在地。

神剑淋着热血,壮士大喜。

1570 倏地升起一团火光,把大厅照得通明

恰似空中炫亮着的那支天烛。

"蜂狼"扫视着洞府

沿着石壁向前,手举神剑

赫依拉的武士怒气未消;他只想

1575 再用一趟宝刃,一劳永逸

跟葛婪代算清老账——

多少年了,西丹麦人

遭受血腥的袭击,远不止

那一天,罗瑟迦的火塘伙伴

1580 在睡梦中被屠戮,凶魔

一口气吞下十五个丹麦战士

跟着从床上又背走十五个:

好残忍的掳获!

为此,狂怒的冠军给了他回报——

1585 果然他觅着了葛婪代

僵卧在那里,无法应战
被鹿厅的搏斗索去了生命。
于是寒光落处,残躯裂开大口;
他一记猛击
1590　砍下了怪物的头。

岸上,跟罗瑟迦一起望着潭水的
老练扈从,突然发现
激流中冒出鲜血,一片殷红。
皓首的智者聚到一处
1595　悄悄议论那位英雄
说不敢指望王子能获胜
载誉归来见他们的著名主公。
很多人都以为
那头雌海狼已将他撕碎。

1600　已是第九时。勇敢的希尔德子孙
开始撤离峭崖,战士的黄金之友
决定回家。但客人坐着没动
他们苦苦望着水面
虽不敢期望,却暗暗祈求
1605　还能见到亲爱的领袖。
　　　　　　　　　而潭底
那口淋了妖血的神剑,竟仿佛
一支冰棱开始消融。好一桩奇迹!
眼见它酥雪似的一滴滴化去

恰如掌握时令的天父
松了冰霜的禁锢，解开洪流的绑索：
真的，他才是命数之主。

虽然洞府里珠宝成堆
任凭高特人风族王子拾取
他一样没要，除了那颗头颅
与镶金的剑柄——那剑的
波纹雪刃已熔化在滚烫的妖血：
太毒了，那头死在洞内的异域戾灵！
很快，他回到深潭。
在接连放倒两个顽敌之后
他游上了水面。激流平静了
变得宽阔而清澈——那搅扰浮世的
戾灵，交还了她借的生命。

就这样，水手的护主回到岸上
雄心破浪，因深潭的厚礼
肩上沉沉的收获而喜悦。
那队忠诚的战士急迎上前
感谢神明，为王子庆贺——
他们终于见到了他，平安凯旋！
赶紧，替壮士脱下盔甲。
湖波荡漾，飞云下
一泓鲜血染红的水光。

他们从岸畔折回小径

兴高采烈,迈上崎岖的山路

熟悉的归途。那颗头颅

1635 他们抬着一步步走下石崖;

猛如王者的四个勇士

须使出浑身力气,才能用矛杆

把葛娄代硕大的脑袋

扛回金顶的建筑。

1640 终于,鹿厅迎来了

十四名高特人的骁将;

战友簇拥着主公,骄傲地

踏上蜜酒大殿的广场。

(第一个)进来的是扈从的首领

1645 他大功告成,荣誉有加。

恶战的胜利者向罗瑟迦施礼

然后揪住乱发将葛娄代的首级

掷到众人脚下。举座大惊

饮酒的贵族连同王后

1650 瞪着地板上那团可怕的血肉。

二十四、胜利的标记

贝奥武甫,"剑奴"之子禀报:

请看,海夫丹之子,盾族的主公

我们愉快地为您从深潭带来了礼品

您眼前这颗胜利的标记。

1655　好一场水底的厮杀
　　　险些要了我的命！
　　　一时间，我几乎坚持不住了
　　　幸亏有上帝为盾。
　　　这番苦战'龙停'没能奏效
1660　虽然那兵刃并无错失。
　　　但是人的主宰不弃，让我看见
　　　洞壁悬着一口瑰异的巨剑：确实
　　　孤军独斗的常获他指引——
　　　让我抽出那件宝器
1665　瞄准机会。搏斗中先后
　　　砍了两头洞主。滚沸的妖血
　　　喷涌而出，竟熔化了那口战剑
　　　饰着波纹的雪刃。剩下这截残柄
　　　我从顽敌那里夺来，义不容辞
1670　报还了两怪对丹麦人欠下的血债。

　　　我向您保证，您可以在鹿厅
　　　带上您的全班扈从，安枕无忧了。
　　　现在，希尔德子孙的首领
　　　您再也不必像从前那样，为族中
1675　任何一位武士，为新兵老将
　　　担惊受怕，为无期的杀戮哀伤了。

　　　言毕，那截鎏金的剑柄

巨人遗宝,呈递到年迈的武士
皓首统帅手中,在魔鬼
1680　垮台之后,献与丹麦人的主公。
当那居心险恶的孽障
上帝的对头同他的妖母
因犯下死罪,被逐出人世
这神匠的杰作便归了众王之首
1685　那两海之间,北国之滨
赐礼最慷慨的明君。

罗瑟迦端详着剑柄,那传世之宝上
刻着远古争斗的根源——
何以有大洪水,滔天巨浪
1690　毁灭了巨人一族:那是背弃
永恒之主的悲惨下场
那滚滚狂澜,是全能者
给他们的终局回报。
金光烁烁的护手
1695　还刻了一行古奥的文字
记载着,为谁造的这口神剑
兵铁之冠,带环的柄和蛇纹的刃
当初问世的因缘。
　　　　　　于是那智者
海夫丹之子启齿——众人鸦雀无声:
1700　好,为族人秉真理而行义
须铭记过去,两鬓苍苍的国主

可以宣明：这勇士生来就要胜出！
贝奥武甫我的朋友，你的荣名
天下景仰，各族共庆！

1705　你全部的力量皆以心中的智慧
沉着把握。所以按我们先前讲定的
我必履行朋友的诺言。
而你，将成为族人长久的安慰
并战士的靠山。

　　　　　　　　可是海勒摩

1710　恰恰相反，对剑福王的后代
光荣的盾族，他的兴起没带来幸福
却让丹麦人陷于屠杀与苛政；
动辄迁怒于同桌的伙伴，拿战友开刀——
直至被废黜流放，孤家寡人

1715　一时的暴君，丢下人世的欢乐。
虽然大能上帝曾赐予他勇力富足
置他于万人之上，号令四方
但他心中滋生了恶念，嗜血的欲望；
甚而断绝了丹麦人金环的赐礼

1720　与荣耀。也被欢愉抛弃
因倒行逆施，蹂躏人民太久
而不得解脱苦役。

　　　　　　　　汲取这一教训吧

认准人的美德！冬霜染鬓
让我为你乍这支歌：

1725 说来真是奇迹：
上帝全能，以其宏大心意
赐人类以智慧、土地和等级。
他，掌握一切。
时而他让一颗高贵的心
1730 受族人爱戴，在家乡享尽
富贵荣华，领有战士的城堡；
把世界各地，辽阔的王国
总归那人统治——
乃至他丢了智慧，不思结局
1735 而终日欢宴：没有病痛和衰年
妨碍，没有恶毒的攻讦
黯淡他的心情，也没有剑仇
在任何地方挑起战争。全世界
都听他的意旨，他不懂何为逆境——

二十五、灵的哨兵睡了

1740 直到胸中蓄起一股傲气
滋长开来，而他的警卫即灵的哨兵
却睡了。这一觉太沉
竟不顾危机四伏，刽子手贴近身后
射出的冷箭。
1745 盔甲无备，他的心中了苦镞
那受诅的恶灵的阴险密旨；
而他，仍不知自卫。

久而久之,他觉得拥有的太少。
于是越来越贪婪暴戾,不肯表功

1750　奖赏锤金的项圈,竟把自己的命途
也扔去了脑后,一如上帝赐他的
那份尊荣,荣耀之主的恩典。
终于大限临头,那借来的躯壳垮了
他的注定了的栽倒。

1755　而另一位登基,就分了他的财富
一点不怜惜贵胄的古宝
没感到丝毫的戒惧。

亲爱的贝奥武甫,要提防
那样的厄运。是人杰理应求善

1760　选择永恒的报偿。
　　　　　　　　万不要骄傲
勇士之冠! 此刻你尽可称雄
但不久便轮到利刃或疾病
夺走你的气力:
或烈焰吐舌,或洪水淹没

1765　或刀剑砍击,或投枪呼啸
或晚景凄凉,当你明亮的眸子
堕入昏暗——死
突然把你玉倒,高贵的武士!

我统治戴金环的丹麦人

1770　飞云下已变过五十个冬夏。

多少次保国护民,消弭敌部

刀枪的侵犯,终于在中洲

再找不出一个对手。可是听着

乐极生悲,就在我家里一切反转

1775　出了一个元凶,葛婪代!

从此我心里哀伤不断

苦于他的频频夜袭。

感谢命数之主,永恒的上帝

我还活着

1780　活到了打完这场苦斗

亲眼见着这血淋淋的首级!

请入座。开怀畅饮吧

战功彪炳的人! 明天

我们分享数不清的珠宝金环。

1785　那高特人大喜,立即遵智者之命就座。

于是又一场盛宴摆开,一如先前

给威名赫赫的大厅来宾

端上一盘盘肴馔。

末了,夜幕覆盖了众好汉的背影

1790　全体起立

银发的盾族老王离席回宫。

(风族的)英雄也累了,一阵阵

睡意袭来,圆盾力士困了。

马上,一名大厅的侍者过来

1795 引疲倦的人退席——从前的礼数
有专人负责贵客的起居；
对远道而来的水手
招待也一样，尽心尽力。

那颗宽广的心终于休息了
1800 大厅巍巍，金光烨烨；
宾客睡在梦乡，直至黑羽的渡鸦
欢声报晓，迎来天空的喜悦。
于是晨光匆匆而来［驱散了夜影］
高贵的勇士归心似箭，准备回去
1805 亲人中间；无畏的访客
只等升起风帆，驶向远方。
那力士命将"龙停"交还"剑余"之子
请他佩上大剑，珍贵的铁刃；
感谢他，借剑一片盛情
1810 称赞那兵器如可靠的战友
沙场老将。至于剑刃
他一句未提：不愧为大勇之士。
一俟远航者披挂停当，一切就绪
他们深受丹麦人敬重的王子
1815 便来到另一位的高座前
恶斗的胜利者向罗瑟迦施礼——

二十六、道 别

贝奥武甫，"剑奴"之子道：
现在，请准许我们
远道来访的水手，回返赫依拉身边。
1820　蒙您厚待，我们在此
受到称心的礼遇。
除却我已尽的绵力，若世上
还有任何机会，让我多多仰承
您的仁爱，战士的主公
1825　我一定随时效劳。
若是我在海外听说，有任何邻国
胆敢效法您从前的仇敌
进犯丹麦，我一定
率一千精兵投到您的麾下。
1830　我深知赫依拉，高特人的领袖
他虽然年纪轻轻就当了族人的牧者
却无论言行都乐于成全我
让我能够向您表达敬意
长矛如林全力驰援，只消您
1835　有人手之需。

此外，若是罗里奇
有意光临高特人的宫廷
（丹麦）王子可以在那里
找到许多朋友。有作为的人

去远方游万,大有裨益。

1840　罗瑟迦听罢,赞不绝口:
　　　这番美言,是英明的主存入你心间的。
　　　我从未听说,有谁
　　　这么年轻更如此成熟
　　　智勇双全,且长于辞令!

1845　万一雷泽尔的儿子遭遇不测
　　　血战中长矛或利剑
　　　或是一场大病接走你的主公
　　　族人的牧者,而你却留着命数——
　　　我想,除了你

1850　航海的高特人绝无更佳的人选
　　　立王,做浮士的宝库之盾
　　　假如你愿意统治你的同胞的国度。
　　　你的心性,越来越让我喜欢
　　　亲爱的贝奥武甫。

1855　你为我们两族缔了和平
　　　从此,高特人同持矛的丹麦人
　　　将息弭争端,抛却宿怨。
　　　而只要我还统治这辽阔的王国
　　　我们就要分享珍宝

1860　跨过塘鹅的浴场互致问候
　　　与赠答;由颈的航船
　　　就要划开波涛,送来礼品和友谊。

我深信

两国人民对敌对友,将勠力同心

1865　无可指摘地依循古训。

言毕,就在殿上贵族之盾

海夫丹之子,赏了他十二件珍宝。

请他带上这份赐礼平安回到

亲人身畔,快去快来。

1870　而后高贵的君王,盾族的主公

抱住他的颈项,亲吻了扈从之冠

热泪浸湿了苍髯。

期望虽有两面

但垂暮之年智者明白

1875　很可能,这一别竟成永诀

再没有机会英雄相惜。他太爱

贝奥武甫了,再也抑制不住心井的

漫溢,而萦绕胸中对所爱之人的

依依之情,在他血脉深处

1880　沸腾。

　　　　贝奥武甫告辞出来

因黄金而自豪的勇士,满载宝物

踏上绿茵。航船在等待主人

系着锚链起落。他们一路走去

罗瑟迦的馈赠备受赞扬。

1885　身为国君,他确实无可指责

直至力量的欢乐,被衰老剥夺

一如岁月消泯的一切。

二十七、余力公主

于是向着大海，走来那[一队]
英勇无比的青年，锁子甲
1890 铁环铿锵。那海岸哨长
跟上回一样，远远望见好汉归来；
但他没有从岩岬顶头厉声
喝问来客 而是策马迎上前去
宣称，风族人定会欢庆
1895 快船或着壮士，胸甲熠熠的凯旋。
宽舱的战舰泊在沙滩，曲颈的木舟
装满兵器、骏马和珍宝；
桅杆高耸于罗瑟迦的厚礼之上。
贝奥武甫送给战舰的警卫
1900 一把镶金的剑，让他
从此坐上蜜酒宴的长凳
因这传世之宝，而倍受尊重。

船开了
(英雄)告别丹麦。
1905 桅杆升起风帆，驶向万顷碧波
缆绳抓紧了大海的斗篷
船帮劈浪，吱呀作响
没有侧风挽留：它已昂首向着航道

顶起雪白的飞沫,攀上惊涛
1910 这曲颈的木舟,驾驭了滚滚洋流!
终于,他们眺见了高特的峭岩
熟悉的岬角。借着风力
快船急冲向前,停在了岸边。

那儿,港口警卫早已下到水畔。
1915 好久了,他一直在瞭望大海
翘盼着亲人。
现在,宽舱的木舟靠了岸
忙系缆绳下锚,以免波涛不羁
漂走了英姿的战舰。
1920 然后命将王子的珍宝和金器
搬上岸去。距峭崖不远
便是他们慷慨的赐主
雷泽尔之子赫依拉的宫殿
首领与扈从的居处。

1925 那大厅华丽无比
国王赫赫威名,高踞宝座。
慧德王后十分年轻,聪明达理
虽然海列思的女儿在城堡中
才住了几个冬天。她并没有因此
1930 而刻薄小气,舍不得给高特人
赐礼。

相反,佘力王后对族人

骄横,曾犯下可怕的罪行。

除了她(后来)的夫君

再英雄的扈从,也不敢斗胆

1935　在白天正眼看她——除非

他准备领教一下被致命的囚索

绑起双手,就地正法的滋味;

不由分说架上屠刀,让波纹的

血刃定案,展览一通死尸。

1940　这,可不像一位王后的行事

尽管她容貌盖世无双;

贵为公主,她本该"纺织和平"

却动辄编造罪名,戕贼忠良。

幸而海明的亲戚结束了这场灾难。

1945　麦芽酒席上的故事还说:

自从她用黄金打扮了

许给年轻的冠军,高贵的王者

她便不再给人民带来祸害——

自从她,遵循父命

1950　跨过苍茫大海

踏上奥法的大厅。

　　　　　　宝座上

她从此以贤惠而闻名,极珍惜

命运分她的时日,尤其忠于

她同众英雄的主公,两海之间

世人当中——如我所闻

1955　芸芸部族第一俊杰的

崇高爱情。

而奥法,凭长矛之勇

因善战和厚赏而誉满天下

乃是以智慧执掌家园。

1960 他生了"名驹"艾眉,海明的王子

"矛手"加蒙的孙儿:

沙场无敌,战士的柱石。

二十八、新娘莦莱娃

于是那孤胆英雄,率亲手挑选的伙伴

踏上了沙滩,他们宽广的海岸。

1965 天烛高挂,日头从南方照临世界——

到家了。他们急步直趋

城堡内那座熟悉的(大厅)

那贵族之盾,年轻的统帅

(崖族王)奥根索的终结者

1970 赏赐金环的地方。很快

贝奥武甫回国的消息禀告了赫依拉:

那勇士的台柱,椴盾的战友

从死战胜出,无伤毫发

正穿过广场朝王宫走来。

1975 立刻宝座传旨,摆开座席

迎接凯旋的壮士。

终于,那两场恶斗的生还者

坐到了赫依拉身旁，舅甥并肩。

他按照正式礼节，用庄重的言辞

1980 向主公致敬。海列思的女儿

登上大殿，殷勤斟酒

为众英[隽]洗尘，亲自把盏

送到他们手边。

大厅巍峨

赫依拉还了礼，即开始询问

1985 他的战友　他极想了解

高特水手万险的经过：

亲爱的贝奥武甫，这一路上

可好——当初你突然下的决心

要越过咸涩的波涛，加入鹿厅的争斗；

1990 但究竟为罗瑟迦，大名鼎鼎的王公

解脱了那人所共知的危难没有？

焦虑涨满了我的胸膛

亲人远征，我放心不下呀！

我曾经一再劝你

1995 万勿惹那头杀人不眨眼的戾灵

让南丹麦人自己去向葛娄代

讨债。感谢神明

让我看到，你平安归来！

贝奥武甫，"剑奴"之子回答：

2000 赫依拉我的主公，那场[大]战

我与葛娄代[厮杀]几个回合

对众人已不是秘密;

正如在同一地点,他曾无数次

让常胜的盾族垂头哭泣

2005 痛不欲生。但我替他们报了仇

叫葛婪代的亲族,陷于[罪愆]的孽种

不管在大地上苟延残喘到什么时候

也没法吹嘘,拂晓前的那场

决斗!

       我一上岸就直奔那座赏赐

2010 金环的大厅,向罗瑟迦致敬。

海夫丹美名的儿子,当他得知

我的来意,立即请我

跟他的(两位)王子坐在一起。

主人欢笑了:苍穹底下

2015 我从未见过那样济济一堂

开怀畅饮的场面。

尊贵的王后,部族的和平担保

不时穿梭在殿上,劝年轻战士进酒

入座之前又[赏下]一只只项圈。

2020 同时,在扈从的上席

罗瑟迦的公主手持麦芽酒壶

顺次招呼贵族。我听那些英雄

叫她菲莱娃,每当她端上

镶着珠宝的酒盅。

              这遍缀黄金的

2025 妙龄公主,已经许给英叶德

(髯族)"长者"费洛德的英俊王子。
希尔德子孙的朋友,王国的牧者
定下这门亲事,希图通过女儿了结
流血的宿怨。但常常,倒下一位君王
2030 复仇的长矛便不肯停歇一刻
哪怕娶进再好的新娘!

因为髯族王公与麾下扈从
每一个都可能会觉得受了侮辱
当新郎把新娘迎进大厅
2035 公主的年轻侍臣备受礼遇。
须知丹麦人腰间闪亮的古剑
正是髯族人世代相传的金环之珍
当年他们(父兄)挥舞的兵刃——

［二十九/三十］ 在另一座大厅

那一次盾牌交击,生命扑向毁灭
2040 亲爱的战友无一幸免。
于是酒宴上,一位老武士忍不住了。
熟悉的金环在眼前晃动,心头一幕幕浮起
昔日梣矛的宰杀——他的心沉下去了!
他开始怅恨地试探某个年轻战士
2045 向他(表露)心底的思想
叫醒他厮杀的渴望:

朋友,你不认识那支剑吧？

那是你父亲最后一次戴上面盔出征

手里拿的宝剑哪！

2050 丹麦人杀了他,做了战场的主人

而威折将军和英雄们一同倒下

再没站起,好狠的盾族！

现在,那帮凶手中某人的儿子

在大厅里晃来晃去

2055 显摆那一身装束,吹嘘那一场屠杀

佩着那支理应归你的宝器。

就这样,他用痛苦的诉说一次次

催促、挑拨,直至时机成熟

公主的侍臣为父亲的旧债

2060 睡倒在血泊,被利刃没收了生命。

而凶手却逃出宫去躲藏起来：

他熟悉本国地形。

     而后双方

首领间的誓约就会破裂；

仇恨,将淹没英叶德的心。

2065 旧痛新悲之中,他对妻子的爱

将不再热烈。故我不敢相信

髯族媾和的诚意,丹麦人拿到的

恐非无欺而牢固的友谊。

让我接着讲葛婪代

2070 向您，财宝的赐主，禀告
两雄争锋，徒手肉搏的分晓。
当苍天的宝石沉下大地
那头狂怒的夜魔
便一步步逼近了我们——

2075 一队不计安危的大厅守卫。
不料屠杀落在了"手套"韩修头上
致命的一击，首先撂倒
那扈从白俊杰，佩剑的勇士：
葛娄代抓住这战友就撕咬

2080 一口吞下他整个身子！

那凶手臺牙沾血了，还想造孽
不愿意空手离开金顶的宝殿；
丧心病狂的东西
竟然拿我来试试他的气力！

2085 他这边伸出魔爪，那边张开手套
黑洞洞垂着
却是妖法缝制，魔咒锁口
一大只龙皮毒囊——
这孽障是要将我，还未惹他

2090 就跟别人一样塞进龙皮！
但是他没能得逞，因我怒火中烧
已经翻身坐起。
　　　　　　长话短说
我硬是叫这杀人狂将血债

全部偿还了。就在那里

2095 我的主公，我以行动为您的族人
博得了荣誉。他虽然逃了出去
却只剩下片刻生命的欢怡。
他的右手留给了鹿厅
其余部分拖出一条血印——

2100 绝望的家伙，一头栽到潭底。

晨光照临。
为这场殊死的搏斗
希尔德子孙的朋友在宴会上
毫不吝惜镂金的礼物，无计数的珍宝。

2105 歌乐声中一位见多识广的盾族长者
讲起往事。一会儿
有百战的勇士拨响六弦竖琴
就着欢乐之树，唱一段
真实而伤感的歌谣；一会儿

2110 那心地宽广的王道出一趟奇妙的
历险；接着，某位岁月缠身的老将
又怀念起少年时光，征战的勇力
已一去不复返：心潮澎湃
银丝萦绕多少个冬天！

2115 当日，我们在那里
尽情享乐，直至夜幕低垂
（黑影）回到人们中间。谁想到

葛婪代的母亲这么快就来报仇
踏上了哀悼之路。她儿子被死亡
2120　攫走,品尝了风族的愤怒。
所以那女妖替爱子雪恨
特别凶残,上来就扑倒一员将领;
丹麦人智慧的军师当场殒命。
待到清晨,艾舍勒的尸身
2125　已经没有机会火化,亲友也无法
将他治上葬礼的柴堆;
那雌圣已经把残躯叼在胸前
窜回山溪底下。

这于罗瑟迦,是极惨痛的打击
2130　尽管族人的头领曾屡遭挫折。
那王公满心悲苦,呼着您的名字
恳求我,要我钻下湍流
显出神威,一掷生命
完成英雄大业。他答应重酬。

2135　结果已经家喻户晓:旋涡下
我寻到邪头恶浪的主人。
我们在水底交手,厮杀良久
直至污血滚沸了深潭:
我摘下河府内一口大力之剑
2140　取了葛婪代妖母的首级。这一趟
九死一生,是我的运数未尽。

那贵族之盾，海夫丹之子
又赏了我无数黄金。

三十一、毒龙醒了

如此，那大王秉承古礼
2145　没有缺我半点奖赐，勇力的报偿。
海夫丹之子拿出各样［珍宝］
任我挑选——请允许我
为您，战士之王，一一献上
以聊表寸心。因我全部的福祉
2150　只系于您一身——除了您
赫依拉，我别无至亲了！

他命人抬进一面绣着野猪头的战旗
一顶冲天冠头盔，一领铁灰胸甲
一口极尊贵的战剑，郑重声明：
2155　这套装备，是罗瑟迦的赐礼
那智慧之君特意要我向您
略陈它的来历。从前
"剑矛"海洛格，盾族的王
曾用过许久。然而名甲无情
2160　没有传到他的儿子手中
英勇的"剑卫"海鲁娃，尽管他
一向忠心耿耿。
请加倍珍惜它吧！

我听说
跟着这套兵器,还有四匹快马

2165　一模一样的苹果红色:
　　贝奥武甫将宝物和名骥一并呈上。
　　亲人(之间)就应当这样
　　决不给对方织圈套
　　背地里诛害战友同胞。

2170　赫依拉骁勇,而外甥忠诚
　　他们始终相互支持,肝胆相照。

　　我还听说,他把大项圈送了慧德王后
　　那天下无双的珍奇,薇色欧的赠予——
　　外加三匹雕鞍绚丽的骏马。

2175　从此,因了这一只公主的金环
　　她的胸口倍受颂赞。

　　就这样,"剑奴"之子彰显了神勇
　　因战功和善举而扬名。
　　他行事讲求荣誉,即便酒后

2180　也不伤一个火塘伙伴,不生残暴心。
　　这斗士守持的是上帝恩赐的慷慨大礼
　　世人当中无与伦比的力气。
　　然而早年,他曾经被人小觑
　　高特子弟不觉得他勇敢;

2185　蜜酒席上,风族的首领对他
　　也不甚看重,很少褒奖。

都以为他太过懒散,好欺负的
王子一个。不想人后来会变——
一份荣光抵消了全部责难。

2190 于是贵族之盾,善战的国王
命人取出雷泽尔的遗赠;
论古剑,当年高特人没有一样
比得上这口雕金的宝器。
他把剑搁到贝奥武甫膝上
2195 另赏他七千(户采邑)
一处(单独的)大厅并宝座。
(风族)家园的祖传领地,继承权
同属他们二人,但其中更尊贵的
那一位,统治全国。

下 篇

2200　光阴荏苒。

后来刀兵童击，带走了赫依拉

而(王子)赫理迪在护盾下中剑：

百战的崖疾勇士，从争胜的

队伍里寻出"雄兵"贺里奇的外甥

2205　猛攻，将他克服——

大好河山

遂托付给了"蜂狼"贝奥武甫。

他统治了五十个冬天

太平无事——智慧的王上了年纪

2210　仍守护着祖国——直至黑夜

再生一孽，一头毒龙盘踞

高高的墓冢，做了宝藏的卫士；

那陡峭的石堡，只通一条

隐蔽的小道。

　　　　　　　　有个不知名姓的人

2215　探到(石堡的秘密)，他潜入

那异教的宝库，拿走一只

镶满珠宝的［大觥］。那龙

[没有缄默,虽]然它睡觉时
被盗宝的钻了空子。而附近居民
2220 随即发现,它已经怒火冲天!

三十二、宝　觥

但那人偷闯龙穴,惊动大蛇
并非故意或出于自愿;
他是迫不得已,一个倒霉的[奴隶]
为躲避贵族主子的一顿毒打
2225 无家可归才摸了进去。
悲惨的罪人,他朝洞内[张望]
不速之客,心头一阵[战栗]。
但那[可怖的]形象[
　　　　　　　　　]形
2230 [　　]忽而恐惧压倒了他
他[抓起]那只宝觥……

洞府中还有无数这样的古宝
是当初某个无名勇士埋在那里
一支高贵的部落的巨大遗产
2235 忧思的人,藏匿的黄金。
死,卷走了他们全体。
很久以前,行将绝灭的一族
剩下的最后一位战士,那坚守者
悼念着朋友,想见同样的(命途)——

2240 日子不多了，他还能享用
那先人的财富。

傍着海浪的
轰鸣，崖岸上新筑了一座墓冢
背靠岩岬，入口深藏绝壁。
那金环的散者把王公的珍宝
2245 所有值得掩埋的金器都搬了进去
发出最后的叹息：

大地呀，众勇者留不住王公的财富
请收回去吧！真的
它本来就取自你的怀抱。
2250 刀兵的屠戮，毁了我们一族
生命被惨烈的灾祸截断
连同大厅里的欢歌。
再无人可以为我背剑
[擦亮]镂金的酒杯，名贵的饮具：
2255 将士都去了别处。
那缀满黄金的头盔，即将失去光泽
揩拭它的侍从长眠了。
胸甲也一样——尽管鏖战中
它经受了盾牌撞击，利刃撕咬——
2260 与主人一同朽坏。
铠衣的铁环，也无法伴随统帅
加入英雄的远行。再没有
乐音萌芽在喜宴之树

没有猎鹰飞出大厅
2265 没有快马蹄响城堡的天井。
残暴的死,放逐了多少部族!

如此他伤心哀悼,全体去后
孤身一人。他白天黑夜
阴郁地游荡,直至死亡的浪涛
2270 淹没他的心房。
                              这无主的宝藏
后来被那拂晓前的摧毁者发现了
光滑的毒龙找出了墓冢入口。
夜空升起它通体的火焰
那飞怪[吓坏了]当地居民。
2275 寻[宝]原是它的本分,盘踞洞府
从冬天到冬天守卫异教黄金
虽然这于它一无益处。

如此三百个冬天
那族人的凶敌,硕大无朋
2280 占着地下这一份宝藏
直至它的心被一个(逃亡的)激怒。
后者为哀求主子开恩饶命,进献了
那只镶金大觥。于是洞府遭窃
宝藏受损,可怜人得了宽恕——
2285 平生第一次,那主子
见识了古人(掩埋)的珍物。

大蛇一觉醒来,战祸便升起了新云。

它迅速爬下石壁,恼怒的心

循着气味,发现了敌人的脚印:

2290 他居然偷偷摸摸,差点踩到龙的脑袋——

运数未尽的人,托天主的恩典

轻轻渡过了流浪的大难!

宝藏的卫士四下嗅寻

决意搜出那个趁它酣眠之际

2295 入侵龙穴的逃犯。

它心头焦灼,绕着墓冢转来转去

可荒野之中哪里来的人影!

然而它已经盼着[杀戮]

快意的焚烧。它不时折回洞府

2300 寻找它的大觥,但马上就意识到

有人打开了(沉睡的)金库

盗走了那件珍宝。

                好不容易

那宝藏卫士等到夜幕降临

墓冢的主人雷霆发作!

2305 它要报仇,用烈火追讨心爱的金觥——

终于白天离去,遂了大蛇的心愿;

不必再蜷曲于石崖之下

它口喷烈焰,腾空而起。

开场即遍地烧灼,百姓涂炭;

2310 而很快,他们的财宝赐主

便迎来了悲壮的结局。

三十三、赫依拉之死

那来客吐出火舌
对准一栋栋明亮的屋宇；
赤焰熊熊，惊恐笼罩了百姓
2315 可怖的飞怪，不愿留一个活口。
处处可见大蛇的屠杀
无分远近，毁灭者的报复：
那战争元凶对高特人何等的
仇恨与摧残！待到它返回巢穴
2320 它的隐秘宝库，天还未亮
但已经把四方居民圈进了火墙。
然而它自恃有毒焰的威力
石壁的墓冢——却是上希望的当！

凶信火急报与贝奥武甫：
2325 他本人的家园，厅堂之冠
高特人赐礼的宝座，皆已落入火海。
这于勇者，是心头莫大的悲哀
智慧的（首领）
以为自己触怒了全能者
2330 永恒之主，违反了古老的法例。
一种从未有过的感觉
他胸中涌起了黑暗的思绪。

火龙烧焦了海边的土地
夷平了高特人的城堡

2335 崖岸的要塞。忍无可忍
风族的战王决定报仇。
勇士的护主,贵族的领袖
命人精工打造一面全铁的战盾
因他明白,自林中斫椴木

2340 制成的圆盾,抵御不了烈焰。
然而,终生为善的王公行将结束
[借来]的日子,尘世的
旅途,而对阵大蛇
尽管它曾久久占据着那座宝库。

2345 但金环之君不屑于
带领大队兵马,去迎战飞龙。
他根本就不惧搏斗
没把大蛇的蛮力与凶残放在眼里。
因为他早已经历过无数险恶的

2350 交锋,自从那一次,他
胜利庇护的勇士
为罗瑟迦肃清了鹿厅:
一场血战,灭了葛蒌代同妖母
可恨的一族。

　　　　　　　赫依拉倒下那天
2355 交手也十分惨烈,当高特王

投入厮杀，族人的主公和朋友
在弗里西人的土地上被利刃摧毁
雷泽尔的儿子饮剑身亡。
贝奥武甫却靠自己的神力
2360 冲出重围，再显非凡的水性；
一个人肩负三十副（缴获的）铠甲
他转身迈向大海。
盾牌后面抵挡他的冠族法兰克人
没有理由吹嘘他们的步战：
2365 从这悍将掌下逃脱
重见家园的，委实不多！

终于，"剑奴"之子推开波涛
孤苦的幸存者游回了祖国。
那里慧德王后献上王国的财富
2370 项圈和宝座，她担心
儿子年幼，在赫依拉殁后
面对外敌的觊觎，坐不稳江山。
然而，无论失去首领的人们说什么
高贵的英雄也不为所动
2375 不肯同意做赫理迪的主公
或行使君权。相反
他在风族人中间以朋友的谋略
兢兢辅佐，直至王子成年
执掌高特。
            一对逃亡中的（兄弟）

2380　奥特尔的儿子,渡海来求援。

他们反叛了(叔叔),崖族的护主

赏赐财宝的瑞典海王之骄

大名鼎鼎的(奥尼拉)。

祸根就此埋下:

2385　赫依拉之子因为好客

招来了致命的利刃,凶暴的一击。

而赫理进到下后

奥根索的儿子便收兵回桨

让贝奥武甫坐了宝座

2390　统治高特人——好一个大王。

三十四、雷泽尔的挽歌

但他并无忘记讨还主公的血债。

后来,他跟落难的爱狄

交了朋友,支持奥特尔之子

越过宽阔的冰湖,提供武器和军兵

2395　助他复仇,用散布悲伤的奔袭

夺走了(奥尼拉)王的生命。

就这样,"剑奴"之子每一次交锋

总能胜出,无论激战还是闯险:

直到那一天

2400　他必须迎战大蛇。

怒火中烧,高特人的主公

亲率十一名（战士）前去寻索毒龙。
他已经查明灾变和仇恨的起因：
那只名贵的金觥，已由坦白者的手

2405　呈至（国王）膝上；
而引发这场祸难的奴隶
就做了（决死）队的第十三人。
这心中惨苦的俘虏，垂着头
在队前带路。他不是自愿

2410　回去，找那座唯有他知道的
石壁下的大厅，傍着海涛喧嚣的
洞府。洞内一堆堆宝物璀璨
凶恶的卫士早已严阵以待
准备捍卫入土的遗珍。

2415　没有人能够
轻而易举，购得这份黄金。

那勇战之王在岩岬上坐下
高特人的黄金之友为他的火塘伙伴
祝福。他心中忧戚

2420　预感到了死亡。
是的，命运已近在咫尺
正在搜寻白发人灵魂的宝藏
要分开他的生命与躯体：
不久，王者的灵就要卸去她的肉衣。

2425　"剑奴"之子贝奥武甫语重心长：

年轻时我没少打仗

出生入死，至今历历在目。

我第七个冬天，高特人赐金的恩主

亲自将我从父亲身边领来——

2430　雷泽尔王收养了我

赐我珍宝宴乐，家人的照拂；

让我，一个城堡里的战士，备受爱护

不亚于他的儿子：赫尔巴与赫士军

还有赫依立我的（主公）。

2435　不料二舅的鲁莽

替大舅铺下了不该铺的灵床。

赫士军拉开角弓，羽箭

没击中目标却追上了主公和朋友；

亲人倒地　弟弟的利镞

2440　沾了哥哥的鲜血。

那是讨不回的死债，心头

最难忍受的罪孽；尽管如此

王子殒命却不能复仇。

仿佛一位老人，看着亲生儿子

2445　年纪轻轻就吊上了绞架。

他，只有恶

只有悲叹和挽歌，当儿子悬空

供乌鸦取乐，而他徒有年岁

与智慧，无可奈何！

2450　每天清晨醒来
　　　他便思念着逝去的儿子。
　　　他已无心等待另一个祖业守护人
　　　立于他的城堡,因为这一个
　　　做了惨剧的牺牲。

2455　他满怀忧伤,看着爱子的
　　　大厅日渐荒芜,卧房内
　　　凄风逐走了欢笑。骑手睡了
　　　英雄黄土;再没有竖琴的歌谣
　　　宫廷的宴飨,当年的热闹。

三十五、搏　龙

2460　他躺回榻上,独自为逝者唱着
　　　哀歌。田园,居室,一切
　　　都变得那么空旷。

　　　　　　　　　　就这样
　　　风族护主心中翻滚着哀思
　　　却无法替赫尔巴
2465　向夺命者索取赎金;
　　　更不能下手伤害那个武士
　　　虽然他一向不喜欢(次子)。
　　　终于,他被阴沉的悲苦所压垮
　　　抛下人世的欢乐,选择了神的光明——
2470　仿佛一个蒙福的人,他给儿子
　　　留下土地城堡才告别生命。

接着,敌意跟冲突就重新扭住了
瑞典人与高特人,雷泽尔死后
越过茫茫波涛,残酷的厮杀。

2475 奥根索的儿子好勇斗狠
并无诚意在大湖两岸寻求和平。
相反,他们在为心岭
一再布下血腥而罪恶的屠戮。
我的舅舅兼战友回报了他们的暴行——

2480 虽然,众所周知,其中一位
为此付出了太惨痛的代价:
死战吞没了赫士军
高特人的主公。
但次日拂晓,我听说

2485 他的亲人用利刃判了凶手
当奥根索撞上"野猪"艾伏尔:
铁盔裂开,崖族老王[饮剑]倒地
面色惨白。那定罪之手记着仇恨
没有半点迟疑,那致命一击。

2490 命运不吝,让我赴沙场举银剑
报答(赫依拉)的封赏:
黄金和领地,家园的幸福。
令他不必去廿夫沙人或持矛的
丹麦人中间,或到瑞典

2495 挑选次一等的武士

浪费钱财。打仗
我总是冲在他的前头
一个人做他的先锋：活着
就这样战斗！只要这支剑还能坚持
2500 一如既往，每一次都给我争光——
自从当年血战突围，"日鸦"戴雷文
胡迦人的冠军，死于我手。
他没能将那副胸铠及其尊贵的装饰
献给弗里西王；军旗的卫士
2505 勇猛的贵族仆倒在黄沙。
取他性命的不是雪刃；是我的手力
平了他的骨屋，他的心跳。
今天就让这双铁掌，加上利剑
为宝藏而战！

2510 "蜂狼"贝奥武甫发出最后的誓言：
年轻时，我曾无数次杀敌历险。
为保卫族人，我两鬓如霜
仍渴望着战斗
不成美誉决不罢休——
2515 只要那凶徒敢出洞府，跟我较量！

然后，他吩咐他的勇士
向戴铁盔的亲信与伙伴道别：
本来我不想提着宝剑，全副武装
去战大蛇，要是我知道

2520 怎样与那头飞怪徒手相持
就像当年可葛娄代，不负我的声威。
可这一回我要克服的是
炽烈的火言和毒气，万不得已
才拿起盾，系了胄甲。

2525 面对墓冢的卫士，我决不会后退一步：
绝壁下让命运，让人的报应者
裁定，谁胜谁负——
屠龙之心，何须豪言壮行！

披甲的战士，你们留在墓冢顶上

2530 看好，我和毒龙
谁更善厮杀，更能忍受恶战的创痛。
这趟冒险不归你们，别人也不配；
我要一对一
与那头凶蛮试比高低

2535 运大力而逞英豪。
赢不了黄金，宁可叫战斗
那生命的强盗，夺走你们的领袖！

说完，那聖战者持盾站起
头戴坚盔，身披铠甲

2540 来到悬崖底下。英雄独力
要只身（搏龙），那可不是懦夫行事！
这宿将——两军相撞，步战争锋
他曾经屡建奇功——定睛看去：

石壁脚，一个墓冢的穹洞
2545　里面涌出一股山溪
湍流夹着毒焰。
他无法蹚水深入；
只消挨近那宝库片刻
就会被火龙焚灭。

2550　但他已怒不可遏，风族高特的首领
从胸中迸出一声咆哮！
那勇敢的心的吼叫犹如战号
绕着灰色的悬崖回荡，分外响亮。
仇恨升起，那宝藏卫士
2555　认出了人声——已经来不及
求得和平。
　　　　　　　　石洞中猛地喷出
一股毒气，刹那间卷起熊熊火雾。
大地震动了！
墓冢下，高特人的主公挥动圆盾
2560　勇士直面凶客：那颗蜷缩在鳞甲里的心
也早已渴望着厮杀。善战的王
拔剑出鞘，祖传的宝器
锋利无比。人与龙
都意在摧毁
2565　恐怖只在对方（眼中）。

亲朋的护主竖起盾牌

沉着应战。只见大蛇飕地

盘作一团，收拢铠衣稍稍窥探；

接着它张开万片火鳞

2570 扭身一扑，迫近了自己的命数。

不巧那盾给予那美名王公

生命之躯的掩护，稍逊他的期望。

平生第一次，正是那一天

他必须以死相拼，而不顾命运

2575 未颁他争战的荣耀。

高特王挥起他的大力古剑

砍那可怖的鳞甲。不料寒光落处

雪刃没能咬开骨锁，危急关头

宝器辜负了族人的领袖。

2580 那墓冢卫士挨了一击

变得愈加凶猛。它吐出致命的火舌

让烈焰冲杀，四下奔跳。

高特人的黄金之友

并无得胜而自豪，那出鞘的战剑

2585 居然失了一个回合；

久经考验的铁刃怎会这样？

前路崎岖　大名鼎鼎的"剑奴"之子

将被迫起身，离开家园

入居另一方世界——

2590 正如每个人最后都得归还

借来的岁月。

说时迟那时快

这两个凶神又扑向对方；
宝藏的卫士发了狠，连连鼓起胸腹
大口喷气。人民的统帅
2595　被烈火包围，强忍着剧痛。
可是他的亲随扈从，贵族的儿子
没有一个站到他的身边，争当英雄；
全都躲进了树林，只顾保命——
其中仅有一人，心里又羞又怒：
2600　正直的人，说什么也不能
丢了亲情的义务！

三十六、威拉夫

他名叫"战余"威拉夫
是"圣岩"威赫斯坦之子，难得的
崖族盾士，"精灵军"艾夫雷的亲戚。
2605　眼见得主公戴着面盔受毒火煎熬
想到自己往日领受的恩典
浪手族富庶的家园
父亲对公地拥有的各项权利
他再也忍不住了：他一手操起
2610　黄椴木圆盾，一手拔出他的古剑——

这雪刃人人（知晓）
乃是奥特尔之子爱蒙的遗宝。
激战中，那失去朋友的流亡者撞在了

威赫斯坦丁下。结果耀眼的头盔

2615　锁子甲,连同巨人锻造的古剑
　　　都献给了他的叔父。奥尼拉
　　　一句未提复仇,却将侄子这套
　　　上战场的挂赏了(勇士)
　　　尽管后者杀了他兄长的儿子。

2620　那宝剑与胸甲,"圣岩"用了多年
　　　直到儿子也能像皓首的父亲
　　　成就一番英雄事业。冬云催促
　　　他在高特人中间辞别生命;
　　　上路之前,他给儿子留下了

2625　铠衣和无数遗产。

　　　　　　　　　这是第一次
　　　年轻的冠军加入高贵的主公
　　　肩并肩经受战火的风暴。他的心
　　　没有融化　一如亲人的遗赠
　　　不负勇力——大蛇立刻就感觉到了

2630　一俟双方交手争胜。

　　　威拉夫喊着他的同伴
　　　义正辞严,但心里充满悲伤:
　　　还记得那天吗? 我们接过蜜酒
　　　在大厅里向我们主公起誓

2635　为他的金环赐礼
　　　奉上我们的胄甲和利剑
　　　随时随地,只要他有此需要!

所以他特意为这场恶战
从军中挑选了我们,认准我们
2640 值得这份光荣——还赏了我这些珍宝。
因为他把我们看作真正的持矛武士
铁盔下的骁将,尽管他
我们的主公,族人的牧者
想独自完成这番壮举:
2645 世人中间唯有他,如此功勋辉耀!
现在,这一天到了
我们效忠的主公需要勇士效力。
让我们冲上去,支援统帅
迎着可怕的毒焰!
2650 神明为证
我宁可叫烈火吞了我的身躯
也要和赐金的恩主同在。
天理难容,除非我们砍倒凶顽
护住了风族首领的生命
2655 我们有何颜面,肩负圆盾
重返家园?
　　　　　　我深知
这不该是累年贡献的酬劳:
一众高特将士,独有他受此伤痛
倒在战场。剑与盔,甲与盾
2660 请加上我的一份!

他扑进死地的浓烟,头戴战盔

去救援领袖。他大吼数声：
敬爱的贝奥武甫,显您的神威!
像您年轻时常说的

2665　只要人在就绝不弃荣誉。
坚持住啊,美名的国君
全力保护您的生命——
我来助您了!

话音刚落,那大蛇重又扑来。
2670　狂怒的凶客,它通体赤焰
灼灼刺眼,直取这一双仇敌。
那青年勇士的木盾
被烧得只剩一圈铁箍
胸甲也不能给他更多庇护。

2675　但是他冲到亲人的铁盾之下
继续奋战,虽然自己的那面
已葬身火海。又一次
善战的王没忘记荣[光]
奋力砍去　将宝剑插进了颅骨。

2680　不料这一击过猛,反而折了"钉锋"：
贝奥武甫那口灰芒的古剑
经不起这羊厮杀。他命中注定
雪刃不能代他克敌。
他的手太重了。

2685　人们说,若伤口淬硬的武器
没有一件经得起他挥舞;

战场上刀剑于他无大用处。

那蹂躏人民的万恶的火龙
趁机发起第三次攻击,张牙舞爪
2690　猛扑那英雄。它冷不防
吐出一团烈火,一口将他的头颈
埋进了獠牙。生命的血流
喷涌而出,他周身一片鲜红!

三十七、屠　龙

千钧一发之际,我[听说]
2695　国君身旁的勇士拿出了胆略和武艺
一显他的性格。
他让过那颗头颅——尽管手烧坏了
坚强的人,为救援族亲——
对准凶客的咽喉猛刺;
2700　这披甲武士的金柄宝剑
如一道寒光插入:顿时毒火
开始熄灭。老王还未倒下。
他一下清醒了,拔出佩在胸甲上
那把致命的短刀,鏖战的铁芒
2705　风族的护主将大蛇拦腰斩断。
终于,勇气放逐了邪恶的生命
一对高贵的亲戚,合力摧折了顽敌。
扈从临危,这便是榜样!

对于那首领,这却是末一回得胜

2710　(英雄)倾力,他在世上
　　　最后的壮举。

　　　　　　　　但那穴龙留下的
　　　伤口,开始烧灼肿胀。
　　　他立刻意识到,胸中潜留了龙毒
　　　已经向全身扩散。

2715　于是他,睿智的王公
　　　挣扎着走到悬崖旁,倚着岩壁
　　　坐下,望着那巨人的杰作:
　　　石拱如何奇着洞柱
　　　撑起那座坚不可摧的地府。

2720　然后,忠诚的随从双手捧来清水
　　　为遍体鳞伤的老王洗去血污
　　　替筋疲力尽的朋友和护主
　　　解下了头盔。

　　　贝奥武甫强忍着致命伤的
2725　剧痛,心里明白
　　　日子业已用尽,尘世的欢愉
　　　到了终点;时间不多了
　　　死亡近在咫尺——他说:

　　　这本是我脱下这身胄甲
2730　传后的时刻,假如我命中
　　　能有一个亲生子嗣,守护祖业。

五十个冬天了，我统治高特；
四邻的王公没有一个
敢跟我刀兵相见

2735 或以武力在百姓中间
种植恐惧。我在家园等待
命运的指派，守土自强
从来不蓄谋挑事
也不立骗人的誓约。

2740 垂危之际（想到）这些
诚可宽慰：虽然生命将告别肉躯
但人世的主宰决不会怪罪
我戕害亲族。

　　　　　　　快去吧，亲爱的威拉夫
去灰色巨岩下搜索那座洞府——

2745 大蛇已经敞开伤口
长睡不醒，丢了它的宝藏。
赶紧，让我最后看一眼
古人聚敛的珍奇
好好端详那堆灿烂的黄金。

2750 赢来这份财富，我可以坦然
交出生命，离开我多年的臣民了。

三十八、明亮的大坟

人们说，威赫斯坦之子
听得奄奄一息的主公吩咐

立即遵命,披上铁环织就的铠衣

2755 来到墓冢的穹门底下。

胜利者迈过座椅

勇敢的年轻扈从定睛看去

果然是一地宝物,烁烁黄金

满墙的珍奇。那大蛇即黎明前的

2760 飞怪的窠巢里,还立着酒盅

古人的饮具,因为很久无人擦拭

而朽坏了珠饰。一堆堆岁月

锈穿的铁盔,一只只臂环

精美绝伦——世人谁能幸免

2765 谁能不被地下的黄金抛弃——

掩埋尽可随意!

　　　　　　　他还看见

宝库顶上悬着一面战旗

是巧手用金线绣成的神物。

借着那旗射出的光辉,可以看清

2770 整个大厅,审视每一件宝器——

独不见大蛇的踪影,它已被利刃掳去。

于是洞府内,我听说

他一个人搜缴了那座宝藏

古代巨人的遗作。

2775 他往怀里放进称心的杯盘

又取下那面战旗,烨烨的军麾。

那方地宫三个世纪的护卫

中了铁刃,老王的佩刀。

而曾几何时

2780 它还在宝库门前狂喷毒焰
在中夜发动恐怖的战争，终于
一场恶斗，送了性命。

那使者便急着往回走
（仿佛）宝物也在催促

2785 让他忐忑不安。那边
躺在空地上力竭了的风族首领
可还活着？他心急火燎
把缴获带到美名的王子面前：
啊，主公还在淌血，命悬一线！

2790 赶紧又捧来清水，淋他——
渐渐地，言辞从胸中涌起
漫出思想的宝库，皓首的［王］
看着金子，忧伤［叹息］：

这份宝藏，我要感谢万物之主！

2795 是荣耀之王，永恒的上帝
让我能够替族人赢来
并在垂死之日亲眼见到
这样一份（礼物）。
为买这座宝库，我舍弃了

2800 晚年最后一段命途。接下去
就你来替国人解忧吧——
我，不能久留了！

　　　　　　请命令众勇士
筑一座明亮的大坟,火葬之后
高高耸立在大海的肩胛,鲸鱼崖上
2805 留给我的人民做一个纪念。
让那些来自远方的水手,驾舟穿行
浪尖的黑雾,将来就叫它
贝奥武甫冢吧。

他解下自己的金项圈
2810 连同镶金的头盔和胸甲,英勇的王子
托付他的扈从,年轻的持矛武士
请他好好爱惜:
你是我们家即浪手族仅存的根了。
命运扫尽了我的亲人
2815 无情的裁斩,无畏的贵族。
我也要跟他们去了。

那是长者最后的遗言
他选择柴堆同炽烈的死焰之前
心中的思绪。他的灵就抛下胸膛
2820 去义人中间寻求审判了。

［三十九］ 背誓的懦夫

年轻人悲痛欲绝
眼看这世上他最敬爱的人

在命途的终点,死得这般惨烈。
凶手躺在一旁

2825 可怖的穴龙被剥夺了生命
断作两截。蜷曲的大蛇
再不能守卫它的金环的宝藏;
鏖战的利刃,铁锤之余勇
攫走了这条飞龙。

2830 它一动不动,伤口敞开
僵卧在墓冢门前,再不会
翱翔于午夜的天空,因财富
而骄横,炫耀通身的鳞火;
相反,它摔落在尘埃

2835 遭了战斗统帅的强手制裁。

确实,都说大地之上谁人可及——
再英雄气概,壮举再多
人也不能仗着勇力就冲上去
熄灭那火龙的毒焰

2840 或者动手搜掠那座金环大厅
若是不巧,他惊醒了守墓冢的卫士。
贝奥武甫却拿下了这份宝藏
不惜付出借来的生命:
人龙一起,结束匆匆旅程。

2845 不久,那些临阵畏缩的
从树林里钻了出来,一串十个

背誓的懦夫;危难关头

为自己效忠的主公,他们没敢

举起投枪。

2850 此刻他们满面羞惭

提上盾牌铠甲,挨近老王躺着的地方

望着威拉夫。

那步战勇士筋疲力尽,坐在主公肩旁

还在给他淋水——虽然已是徒劳。

2855 不管他多么愿意,也无法

将矛军统帅的生命挽留于尘世

无法改变天主的意旨。

过去一如现在,每一个人

每一件事,都是上帝的安排。

2860 于是,厉声呵斥从那青年口中

向着丧胆者一涌而出;

威赫斯坦之子威拉夫扫视着

那可憎的十个,愤愤道:

哼!凡有一点良心,都会说:

2865 战火临头,扈从的主公白白扔了

他披在你们肩上的漂亮甲胄!

你们(今天)这身披挂

哪一样不是大厅里麦芽酒席上

他赏下的礼品? 慷慨的大王

2870 千不该万不该

把远近四方收来的黄金

头盔和胸铠,赐了你们这一群!

高特王真没有理由,为这种战友骄傲。
然而神明,胜利的主宰特许
2875 让他在亟需勇气之时
独剑一人,去讨还血债。
烈火中我无法给他更多的掩护
但为救亲人,我拼尽了全力。
我挥剑砍中了那头死敌
2880 不许它继续张狂
直至毒焰从它口中消失。
险恶关头,只可惜首领身旁
没剩下别的卫士。
                    从今往后
就断绝你们黄金与宝剑的
2885 一切赏赐,安居家园的幸福。
你们的族亲,每一个
都将被剥夺地权
四出流浪,一俟天下英雄
听说你们临阵逃脱
2890 无耻的行事。堂堂须眉
偷生何如一死!

四十、使　者

随即,他命将战报传回营地。

陡峭的海岬上，坐着全体贵族；
整个上午，他们心情越来越沉重
2895　因为举盾的武士明白，今天
不是亲人凯旋，就是他的
末日。而〔使者〕策马赶到岬角
他没有片刻的沉默
便忠实地向众人报告了噩耗：

2900　现在，那赐风族以欢愉的
高特人的主公，已经躺在灵床
长眠于大蛇的屠戮。
一旁，僵卧着他的死敌
被短刀毙命——尽管他未能
2905　用宝剑给那头凶魔留下任何伤痕。
坐在贝奥武甫身畔的是
威赫斯坦之子威拉夫
勇士为勇士守灵，心力交瘁
伴着〔两颗〕被生命遗弃的头颅：
2910　一个挚友，一个仇雠。

高特人耶！战争的日子不远了
一旦国王的死讯传开去
被法兰克人和弗里西人获悉。
当年，赫依拉与胡迦人结了怨：
2915　他率舰队在弗里西人的海岸登陆
遭遇了冠族的反击。

敌不过突然扑来的优势兵力
那披甲豪杰不得不屈伏
在步战中摔倒。扈从没能
2920 领取主公的厚赏，却从此断送了
（法兰克）墨洛温王的友情。

同样，我也不指望北边
瑞典人的和平诚意。众所周知
那一次在老鸦林，奥根索夺走了
2925 雷泽尔之子赫士军的生命。
高特人太骄傲了
首先袭击好斗的崖族。
可是奥特尔之父老奸巨猾
一个回马枪，斩了海（兵）首领
2930 救回了（被掳走的）夫人
那位剥了黄金的王后
奥尼拉同奥特尔年迈的母亲。
然后紧紧咬住他的仇敌
而高特人痛失主公
2935 好不容易，才逃进了老鸦林。
大军遂将那伙刀剑的遗漏
团团围起，整整一夜
他威吓着可怜的伤兵残卒；
宣称，天一亮就要用利刃
2940 拿他们开膛，挨个儿
挂上绞架，给［鸟儿］嬉戏。

然而,黎明给绝望的人带来了希望
当他们听见赫依拉嘹亮的号音:
援军到了,英雄的王子
2945 率精兵一彪追踪而至!

四十一、老鸦林之战

顿时鲜血飞溅,处处是
瑞典人和高特人殊死的搏斗:
双方就这样仇上加仇。
末了,奥根索指挥族人退守一处要塞
2950 不祥的预感笼罩了高地上的长者。
他早听说过赫依拉的勇力
那豪杰如何善战。
他自知已无力抵抗
高特人的反攻,阻挡
2955 身经百战的水手,保卫
他的珍宝,他的儿子同王后。
于是老王又撤入一道土墙。
但瑞典人已溃不成军,赫依拉的战旗
席卷要塞,雷泽尔的战士
2960 冲破了阵地。

那里,奥根索被利剑包围
皓首绝了退路,国王须接受
"野猪"艾伏尔一个人的

判决。狂怒的"灰狼"沃尔夫
2965 "无谋"旺雷的儿子,手起刀落
白发下血流如注。
但是,崖族长者没有畏缩;
他转过身,马上回敬了
更猛的一击。

2970 那旺雷之子虽然凶狠
已经来不及报还老王的剑仇:
奥根索砍穿了他的头盔
他满面血污,屈身仆在了土里——
好长一条伤口

2975 他捡回性命挣扎了许久!
就在他兄弟跌倒的那一刻
赫依拉的骁将抡起宽刃
那口古代巨人锻造的宝剑
砍开盾墙,折断了那只巨人的

2980 铁盔:国王应声倒地
族人的牧者受了致命一击。

众人忙上前替"灰狼"包扎
将他扶起,腾出地方——
现在高特人已经主宰了战场。

2985 同时"野猪"掠夺了对手
剥了奥根索的胸甲
长柄大剑连同他的高盔
将白发人的披挂献在赫依拉面前。

后者收下这份珍宝,答应

2990 回国必有厚报。

后来高特人的

主公果不食言,雷泽尔之子到家

重赏了艾伏尔和沃尔夫;

两人各得十万(钱)的土地和铠环。

这份奖赐,中洲大地

2995 没有任何人可以挑剔指摘

因为他们的功名是得自战场。

恩宠有加,他还把独生女

许了艾伏尔:一家人无上的荣光。

这,就是宿仇,部族间殊死的拼斗。

3000 所以我[预计]:

瑞典人不会放过我们

一旦他们得到消息,我们的护主

被索去了生命——而他

一直捍卫着我们的财富和王国

3005 在举盾的英雄倒下后,克服顽敌

造福族人,屡屡展现

非凡的勇力。

赶快出发吧

让我们前去为高特人的王守灵

将我们的项圈赐主抬上柴堆。

3010 陪伴这颗伟大的心火化的

将不是一件兵器,而是整座宝藏

无计数的黄金。

可怕的代价：

他最终以自己生命［买］来的臂环

3015　将付诸火海，交烈焰吞食——

没有一位武士，将佩戴宝物作为纪念

没有一个少女，胸前将闪耀着项圈；

剥去了黄金，他们将满怀忧伤

不止一次流浪异乡

3020　如今军队的首领抛下了欢笑

和宴飨。所以快了，一支支长矛

紧握在手，刺破拂晓前凛冽的黑暗：

再没有竖琴的乐音唤醒战士

而垂死的人四周

3025　只有乌鸦聒噪

向秃鹰夸耀它的筵席

同灰狼抢夺，掏空尸体。

就这样，勇敢的（使者）报告了噩耗

讲述和预言，句句不假。

3030　于是全体起身，个个伤心落泪

来到老鹰岩下

那景象果然令人惊骇：

沙地上，那往昔分赐他们项圈的人

已经交出灵魂，占了灵床。

3035　当英雄迎来末日

善战的首领，风族的王

竟死得如此壮烈！
之前他们见过的那头奇形怪状的东西
凶顽的大蛇，躺在对面地上。

3040 这火龙一身吓人的[斑斓]铠甲
全烧黑了，伸展开去
足有五十呎整。
曾经，它恣意游行于夜空
时而掉头降落，折回它的老巢；

3045 现在它一动不动僵死在那里
结束了洞府的享用。
它身旁堆着些瓠觚杯盘
珍贵的古金被铁锈咬去了刃口
恰如它们在大地腹中

3050 沉睡了一二个冬天。
悠悠岁月，这份巨大的遗宝
古族的黄金，被一道咒语锁了
金环大厅不许任何人染指；
除非上帝，胜利的真理之王——

3055 唯有他，人的护主
允准，他中意的人才能打开宝藏：
不拘是谁，须经他恩许。

四十二、黄金的诅咒

显然，这分宝物不该
埋在峭壁下面，无知的掩藏

3060 并未使主人获益。而它的卫士

则害了一位出类拔萃的人物；

之后,凶手也逃不脱严厉的报复。

确是奥秘:

美名的壮士何处了结命数

3065 何时告辞[亲]人欢聚的蜜酒大厅。

所以,贝奥武甫并不明白

当他向墓冢卫士挑起危险的决斗

他将如何永别人世——

深深宝库,竟是远古王公

3070 植下的大咒:直至审判之日

任何人抢掠那方洞府

必陷于罪孽,落入魑魅的庙宇

冥府的锁链和酷刑——除非

那万有之主开恩

3075 先已将(宝藏)赐了索金的人。

威拉夫,威赫斯坦之子还在叹息:

常常,众人要为一个人的意志

忍受痛苦,一如我们现在。

敬爱的主公,他不听我们劝阻

3080 王国的牧者不愿采纳建议

放过那头黄金卫士

让它躺在盘踞多年的老巢

住到世界终了——诚然他履行的是

天意。打开宝藏,赢得好苦:

3085 命运太强了，竟裹挟去了
　　　［风族的王］。

　　　　　　　　　路障廓清后
　　　我已下去看过一遍洞府的珍宝；
　　　这墓冢之行来得很不友好！
　　　我迅速收缴了宝藏，带回地上
3090 双手捧起沉甸甸的黄金
　　　献给我的君王。
　　　当时，他还保有神志
　　　清醒着，还剩下最后一口气
　　　白发伤悲，谆谆嘱咐。

3095 他命我向诸位致敬
　　　要你们在他的葬礼柴堆处
　　　造一座无愧于他的丰功伟绩
　　　名扬（两海）高耸的王陵，因为
　　　在他享用城堡财富的日子里
3100 他确是，论荣耀，天下第一。

　　　现在，让我们赶快再走［一趟］
　　　再搜一遍堆积着的珍［宝］
　　　岩壁下的奇观。我来领路
　　　你们可以就近细看
3105 那些臂环和沉甸甸的黄金。
　　　搬出来，就立刻准备柴堆与灵床
　　　然后抬起我们的领袖
　　　最亲的亲人，送他前往

永享天主之护佑。

3110 威赫斯坦之子,恶战的勇士下令:
无分远近,要所有贵族
大厅的主人,四方的头领
为英雄的葬礼输送木柴——
快了,烈焰就要吞食战士的支柱
3115 火舌就要变黑,起舞。
而他,曾经多少次浴血疆场
当矢飞如雨,弦响(如蝗)
盾墙震彻,箭翎争先
催着铁镞尽责——向前!

3120 言毕,那智者,威赫斯坦之子
从国王的扈从里挑出七名
精干侍臣,八人一起
去到那罪恶的穹顶之下;
领头的战士手举火把。
3125 掠取那份宝藏,不用抽签分派。
因为龙穴已失卫士,抬眼望去
只有一堆堆无用的黄金
听凭毁损。
他们匆匆洗劫,并不怜惜
3130 稀世的珍奇。
接着,他们掀起毒龙;
大蛇落下峭岩,波涛涌起

拥抱了宝库的卫兵。

而后，数不清的金环装上了大车

3135　皓首的英雄，高贵的国王

被载到鲸鱼堡上。

四十三、葬　礼

就在崖顶，高特人垒起

一座不凡的柴堆，层层叠叠

挂满头盔圆盾，闪亮的铠甲

3140　一如他临终的嘱咐。

柴堆正中　放下美名的王

敬爱的主公，战士失声痛哭。

于是那海岬上，庞大的死之火苏醒了！

浓烟腾起，黑沉沉压着红光

3145　烈焰吼叫着，被哀号包围。

风，停息了骚动——

直至骸骨的大厅崩溃

火舌舔着心房。

　　　　　　　他们的主公

去了，留下无穷的悲伤与绝望。

3150　而那位[高]特贵妇，就绑起金发

一遍又一遍[为贝奥武甫织出]

哀歌：她害[怕]

[阴郁的日子]即将来临，无数

屠杀，敌军(铁蹄下)无尽的

3155　　奴役和凌辱。
　　　　天空吞下了烟尘。

　　　　接着,风族人在岬角
　　　　动工营造一座高大的陵墓
　　　　让波浪上的人远远就能望见。
　　　　十天,为这百战的胜者建成了
3160　　纪念碑,厚厚的石墙封存了
　　　　炽焰的余烬;不愧为最聪明的
　　　　巧匠设计,壮丽之极。
　　　　他们往墓里放进臂环与项圈
　　　　勇猛的心先前从龙穴
3165　　收缴的全部珍奇。
　　　　他们将王公的宝藏交还大地保管
　　　　黄金复归黄土,至今原封未动
　　　　一如当年,于人们无用。

　　　　然后环绕大陵,十二位勇士
3170　　骑上骏马,贵族的儿子
　　　　为国王致[哀]。悲歌复起
　　　　颂扬(一代)英杰:他的
　　　　高尚武德,英雄业绩——
　　　　他们责无旁贷:当主公和挚友
3175　　抛下肉身的寄寓,[告别尘世]之时
　　　　一个人有义[务]用言辞
　　　　用整颗心,将他铭记。

就这样,高特人悼念着倒下的护主
火塘边他的伙伴,同声礼赞:
3180 论君王,全世界——数他
最和蔼可亲,彬彬有礼
待人最善,最渴求荣誉。

一九八九年三月完稿,
二〇二三年元月三稿改定

注 评

　　以下各词条开头的数字,是史诗的诗行:注1-3,即《贝奥武甫》第1-3行。括号内的数字也是诗行,带星号 * 者指《血战费恩堡》。阿拉伯数字加浪纹～表示生卒年代。

上　篇

1-3. 听哪(hwæt):叹词,提醒注意、安静;表惊讶、警告等。视上下文,译法不同:是呀、真的、请看(530,942,1652,1773,2248)。谁不知,直译:我们听说。

　　这三行是开场白,源于古日耳曼歌手(scop)的演唱传统,包括若干要素,可以简化为这样一个程式:叹词+我(们)听说/知道/歌唱某人某时如何。例如,描写耶稣十二门徒事迹的古英语短诗《使徒的命运》:听!厌倦了流浪,心中忧伤,这支歌我从远方采来,唱那些王公[美称众门徒]如何英勇,光明而荣耀。

　　关于演唱程式,见小辞典2.2。

5. "麦束"之子希尔德(Scyld Scefing):希尔德之名,散见于古日耳曼王谱,意为"盾"王(26)。十二世纪末,丹麦史家萨克索(Saxo G-ammaticus)著《丹麦史》,将他描绘成少年时代就能徒手搏熊的英雄。他赏罚分明,体恤百姓,终于降服条顿诸部,娶撒克逊公主阿薇达,生下儿子格兰(古冰岛语:gramr,王、首领、酋长)。他的亚瑟王式的波涛上来,波涛上去的身世,仅见于《贝奥武甫》,提示了故事传播过程中神话母题的混合。英国史僧马姆士伯利的威廉(William of Malmesbury, 1095~1143)《英王行传》卷二记载,希尔德之父"麦束"幼时乘一无桨小舟,头枕一束麦,漂到一小岛。居民惊异,遂小心翼翼,将他收养了。后来,他统治了那片土地,即盎格鲁人在欧洲大陆的故乡。"麦束"的父亲叫海勒摩。

也许这个线索解释了丹麦人"久无首领,屡遭灾祸"(16)的不幸何在。史诗告诉我们(898,1709以下),"武心"海勒摩是个暴君,给贵族百姓带来无穷灾难。

注意:上述两部拉丁文史著,成书晚于《贝奥武甫》。丹麦的"麦"(译名),与传说中的王或部落酋长"麦束"和"大麦"(18)无关,是巧合。但"盾王"希尔德跟贝奥武甫有三点相似:两人童年都不顺利(2183-88),都力大无比,都是从海上来丹麦的救星。全诗的结构,起头和结尾,便有这样一个对比:

头:麦束之子船葬　部下拥戴　丹麦兴起
尾:贝奥武甫火葬　扈从背叛　高特将亡

蜜酒宴的宝座(meodosetla):象征王权。意象是,部族首领(王)在自己的宝座前,赏赐扈从蜜酒(蜂蜜发酵而成)和武器项圈等贡物和战利品。

6. 众酋,直译:众多部落(的)高贵者。高贵者/武士(eorlas),原文:eorl,脱复数词尾,从诸注本补。冉恩(C. L. Wrenn)读

作族名：Eorle（拉丁语：Eruli），埃鲁利人，一日耳曼部落，公
元三至五世纪居于丹麦诸岛，以凶悍著称，后被丹麦人挤走
或征服。

一个无助的/弃婴：开始，在常人眼里，孩子身世不明。伏笔
照应 44-46。

7. 后福（frofor）：安慰、解脱，转指获救、得福。参 185,2942 注。

10. 鲸鱼之路：海。古英语诗中指海的套喻不少，如天鹅之路、
船帆之路、塘鹅的浴场等（199,1428,1860）。鲸鱼（hron），
特指体型较小的鲸，或海豚（540）。

关于套喻，见小辞典 4.3。

12. 王位有了继嗣，直译：居处/家中/王室（有了）少年/后裔。

13-15. 神……生命的主公/光荣之统帅：作者的基督教上帝；对
于故事里的丹麦人，则是天父奥登（Oðinn）。抄本原文专有
名词（人名族名地名）均小写，"神/上帝"（god）亦然。但现
代注本和译本往往大写 God，指上帝，失了原文的复义及模
糊指代。参 27,317 注。

18. "大麦"贝鸟（Beow）：丹麦部落酋长，校读以合格律（同
53）。原文有讹：贝奥武甫（Beowulf）。

19. 北国（Scedeland）：斯堪的纳维亚半岛南端（今瑞典南部
Skåne 地区），古属丹麦（1685）。

20-21. 年轻人……品行端正，赏赐大方：此节讲培养王子（"年
轻人"）的美德。如史诗反复强调的，王公的勇武、公正、慷
慨赏赐，乃是维系日耳曼首领扈从制的"核心价值"，见 347
注。参较萨克索《丹麦史》i.12，赞"盾王"希尔德（Scioldus）
赐礼丰厚。

侍奉父王左右,直译:(当他)在父亲怀里/保护下。指王子
在掌权之前。

22. 老来:或作日后。即继位后。

27. 矍铄而终:史诗若是八世纪英格兰北部寺院文化的硕果(皮
尔索 Derek Pearsall 先生语),听众或许会联想摩西之死,"临
去世,仍双目炯炯,精力未衰"(《申命记》34:7)。
主的怀抱:或主的护佑(3109)。主(frea),指上帝或天父奥
登,皆通,见 13 注。但史诗作者和他的听众/读者是基督徒,
这一点学界无疑问,虽然诗人歌颂的祖先和英雄,是"心底
藏着地狱"的异教徒(179-80)。异教祖宗死后,竟可以去到
上帝的怀抱,入永生而享永福,这个说法明显抵牾了官方教
义,却寄托着诗人和听众的美好愿望。诗中此类历史年代错
误或"史误"(anachronism)甚多,呈现了一种宽容而实用
的——也是中国读者熟悉的——宗教态度。参 90,381,
2330 注。

30. 盾族(Scyldingas):"盾王"希尔德的后裔,即丹麦人。

33. 灵船(fær):部落首领的船葬流行于北欧,在英国也有重要
的考古发现。如一九三九年在英格兰东南,萨屯胡(Sutton
Hoo)出土的七世纪东盎格里亚船葬器物,与此段史诗的描
写惊人地相似。参阅埃文斯(A. C. Evans)《萨屯胡船葬》。
船,也是巴比伦史诗《吉尔迦美什》以降,西洋神话里,英雄
去另一个世界的主要交通工具。

34. 冰霜:北欧冬季不宜航海,故冰雪常象征灾难、痛苦、死亡。
日耳曼人皈依基督教之后,又有地狱在极北一冰洞内的说

法。参 1356 注。

36. 项圈（beag）：纯金或镶金的项圈、臂环、指环等，泛指财宝。
灵船满载珠宝和胄甲刀剑（40-41），古人相信，可供主人在
另一个世界继续享用。

42. 洪流的臂膀，直译：洪流的拥有/力量。

47. 金线绣成的战旗（segen，拉丁语：signum）：象征王权、胜利、
神灵护佑（1021,2767）。

53. "大麦"，校读。原文：贝奥武甫。同 18 注。

58. 带兵到老，骁勇依旧，直译：老而勇战，（依旧是）军队首领。
相传海夫丹享寿，且得善终。参托尔金（J. R. R. Tolkien）译
本注。

59. 三子一女，直译：四个孩子。

62. 公主：此处系丹麦公主名。奥尼拉：瑞典王，事迹见 2379-
96,2616 以下。据古冰岛语文献，他的妻子叫于尔飒（Yrsa，
古英语：Yræ，拉丁语：Ursula，小熊）。

63. 崖族（Scilfingas）：即瑞典人。

64. 征战的胜利：托尔金认为，此句指罗瑟迦攻杀世仇髯族王费
洛德，从敌人手里夺回了祭祀圣所（位于今丹麦西兰岛上的
小镇列日），并就地筑起宏伟的鹿厅。参 2023,2029 注。

73. 部落公地（folcscaru）：公共牧区，属于部落的全体自由民。
古俗，参 2608 注。人的生命（feorum gumena）：或人的身体，
指奴隶。日耳曼自由民除非犯法，首领或国王无权剥夺他的
财产和奴隶。

75. 中洲（middangeard，古冰岛语：miðgarðr）：北欧神话中人类
居住的世界，四面环海。

79. 鹿厅(Heorot)：公鹿是王权的象征。

81. 大厅高高耸立：这座"殿堂之冠"最后毁于战火的命运，可以
从古日耳曼君主的诗体目录《游吟诗人》(Widsið)得到隐晦
的旁证。诗中有这么一节：罗瑟迦和罗索夫伯侄，曾经长期
和平相处，在他们驱逐海盗之部，击退英叶德，在鹿厅砍倒髯
族的队伍之后(45-49)。很可能，是英叶德放火烧了鹿厅。
参782,1016注。

髯族王子英叶德(Ingeld)是罗瑟迦的女婿，故谓"翁婿之间"
(84)。详见弗莱娃插曲(2024-68)。

这故事显然是史诗听众熟悉的，故诗人略提一笔，无须详述。
而丹麦人和平的脆弱，仿佛是一句副歌，还会反复咏唱(如
1015-19,1163以下)。

90-98. 创世歌：化自《创世记》1:16以下。六世纪初，一丹麦酋
长的宫廷居然在演唱基督教赞歌，这番描述像是要"洗白"
史诗听众的祖宗。但诗人借此"史误"，营造了一种宗教融
合的现场感，应是时人喜闻乐见的。参27注。而几乎是昙
花一现的欢快音调，跟前后两段葛蕤代主题奏出的阴险的乐
符，恰成对比。

切换到象征层面，如果用罗瑟迦盖鹿厅比附上帝创世，那么
贝奥武甫肃清鹿厅则指向了基督救世。有趣的是，北欧神话
中也有类似的结构母题：天父奥登在诸神的国度筑起火焰
宫(Gimlé)，却受到那白面黑心、反复无常的巨人之子洛基
(Loki)的威胁，因为他("众神与人的耻辱")与女巨人生下
了将来毁灭世界的巨狼、环绕中洲的大蛇和掌管冥府的女
儿。奥登的儿子，那抡铁锤打巨人的雷神索尔(Þorr)，将在

"众神的黄昏"（Ragnarökr）和贝奥武甫一样,与中洲大蛇同归于尽（《老埃达·女巫预言》）。于是,鹿厅的象征可以朝圣经教义和异教神话两个方向演绎;而建造、毁坏与拯救的母题,便有如下的三重类比:

圣经:伊甸园　上帝　　　恶魔撒旦　耶稣基督
神话:火焰宫　天父奥登　洛基子女　雷神索尔
史诗:鹿厅　　罗瑟迦　　葛奕代　　贝奥武甫

91. 全能者（se ælmihtiga,拉丁语: omnipotens）:带定冠词,指上帝。

92. 水波环绕美丽的山野:一派古日耳曼传统的诗情画意,也是托尔金的中洲系列奇幻故事的灵感所在。

94. 胜利之王,直译:他,胜利的。

101. 地狱般的（on helle）:或来自地狱的,见 162,588,1274 注。

102. 葛奕代（Grendel）:"磨碎/摧毁者"? 词源不明,克雷伯（Fr. Klaeber）取（深潭）"沙粒"或"水底"之意（古冰岛语: grandi）。

中世纪关于巨人和魔鬼来自该隐的说法,源出解经学的串讲,用《创世记》四章该隐杀弟故事,串解六章"众神子见人的女儿漂亮,纷纷娶他们为妻"一句,认为众神子即该隐后人。他们同"人的女儿"生下巨人（拉丁文通行本: gigantes）,即耶和华发洪水毁灭的恶人。据说洪水之后,该隐的罪辜被造方舟的挪亚的小儿子含继承了:他看见父亲喝醉酒脱光衣服,却没有像两个哥哥那样,背转身子,把长袍盖在父亲身上走出帐篷。他因此受了挪亚指圣名发的诅咒(《创世记》9:20-27）。

据此，葛娄代之称为"该隐苗裔"（107）就不是比喻，其世系可经由挪亚之子含，上溯至第一个负血债的罪人。参观1261以下。

107. 做了造主严惩的该隐苗裔,直译：故而／自从／在造主严惩／降罪于他（或它们）为该隐苗裔之后。上帝严惩或降罪（forscrifen）的对象,him（他／它们,与格）,指葛娄代或一族怪物,皆通。

英伦司马迁"可尊敬的"比德（Bede the Venerable, 673~735）《英人教会史》,记载了一段传说（iv. 24）：开德蒙原是俗人,直到上了年纪,从未学习过作诗（识字）,因此也就不好意思在宴会上像别人一样弹起竖琴唱歌取乐。有一次,眼看竖琴就要传到自己手上,开德蒙羞愧起来,起身回到当晚该他值班的马厩,躺在床上闷闷不乐。一会儿,忽见有人（天使）立于床前,吩咐他：开德蒙,给我唱支歌来！开德蒙答不会,因此才中途退席睡觉。那人坚持。开德蒙无奈,问唱什么好。那人道：就唱万物的开端！开德蒙茅塞顿开,竟唱起赞美造物主的诗篇。清晨醒来,他还记得梦里唱的,"并且渐渐地按着同样的节拍,往歌里加进更多赞美上帝的话"——接着,比德引了九行开德蒙的颂歌。

这里藏了一个深刻的反讽：丹麦人的创世歌引来一头怪物,"该隐苗裔",一向念着上帝的国王和扈从却抵挡不了。鹿厅荒芜了十二个冬天（147）,最后来了一位"熊子"般的异教英雄,才得了拯救。参175注。

110. 报应者（metod,古冰岛语：mjötuðr）：命数的裁量／规定者、报应者,常喻上帝或人世的主宰(180,670,706,945,967,1611)。参 2526 注。

112. 借尸还魂的厉鬼(orcneas):古冰岛语传说,直立着下葬的尸体会被鬼魅借作躯壳,夜里爬出墓穴作祟害人。参《格雷特沙迦》(*Grettis Saga*)章十八,格雷特搏杀厉鬼的故事。巨人:原文列举二名——eotenas, gigantas——均指巨人。前者是日耳曼词(古冰岛语:jötnar,见 903 注),后者借自拉丁文,原属教会用语(gigantes,通行本《创世记》6:4)。

114. 应得的报酬(lean):婉言洪水灭巨人,讽刺笔调,参 102 注。

123. 三十个卫士:三十谓多。贝奥武甫掌中有三十个人的力量(380),曾肩负三十副铠甲游过大海(2361)。诗人爱用的有象征意义的虚数还有十二和五十:葛婪代蹂躏丹麦十二个冬天(147),罗瑟迦赏贝奥武甫十二件珍宝(1867),十二名骑士环绕大陵为国王致哀(3169);罗瑟迦和贝奥武甫都当了五十年国王(1770,2208),火龙身长五十呎(3042),妖母统治深潭五十个冬夏(一百个半年,1498)等。不一一注明。

130. 一向尊贵(ærgod):或久经考验,见 2341 注。

141. 大厅内新来的卫士(healþegn):兼指扈从。巧妙的各打五十大板的讽刺:葛婪代若是卫士,罗瑟迦没获得他的效忠,反被他占了大厅;卫士做了主人,后来却守不住宝座,输给了真正的"大厅警卫"贝奥武甫(719)。
注意:这一节所述丹麦人的胆怯,对应的是下篇贝奥武甫搏龙时,部下躲进树林保命(2596-98)。首领扈从制的解体,是部落走向"奴役和凌辱"的开端(3155)。

142. 捡了条性命,直译:躲开了仇敌。

144. 仇敌:移自上句。直译:他。

147. 冬天:古人一年分冬夏两季,至乔叟时代犹然。春为早夏,秋作初冬,以冬计年(264,1929,2114)。

148. 希尔德子孙的朋友:美称丹麦王/酋长(30,170,351)。

153. 年复一年(fela missera),直译:许多个半年。

158. 赎金(bot):发生命案,凶手一方为避免遭受报复、家族结仇,向死者亲属支付的赔偿或赎命金(wergild)。此句委婉,反言丹麦人无法向怪物("屠夫")报血仇。

162. 地狱之魔(helrune;哥特语:haljaruna,拉丁语:magae mulieres):阴性名词,沟通阴间/冥府/地狱者、巫婆;此处借指凶魔,见101,1274注。

164. 人类的仇敌:指葛娄代为恶魔,为下一节明确的基督教立场铺垫。

167-69. 他始终近不了宝座:解作罗瑟迦或上帝的宝座,皆通。他,指葛娄代,"受诅的戾灵"(133);若怪物未能夺得或损毁鹿厅的宝座,在古人看来,一定有神明干预。此句晦涩,歧解纷纭;冉恩以为是误置的片断,原本接110行,讲该隐因杀弟而被逐,失去上帝的爱。

项圈(maþðum,168):提喻宝座前的赏赐。或作珍宝,则为"宝座"的同位语。

神的爱(169),直译:他的爱。爱(myne),兼指神的意图/目的、对神的爱。他,指报应者(上帝或异教神)、罗瑟迦,皆通。

175-88. 神庙(hærgtræf)：异教神的帐幕、祭坛、庙宇。至此，丹麦人的处境岌岌可危，跟先前鹿厅里高唱"创世歌"形成鲜明对照。注意，史诗提及祭神和祈祷，仅此一处(176)。

偶像(wih/weoh, 176；哥特语：weihs)：神圣、圣物，转指异教神、偶像。灵魂的屠夫(177)：即恶魔，贬称奥登等日耳曼神祇。异教徒(hæþen, 179；古冰岛语：heiðinn)，本义野蛮，原指拜异神而不知奥登者。教会反过来贬奥登崇拜为野蛮的异教。参13, 27注。

这一节突兀的基督教意识，曾引起一些学者的怀疑，认为与全诗的日耳曼英雄主义基调冲突，是后人的伪笔(见托尔金译本注)。但正如罗马诗人贺拉斯所言，荷马也有打盹的时候；单凭教义立场判断真伪，是靠不住的。克雷伯指出，丹麦人'到神庙发愿'，颇像盎格鲁-撒克逊人皈依基督教初年，经常发生的"信仰倒退"。如比德《英人教会史》iii.30记载：七世纪下半叶，东撒克逊王西海尔(Sighere)面临瘟疫，便放弃了基督的信仰，重修异教神庙"膜拜偶像"。然而，贝奥武甫时代(六世纪)的丹麦人还是异教徒，并无"信仰倒退"之余地。于是作者谴责希尔德子孙的"陋俗/异教徒的幻想，心底藏着的/那座地狱"(178)，便是影射英伦的现实。或者，他除了表态，立一个政治正确的牌子，也有警示的意味？参阅《木腿正义·他选择了上帝的光明》，增订版，北京大学，2007。

但同时，也也为听众/读者提示了现实中的(八世纪)北益布里国寺院文化同异教祖宗之间的历史距离，呈现一种清晰的"史感"(语出布龙菲尔德 Morton Bloomfield《乔叟的史感》，1952)。罗瑟迦可以言说上帝全能，让鹿厅歌手咏赞创世,而真实历史的悲剧却是丹麦人"不知命数之主/不识一切功罪的仲裁,至高上帝/当然更不懂赞美诸天的护佑/荣耀之统帅"(180)。因而他们被该隐的苗裔葛娄代屠杀,因恐惧而献祭牺牲,祈祷异神,那是值得同情、怜悯、帮助的悲惨处境。循此"史感",通观全诗(托尔金喜欢强调这点),贝奥武甫跨海驰援,肃清鹿厅,便是将原本无救的灵魂救出魔爪。是的,贝奥武甫拯救了按教义已经"在劫难逃"、"没救了"的可怜人。这希尔德子孙"信仰倒退"的一幕,竟衬托出了拯救者异教徒的高贵,神对他的嘉许,以及那句日耳曼英雄主义的名言:人运数不完,全凭勇敢:常常,获救在于坚持(572)。

180-83. 他们不知……不识……更不懂赞美……荣耀之统帅:此句写实。在罗瑟迦和贝奥武甫生活的时代,公元五世纪末到六世纪下半叶,传教士尚未深入北国。两海之间的日耳曼人诸部,无论丹麦、高特、瑞典,还是朱特、盎格鲁、撒克逊,都还是天父奥登的子民。

185. 没救了(frofre ne wenan),他的命运,直译:别想获救/得安慰,(命运)变不了了。见 7 注。

193. 北方,直译:(他)家乡。高特在丹麦北边,隔海相望。

194. 一员猛将:即贝奥武甫。此处诗人故意留了一个悬念:他的名字要到 343 行才出现。
史诗所述,贝奥武甫参加的战斗,交往的人物,唯有一人一事见于同时期或稍后的史籍。此即他的三舅高特王赫依拉,"在弗里西人的土地上……饮剑身亡"(2357)。据图尔主教圣格里高利(St Gregory, Bishop of Tours, 538~594)

《法兰克人史》iii. 3,公元五二一年(另说五二四年),有个丹麦人的王 Chochilaicus 跨海来犯,在弗里西(今荷兰北部)登陆,顺莱茵河而上劫掠居民。得手后,因未能及时登船撤离,被法兰克王子帖德伯(Theodebertus)的优势军力包围,战死。Crochilaicus,这个拉丁语转写的日耳曼名,可还原为古日耳曼语* Hugilaikaz,即古英语 Hygelac:赫依拉,“心灵的献礼/缺心”(见冉恩注本,页 47–48)。法兰克人常以“丹麦人”统称斯堪的纳维亚和日德兰半岛的日耳曼诸部,所以赫依拉被记作“丹麦人的王”(Danorum rex),是不奇怪的。参 1210 注。

把这个年份(五二一年)放进史诗,跟贝奥武甫搏怪屠龙的故事和丹麦、高特、瑞典三国的王谱整合,便可以重构一个大事年表(附录三)。当然,诗中的年数表达,从作者爱用的修辞法看,有些是象征性的。例如贝奥武甫为王,统治高特“五十个冬天”(2208,2730)。这“五十”应非实指,是虚数,形容长久;不然他与火龙决斗的时候已是耄耋之人,八十八岁了。见 123 注。

高特人(Geatas,古冰岛语:Gautar,古瑞典语:Gøtar)的历史,至今仍在迷雾之中。通说其领地在瑞典西南,梵纳湖(Vänern)往南至海滨一带。据使者预言(2911 以下),贝奥武甫死后,六世纪下半叶,瑞典人将南下攻灭高特。而高特人果然从历史上消失了。据说,其中一支与丹麦人联姻的部落,渡海西迁至(英格兰东部)东盎格里亚,建立了武芬王朝。所以远在英国的盎格鲁-撒克逊人,会如此熟悉高特历史。详见法雷尔(R. T. Farrell)《贝奥武甫与瑞典人、高特人》。

199. 天鹅之路：海，套喻，见 10 注。

201. 战王正亟需人手：贝奥武甫为何要冒险支援丹麦？高特长者似乎都了解他的心情，鼓励他建功立业——或也有别的意图？参观 460 注及 2183 以下。

207. 共一十四人，直译：十五（人）之一。接下句，指贝奥武甫。

217-19. 战船……项上沾着飞沫：古代北欧人喜欢把船头做成天鹅曲颈的模样，再饰以怪兽脑袋。贝奥武甫的木舟"周身箍紧"，用松香填木板间的细缝，有桅杆和一张方帆（296,1898,1905）。这些细节完全符合北欧和英国出土的七、八世纪船葬实物。参阅布洛格（A. W. Brøgger）《海盗船：前身与进化》。
诗人难得用明喻。这三行诗恰好跟 199 行的套喻"天鹅之路"配合，写出"战船贴上波涛，极像一只水鸟"，"乘风而去"的优美姿态。参 1606 注。

224. 航程（eolet）：生僻词，仅此一用，无确解。

225. 风族（Wederas）：即高特人，崇拜风暴故。

227. 神明：通作上帝。然而高特水手不可能信奉基督教的天父。参 626 注。

232. 圆盾：椴木制，直径在 12~23 英寸之间，周围箍铁，外蒙皮革，中央突出一锥形或半球形铁心，背面置手圈（655,1242,2340,2610）。讲究一点的盾还饰有飞龙、鸷鸟图符。古日耳曼语的颜色词，多指物（观察对象）的色泽和亮度，不似现代语言关注色相，细分五颜六色，形容词丰富。所以诗中描写石崖、黄金、武器和胄甲，往往说"闪亮""耀眼"

"灿烂""熠熠",等等。

238. 滚滚浪街：套喻，形容大海(514,1051)。

246. 伯侄(maga)，直译：(两位)亲戚/族人。此处指罗瑟迦及其侄儿，"好人"哈尔佳之子罗索夫(1016-17)。

251. 除非(næfne)，校读从克雷伯和冉恩注本。原文：(愿那堂堂相貌)不会(næfre)骗人。

261. 火塘边的伙伴：美称亲随、家将、扈从(1579,2180,2418)。大厅中央，正对着首领的宝座，冬季有火塘取暖，故有此套喻。参404 3063注。

263. 高贵的骁将(æþele ordfruma)：美称领军者。贝奥武甫的父亲艾奇瑟是浪手族首领/酋长。
    享足了冬天……辞别家园(264-65)：特意申明，父亲长寿而有福。或有排除对己不利的传言的用意："剑奴"可能当过罗瑟迦的扈从，参459以下及473注。

274-75. 不知什么祸害……神秘的仇家：委婉。其实高特人早已听说了"葛婪代的暴行"(195)。

277. 绵力，直译：宽大的心。喻慷慨、智慧、献计。客气话。

287. 敌意全消，直译：无畏、不(再)害怕/担心。哨长为高特来客的高贵、礼貌和委婉得体的言辞所打动。

299. 勇者(godfremmendra)：特指贝奥武甫，断句从冉恩注本。克雷伯读作"亲爱的战士"(297)的同位语，指高特勇士全体(即无论哪位勇者)，亦通。蒙福：获命运眷顾，见572注。

300. 战斗的风暴(hilderæs)：双关，祝福风族战士。

304. 野猪盔饰：野猪是北欧丰收神福雷(Freyr)的圣兽。因其勇敢顽强，古人常用它的形象来装饰武器、战旗，做战士的护符(1111,1437,2152)。萨屯胡船葬出土的残盔的眉檐两端，便有雕金的野猪头。见33注。

311. 王者(se rica)：大力，带定冠词，指地位崇高者、王。参399注。

317. 全能的天父(fæder alwalda)：表面上指诗人和听众的基督教上帝。但如果还原为历史上的丹麦哨长说话，他口中的天父，应是日尔曼人的主神奥登。参91注。

322. 巧手织就的铠衣：据丹麦泥炭沼考古发现，一件上好的三角领短袖锁子甲，可以织进不下两万只直径为 1/8 到 1/4 英寸的小铁环，足见当时工艺之精。
    注意：随着高特战士走近鹿厅，装备的描写也愈加细致，直至贝奥武甫来到"大殿中央站定"(404)。牵动主人视线的，首先是客人的披挂。

325. 坚固若神工(regnheard)：或神奇而坚固。词头 regn-，意为神(古冰岛语：regin，哥特语：ragin)。

329. 铅灰尖儿桦木：复指上句"长矛"。桦木做矛杆，套上铁矛尖，看去便是一根"铅灰尖儿"。来访者的盾、矛留在门外，是古日耳曼人的习俗(396-98)。

332. 骄傲的大臣：下文说，他名叫"狼矛"乌父加(348)。

337-39. 想必……远大志向：此句道出了日耳曼武士离开家乡，为别的部族打仗或另觅领主的两大原因：流亡避难、博取功名财富，亦即"剑奴"艾奇瑟和贝奥武甫父子访问罗瑟迦的不同目的（参 459 以下）。

342. 同桌伙伴：美称亲随、家将（1713）。意同火塘伙伴，
261 注。

343. "蜂狼"贝奥武甫（Beowulf）：自英雄第一次露面（194），铺
叙一百五十行，他的大名终于出现。
"蜂狼"，通说指（吃蜜的）熊。这名字像是外号，指他弃用
兵器而徒手搏斗的习惯，"一双铁掌，十指间不下三十个人
的力量"（379），参 2604 注。这一细节也让人联想古冰岛
语沙迦中，著名的"熊子"或"战熊"搏巨魔故事（小辞典
3.1）。此类传说，尽管成文比史诗晚了几个世纪，或许源
自同一个日耳曼神话母题。

347. 慷慨者（god）：长元音，本义善、强、勇，转指高贵、慷慨、善
战（196,299,1870,2561）。

348. 旺达尔王子：旺达尔人（Wendlas）是日耳曼人的一支，公元
四、五世纪入侵高卢和伊比利亚半岛。乌父加王子或属徙
居北欧（如瑞典乌普兰的凡德尔，Vendel，或日德兰半岛北
端 Vendil）的一部，是旺达尔人留在丹麦宫廷的人质，故
"深谙虔诚礼仪"（359）。
王子（leod）：本义男子、部族成员，转指首领、王子。

358. 传令官，直译：以勇敢著称者（参 335）。面朝，直译：（立
于）肩膀前。

372. 他小时候我就见过：也许"剑奴"杀人后，是一家人来丹麦
避祸，所以罗瑟迦见过童年的贝奥武甫。见 459 以下。

376. 好样的（heard）：兼指坚强、勇敢、大力。见 1807 注。

381. 至圣的上帝：史误，作者喜欢把圣名放在罗瑟迦的唇上，给故事添一抹虔诚的色彩。参 27，90 注。

382. 西丹麦：丹麦的别号。诗人频繁换用别号，多是为了押头韵或渲染修辞；另如东丹麦，南丹麦，北丹麦（391，464，784）。

387. 亲族将领（sibbegedriht）：此句克雷伯解作请贝奥武甫的"族人队伍"进鹿厅见罗瑟迦（"我"），亦通。

389b-90a. 此处诗行的头韵中断，学者推断抄本脱了两个半行。历代注家多有校补，译文从冉恩注本。

399. 那大力者：美称贝奥武甫。见 311 注。

404. 大殿中央（on heoðe）：或如克雷伯校读：火塘前（on heorðe）。参 261 注。

412. 苍穹（haðor），校读。原文：（天空的）明亮（hador）。

415-16. 我的族人……智者建议：不说是自己要来，而归于高特人的"智慧的长者"建议（202），是委婉的外交辞令。参 287 注。

419. 血污（fah）：或（给敌人留下）仇恨（同音词）。

426. 一对一决斗（ana gehegan ðing）：开会审断、了断（争议），转指决斗。表信心的同时，不经意说出了英雄的命运（2533 以下）。

437. 放弃挥舞宝剑：徒手搏斗是"蜂狼"（熊）的惯常战法。事实上，兵器也帮不了他的忙；所以他后来屠龙，宝剑便不太"顺手"（2682-87）。另外，贝奥武甫并不知道葛婪代有咒语护身，是刀枪不入的（801 以下）。

441. 信靠主的裁判：犹言把生死托付于神意（1272）。裁判（dom），喻神的报应、复仇，或神的正义（1556），或死后等待末日审判（2820）。日耳曼和基督教伦理皆可解释。信靠（gelyfan），兼指信赖、依靠、托付、盼望（627，908）。

445. 光荣的武士之英（mægenhreð manna）：另读如克雷伯注本：光荣族的力量（mægen Hreðmanna）。"光荣族"大写，作高特人的别号（参古冰岛语：Hreiðgotar）。冉恩注本小写，作普通名词：光荣武士的力量。

遮掩我的头颅：犹言掩埋。北欧（也是盎格鲁-撒克逊人的）古俗，死者入葬，用一块布覆头。

450. 料理我的残躯：因贝奥武甫一行是为丹麦作战，远离族人和首领，罗塞迦遂负有安葬牺牲战士的义务，即为之举行火葬。参1107以下。

454. 神匠威兰（Weland）：日耳曼神话里的铁匠，跟希腊神话中的铁匠赫菲斯托（Hephaistos）一样，是个丑陋的跛子。威兰的作品，甲胄精良，是祖传的宝器。一说盎格鲁-撒克逊人的炼铁技术退化了，故刀剑一律是（来自欧洲大陆的）古的好。但更可能的是，相信先人的武器具有某种神力（1452-54），属于"巨人锻造的兵刃之王"（1559，2615，2978）。

传世的古英语诗，有一首带副歌的分节体《歌手狄奥》（Deor），讲到威兰报仇的故事：瑞典西部有个残酷的国王尼哈德（Niðhad），他强迫威兰干活，又怕神匠逃跑，就割了他的腿腱。可是威兰用计杀了暴君的两个儿子，下药诱奸了他的爱女，然后戴上自制的铁翼，飞走了。详见《老埃达·威兰之歌》(Völundarkviða)。

455. 该来必来,任随命运:换言之,英雄凭勇气智慧而不认命
(572)。史诗中"命运"(wyrd)这一主题词第一次出现。

458. 不忘旧谊:校读,从克雷伯和托尔金注,原文有讹。冉恩另
读:为保卫(我们)而战。

460. 狼子族的何锁拉:"战争之余"何锁拉失考。罗瑟迦的王后
薇色欧被称为"盔族的公主"(620);而《游吟诗人》提到一
个名叫"盔"(Helm)的王,统治狼子族(29)。如果盔王的
子民别号盔族(Helmingas),一如"盾王"希尔德的子民称盾
族,即丹麦人(26,30),那么基于联姻,罗瑟迦便有了替"剑
奴"跟盔族(即狼子族)谈判、支付赎金的地位和能力。丹
麦宫廷,对于逃避血仇的"剑奴"来说,就是最佳选择了。
如此,"剑奴"一家欠了罗瑟迦的恩情。贝奥武甫来鹿厅除
怪,表面上是博取功名,实际是知恩图报。
　　这事鹿厅里年长的武士都知道。很可能,高特的"智慧长
者"也明白,故没有劝阻"剑奴"之子,反而"激励着英雄意
气/为远征占卜观兆"(202以下)。参1857注。

470. 赎金(feo):同158注。

473. 向我起了誓:"剑奴"承诺与狼子族恢复和平;但也可能是
向罗瑟迦效忠,加入大厅的扈从。参481注。

476-79. 命运与上帝:接过"蜂狼"的话题,说命运和神意,见
441,455注。罗瑟迦把"家将凋零"归责于命运,但上帝为
何没有"制止那凶顽的屠戮"呢?这已经是诗人在提问了。
参572注。

481. 举杯发誓：日耳曼首领扈从制必行的组织仪式，扈从发誓尽忠，回报首领的保护和赏赐。参观《血战费恩堡》(39-40)，或古英语文学史上最悲壮的诗章《马尔登之役》(212-16)：记住我们就着蜜酒发出的誓言，英雄坐上大厅的宴席，多少次保证死战。现在，让我们证明谁是好汉！

489-90. 待会儿……英雄业绩：有名的难句，译文从冉恩注本，参后文"歌手引吭"(496)。另读：松开(你的)思绪，为战士们(讲你/高特人的)光荣战绩。无定解。

499. 翁弗思(Unferð)：像是绰号或诨名。前缀 un-表否定，ferð 一说是 frið(和平)的变体，合为一名，解作"不和/纷争"。另说 ferð 是简写 ferhð(心、思、精神)，则此名意谓"弗思/愚蠢"：翁弗思。

翁弗思的职衔叫宫廷辩士(Þyle, 1166; 古冰岛语：þulr)，负责演述历史、记诵王谱、吟唱歌谣、试探来客和翻译谈判等，身兼史官、歌手和通事之职。试比较蒙古族史诗《江格尔》中的"舌士'凯·吉拉干：他"翕动着薄薄的红嘴唇"，替十二勇士和八千通宝(即野猪，指英雄)询问江格尔大王的心事；展开双手，毕恭毕敬，"优美的话语像泉水涌流"(色道尔吉译本，章十二，人民文学出版社，1983)。

翁弗思同贝奥武甫的舌战或"斗舌"(flyting)，很像荷马史诗《奥德修记》卷八，美男子俄吕亚鲁(Euryalos)在运动场上向奥德修挑衅的故事。当时，奥德修刚听了盲歌手唱特洛伊战争，正在偷偷落泪想家。忽听得有人出言不逊，他勃然大怒，夺铁饼远远掷出，要众英雄应战。国王阿尔克努并不见怪，反而对其勇力倍加赞赏，让美男子道歉。俄吕亚鲁送了奥德修一把镶银的青铜宝剑(参较《贝奥武甫》1455 以下)。让英雄遭遇挑衅,以显示其机智勇敢,讲礼貌而无私,是英雄史诗常用的一类叙事母题。

辩士的座位,在国王及其侄儿兼副将罗索夫的脚下。见 1016,1165 注。

505. 在乎(gehedde):克雷伯校读:博取(gehede)。

506. 勃雷卡(Breca):"击碎者/碎浪",父名"鲨石"(523)。一说他跟贝奥武甫的游泳比赛,是英雄搏洪神话之变种。

513-14. 伸开双臂……丈量海街:耶鲁大学罗宾逊(Fred Robinson)教授站在"贝奥武甫是人而不是神"的立场,认为两少年不可能在海里游五天五夜(535,544),故应该是比赛划船。但显然,"蜂狼"和"碎浪"拥有神力或神赐的天赋(1270-71),不宜拿常人的尺度衡量。参观 2360 注。

海街:套喻,形容海洋,见 238 注。

519. 洛姆人(Heaþo-Ræmas,古冰岛语:Raumar):挪威南部(今奥斯陆附近)一部族。

521. 剑族(Brondingas):勃雷卡的部落,地域不详。人民的爱戴(522),暗示勃雷卡后来当了族人的首领。

526. 尽管你打起仗来每每得手:反话,嘲讽"蜂狼"早年"懒散",不喜欢争功而"被人小觑"(2183 以下)。宫廷辩士斗舌,带有娱乐表演性质,按规矩允许攻讦、取笑和夸张贬损的言辞。故而国王并不见怪。

527. 今晚,直译:整晚。

530. 听着:见 1-3 注。

有趣的是,贝奥武甫并未否认同"碎浪"勃雷卡比赛游泳一事,以及勃雷卡率先游到目的地,返回家园。这表明辩士说的是事实,虽然不是全部的事实;而且,鹿厅里听说过此事的,很可能不止一人。业师班生(Larry D. Benson)先生有一篇名文,论《贝奥武甫》的原创性,认为,这两人比赛的故事,应是史诗作者和他的听众都熟悉的,甚至有歌谣(leoð)传颂。比如古英语诗《游吟诗人》就提到,勃雷卡统治剑族(25)。诗人的创意,便是把这支歌谣整合到了史诗里,做了一折好戏:辩士与英雄斗舌(班生,页49-50)。

539. 裸剑:出鞘的剑,短剑(水里无法使用长剑)。高特王子的反击,冷静而有条理,富于事实的细节。

543. 不愿意让他落后:承认勃雷卡领先(517),但声明自己游在"碎浪"身后,不是因为水性欠佳,而是为了保护朋友。

544. 五天五夜:纠正翁弗思的说法,比赛"七夜"是误传(516)。

556-58. 我的搏斗之剑……海兽交出了生命:意译,以避重复。直译:我以剑尖找到/击中了那凶怪,(我的)搏斗之剑;(让)战斗的风暴攫走了那强大的海兽,借我的手。

569. 神的明灯:套喻,指太阳,象征胜利;通说典出《创世记》1:15-18。参603,1571注。

572. 人运数不完,全凭勇敢:日耳曼英雄主义的信条。但作者又往往把勇者的命运归之于上帝,似乎勇气可赢得神恩,这就近于颠覆教义信条了。参较670,1056,1270,1553,2291以下。

581. 芬族的土地(Finna land):一说在瑞典西南(Finnheden),见

冉恩注。但传统观点倾向于挪威北部（Finmarken），即贝奥武甫从瑞典西南海岸出发向北，游过了大半个挪威；而勃雷卡只抵达挪威南部，今奥斯陆附近"洛姆人的土地"（519）。芬族：即萨米人（Sámi），是挪威、瑞典和芬兰北部及俄国科拉半岛的土著，旧称拉普人。萨米语属于乌拉尔语系。

587. 同胞兄弟的杀手：故意不讲冲突或谋杀的细节，只说罪责。从丹麦君臣的反应来看，他们很欣赏贝奥武甫的回应：见多识广，有急智，尤其是他的拼死一搏的誓言（见631注），并不在乎翁弗思被揭了老底。不过那也说明，血债已经偿还了，如同贝父"剑奴"杀人的旧案。"戕害至亲"虽然不光彩，却也没有影响辩士在丹麦宫廷的地位和罗瑟迦对他的宠信（1165-68）。

588. 冥府（hell）：兼指阴间、地狱，虽然"蜂狼"不可能知道并相信基督教的地狱学说。诗中特意点名下地狱的另一位，是葛蕤代：他的灵魂是"异教的"（162，852）。传统教义，异教徒都该下地狱。参175，1658注。

591. 你的心学学你的嘴：亮出"杀手铜"，给辩士下结论；指其心口不一，不敢保卫鹿厅，辜负了主公栽培。

603. 旭日身披朝霞：联想《诗篇》104:2，上帝"身披光明如方袍"。此处以南方的太阳象征神恩，与日尔曼人想象的极北之地的冥府相对。参34，1356注。

613. 薇色欧（Wealhþeow）：（神的）"凯尔特/番人女奴"或"被（神）拣选的女仆"。古英语《箴言》（埃克斯特书）这样描写理想的王后（84-92）：（她）应当高雅而深得人民爱戴，能和气待人、耐心倾听,慷慨赏赐骏马和珍宝。蜜酒席上……她总是首先向贵族的领袖致礼,在扈从中间,把第一杯酒及时端到她的主公手上。她还必须懂得,作为大厅的主人,她跟国王该怎样谨慎小心。

这几乎就是薇色欧的写照。然而,尽管她处心积虑维护儿子的王位继承权(1175-91),命运无情,鹿厅终将焚毁。在死亡主题无限广袤的黑色背景前,这"遍缀黄金"的贵妇显得格外刺眼、脆弱。

615. 国主,直译:祖国的守护(1701,2210)。

620. 盔族:一说即狼子族,见 460 注。

626. 感谢神明:或感谢上帝,如果让王后学国王(实即诗人)的基督徒口吻。参 227,476 注。

631. 立下誓词:薇色欧亲自敬酒,"剑奴"之子马上立誓,要打倒葛婪代,"实现丹麦人的意愿"(635)。托尔金认为,这才是翁弗思挑衅与斗舌的目的:激出"蜂狼"的誓言。而王后"听罢高特人的骄傲的誓言"就"坐回她的主公身畔"(639),完成了任务。这是王后第一次出场。

646. 凶魔(ahlæca):一作可怕的英雄,指贝奥武甫(893)一早就在备战鹿厅,则略勉强。因为那天上午,高特人还在路上,见 648 注。参阅铎比(Elliott Dobbie)注本。而鹿厅在荒废了"十二个冬天"之后(147),忽然宴会喧闹,灯火通明,惊动了葛婪代。

648. 从太阳的余晖不见,校读从冉恩注本。原文:从他们能看见阳光升起。另读:从阳光初现(到夜幕降临)。意谓那天清晨,罗瑟迦心里就有预感,今晚怪物要来袭击。见克雷伯注。

655. 手举圆盾,直译:举起手和圆盾。喻成年,能领军执政。

664-65. 战斗的统帅想要回到……床前:暗讽丹麦王和扈从怯战,四处躲藏。呼应139以下。

666. 荣耀之天君:上帝,如罗瑟迦所言(381,478)。

671-74. 他解开……命他保管:脱衣上床这一细节,是日耳曼英雄传说中熊子搏怪故事的残留:"蜂狼"须赤裸身子,徒手克服凶魔,见小辞典3.1。就情节而论,这是不通的;高特人明明是留下来守卫鹿厅的,怎会呼呼大睡?

681. 使用兵器(þara goda),直译:(武器的)正确使用/武艺。

686. 英明上帝,至圣的主:贝奥武甫第一次口称上帝;也可理解为致敬主人罗瑟迦的神,请求他的佑助与"裁断"。荣耀该归谁手(687):虽然王子没有肯定自己必胜,"手"暗示了他的信心(379-80)。

跟着的两节极有特色:才道出高特战士必死的决心,诗人就公布了胜负;葛焚代的脚步声刚刚响起,作者又迫不及待提醒听众,怪物不可能违反神意。情节的悬宕被取消了,只剩下两个不同距离的叙事角度:一是近镜头的,放大鹿厅内的恐怖和危险;二是通观全局的,随着诗人的预告,把命运的讽刺和盘托出。两者相叠对照,引人深思。

由此看来,下文706行"人应懂得"的"人"(yldum,复数)是指听众,即"命数之主"上帝的信徒,而非故事中的高特战士和丹麦人。

697. 天主(dryhten):双关,兼指听众的上帝、高特人的奥登,一如下文"大能的神"（701）。参 317 注。

705. 射手：习语，指战士（1026,1154）；不过高特人确实带着弓箭（1433-34）。

710-13. 葛娄代……弄一顿美餐：错误的期待或掉以轻心，日耳曼传说中英雄常有此性格弱点；这儿却是凶魔犯了大错。诗人特别关注角色的心理，刻意简化了搏斗细节，以凸显一对戏剧性的结构要素：恐惧和讽刺，见 686 注。与之相对，同一母题的古冰岛语搏怪故事如《格雷特沙迦》，采用的是平实细致的"现实主义"叙事法（克雷伯语）。

720. 被剥夺了欢乐：欢乐（dream），特指人世的欢乐；被剥夺，即葛娄代作为"该隐苗裔"（107），连同一切受报应的恶人的命运（1264,1715,1720）。

724. 彩砖地板：冉恩认为，这一细节源自罗马人在不列颠留下的建筑；类似的还有"石块铺就"的大道（320）。

736. 外甥（mæg）：族人、亲戚、血亲。参 246 注。

742. 骨锁：喻肌肉、身躯（817）。

743. 囫囵（synsnædum）：大块（食物）大口（吞吃）状。前缀 syn-，表永久、巨大。罗宾逊读作罪（synn），则此为复合词：一块块入罪的（食物）。由此提示，圣法禁止吃血，因生命存于血，且天父（《创世记》9:4,《利未记》3:17）。但诗人恐怕没有那么鲜明的说教意识。

749-50. 翻身坐起……压上他的手臂：另读如克雷伯：（贝奥武甫突然）坐起，用手臂支撑着自己。无定解。译文从冉恩注本。罪孽的牧者（fyrena hyrde），指葛婪代。

762. 惯犯，直译：有名的（凶犯）（103，900）。

768. "苦酒"应酬（ealuscerwen）：苦酒，即麦芽酒，此处象征灾
难、恐惧、死亡。据说这是古英语文学史上最有争议的一个
复合词。译文据史密泽斯（G. V. Smithers）《古英语文本研
究五题》，解作诗人的讽刺笔法：丹麦人未能尽到主人待客
的义务，被鹿厅的震动惊呆了，有人替他们应酬了访客；而
葛婪代并非心甘情愿地留在了"苦酒"席上，受到一双铁掌
的欢迎。参托尔金和冉恩注。

781. 镶骨：即用鹿角或牛角装饰四壁。

782. 火舌吞噬，烈焰埋葬：暗示鹿厅的命运，参 81 注。

784. 围墙：鹿厅外的围墙或栅栏。另说（冉恩等）指城堡外墙，
但葛婪代来袭，似乎并无城墙阻挡。

787. 地狱的俘虏：像是借用教会语言（captivus inferni）；显然作
者熟悉寺院文化。参 27 注。

792-93. 没指望……造福于任何部落：古日耳曼诗中常见的反
语或曲意修辞（litotes）。例如：没有谁替那生命的割离/难
过＝大家欢欣鼓舞（841-42）；席尔白王后没有理由称赞/巨
人族的信誉＝她是朱特人（巨人族）报复的无辜牺牲（1071-
72）。

801. 猎取他的灵魂：习语，联想通行本《马太福音》2:20，索取这
孩儿的灵/性命（quaerebant animam pueri）。

804. 一道咒语（forsworen）：杰克（George Jack）注本解作誓言，
而主语"他"指贝奥武甫；即英雄曾发誓不用剑盾，要徒手

擒魔（435-40）。

807. 鬼魅之国：喻阴间／冥府／地狱。国（geweald）：本义力量，
转指统治、国权。

809. 丧心病狂，残害人类：另读，心里以残害人类为乐。无
确解。

819. 赐予：省略的主语可以是命运、上帝或诸神（555,697）。

824-29. 实现了全体丹麦人的意愿……诺言：贝奥武甫兑现了
承诺（635）。

834. 金顶下：鹿厅入口处，大门外（926,982）。古俗，胜者要向
贵族百姓展览战利品，故悬起魔爪。

841. 生命的割弃（lifgedal）：指葛婪代之死，他的"割弃生命"
（aldorgedal，805）。

846. 深潭（mere）：兼指塘、潭、湖、海。后一义主要见于诗歌及
复合词。参观1356注。

851. 藏进（deo₂）：另作死去（同音词），无定解。参冉恩注本。

852. 异教的灵——下了地狱：作者称葛婪代为"地狱之魔""地
狱的浮虏"（162,787,1274）。

858. 两海：北海和波罗的海（1297,1685）。

865. 栗色（fea₂we）：形容马匹，不太亮但光滑的栗色、暗红；指土
地、大海等，则近于黄褐色、灰茫茫（917,1950）。关于古英
语颜色词，见232注。

868-74. 一位歌手……动人故事：此长句意译，以说明歌手创
作，即兴表演的细节，见冉恩注。"挑曲填词，配合音律"，
指度曲，押头韵；"字句交织"，则是"巧妙"运用同义或近义

的词语,排比"优美的"变体。关于头韵和变体,见小辞典
4. 1,4. 2。

875-83. 西蒙复仇:歌手的故事包括两个原本各自独立的西蒙
传说——复仇和屠龙。前者主要保存于十三世纪古冰岛语
《伏尔松沙迦》(*Völsunga Saga*),大意如下:
胡纳族首领伏尔松,即史诗中的瓦尔士(876),生有十子一
女。长子"胜掌"西蒙(Sigmundr,古英语:Sigemund)和女
儿西格尼(Signý)是孪生兄妹,感情很好。伏尔松将女儿许
给了高特王席盖尔(Siggeirr)。婚礼上,闯进一个(奥登扮
的)独眼老人,将一支神剑插入大厅中央的巨树,声称唯有
剑主能将它拔出。轮到西蒙,他像亚瑟王一样,轻轻一提便
到手了。新郎席盖尔愿以重金换剑,被当众羞辱。他怀恨
在心,后来竟用计杀了伏尔松,又用木枷把十兄弟锁在森林
中喂老母狼,一夜一个,末了轮到西蒙。西格尼闻讯,悄悄
差心腹奴仆在西蒙脸上嘴里搽遍了蜜。老母狼闻到蜜香便
舔食起来,不意把舌头伸进西蒙嘴里被他乘机一口咬住,连
根拔出。老母狼一命呜呼。
西格尼给席盖尔生了两个儿子,长到十岁,她便想让他们帮
助西蒙复仇。可是孩子胆小,通不过舅舅的考验,因而殒
命。她于是和女巫换装,去森林里跟哥哥睡了三夜,回到宫
中变回原身诞下了"孤狼"费特拉(Sinfjötli,古英语:
Fitela)。待费特拉十岁,西格尼把外衣缝上他的双臂,然后
将衣袖连皮撕下。孩子毫不畏惧,说:这点痛对伏尔松家
的人算什么! 接着,他通过了揉面团的考验(面粉袋里藏
着一条毒蛇),加入西蒙的流亡和掠袭,"在席盖尔的国度
创立功业"。西蒙只道是外甥背叛了父王。

有一次,他们误披了狼人睡觉时晾着的狼皮,变成了野狼,跟围猎的猎人搏斗,差点儿错过第十天脱皮的时机。

最后,他们潜入了席盖尔的大厅。西格尼的两个小儿子正在游戏,发现生人便去报告父亲。西格尼见孩儿坏事,命费特拉杀了他们。但两位复仇者终因寡不敌众,被关进一座石墓。席盖尔打算活活饿死他们。可是西格尼给他们偷偷送去了西蒙的神剑。舅甥俩用剑当锯,切开墓石,然后放火点着了高特王的大厅。等到席盖尔从梦中呛醒,已经来不及了。西蒙要妹妹跟他们去领受报偿。西格尼的回答,便是古日耳曼复仇悲剧中最动人心魄的一段话:为了替父报仇,那么多惨事,一桩桩一件件全是我干的!怎么说我也不该再活在世上。虽然嫁席盖尔王非我自愿,和他同归于尽我却心甘!

她亲吻了哥哥和儿子,随即走回大火,加入了丈夫和大厅里全体扈从的命运。

史诗的听众应该是熟知这故事的。英国温彻斯特出土过一块十世纪石刻,描绘一头母狼将舌头伸进一捆绑在地的人嘴里(《文物家日志》46:2/1966,页329-32)。

881. 外甥(nefa,拉丁语:nepos):侄、甥、孙儿、外孙(1202,1961)。"外甥"也是中世纪教会流行的对私生子的婉称。此节与下节,歌手所唱西蒙的勇气、斩魔的功绩,恰好与贝奥武甫打葛蕾代并提;跟海勒摩死在巨人族中间相对(903)。

884-97. 西蒙屠龙:故事仅见于《贝奥武甫》。按沙迦传统,屠龙是西蒙之子西古德(Sigurðr,即中古高地德语史诗《尼伯龙之歌》里的英雄齐格菲）的功劳。《散文埃达·诗典》（*Snorra Edda*）和《老埃达·法夫尼传》（*Elder Edda*）都说，西古德在大蛇法夫尼（Fáfnir）去喝水的路上挖了个坑，藏在里面。待大蛇爬过头顶时，用剑割开它的肚腹，夺取了它守护的"尼伯龙黄金"。不料，那龙穴内的宝藏是受了诅咒的；西古德终于还是遭亲人暗算，在睡梦中被刺杀了。见3167 注。

显然，对于熟悉这一传说的听众，歌手的演唱只消两句话，"刺穿了斑斓的火龙"，"夺来金环的宝藏"（890-94），便足以暗示下篇贝奥武甫战火龙的结局了。

毒龙毙命后熔化于自己的毒火，不留尸骸（897），这一点跟"蜂狼"斩杀的那头飞龙不同（3040 以下）。

898. 海勒摩（Heremod）："武心／军心"，丹麦暴君（902,1709 以下）。相传他死于流亡之中，而后"麦束"之子希尔德才从波浪上漂来丹麦（44-45）。据古冰岛语《兴德之歌》（*Hyndluljóð*），爱神芙蕾娅（Freyja）这么称赞父亲奥登的慷慨：他赠了海勒摩一顶盔、一领甲，却把自己的神剑赐了西蒙。

也许，拿"胜掌"西蒙和"武心"海勒摩对举，是日耳曼歌手的一个传统曲目。

903. 巨人族（Eotenum）：即朱特人（1072,1145），居住在日德兰（朱特）半岛，与盾族为邻。巨人／朱特人，eoten／Eote，两词的复数生格和（晚期）与格相同。此处若解作巨魔（tröll）或葛婪代一类怪物，或喻指敌族，也是通的。

913. 这个下场（sið）：旅途、路向，转指（流亡的）命运、死亡。

917-18. 追着高升的红日，直译：晨光/旭日（603）已经前进了
　　　　（一段路程），正赶着（升高）。

919-21. 豪情焕发……荣耀加身：对比丹麦人原先的"哭号"、
　　　　"忍受牺牲与哀伤"和"远远躲避"（128 以下）。奇迹：指
　　　　金顶下悬着的魔爪（835，840）。

925. 台阶（stapol）：通常指柱子（2718），但此处多数注家解作
　　　台阶。

942-46. 任何女人……那终古的报应者在生育上/赐了她大福：
　　　　这儿，寺院听众或熟悉福音书的读者，或许会联想《路加福
　　　　音》里一个场景（11:27）：耶稣正在施教，人群里有个妇人
　　　　向他高声道：有福啊，那怀你的子宫，那喂你的乳房！但罗
　　　　瑟迦此话更像是一句熟语，委婉的表扬。他知道贝奥武甫
　　　　的母亲不是"任何女人"，而是尊贵的高特公主，"雷泽尔的
　　　　独生女"（374）。
　　　　终古的报应者（ealdmetod，945）：上帝或人世的主宰。见
　　　　110 注。

947-49. 我心里要爱你……新的亲情：此非法律意义上的收养
　　　　义子，而是表达感激之情，希望保持父子般的亲密关系。但
　　　　这话引起了王后的警觉，见 1175 注。

958-59. 我们……豁出命去：委婉而敏感，贝奥武甫首先把功劳
　　　　归于全体高特战士，而没有立即回应罗瑟迦提出的"父子
　　　　亲情"。参观 1476 以下。

961-62. 咽气，直译：倒下力竭/毙命。一身长毛的盔甲
　　　　（frætewum）：服饰、盔甲。葛兰代是怪物，不用铠甲刀

剑,如克雷伯指出;但他的身体刀枪不入,长毛仿佛甲胄（801,987 以下）。

966. 隐匿了身子：或指某种法术,民间故事常有的情节。隐匿（swice）,兼指逃脱、欺骗（同音词）。

971. 抵押（last）：痕迹、脚印,留下的物。下句以交易设喻,"没购得任何安慰"（973）,故译为抵押。参 1304 注。

978. 大审判：索取他性命的神的裁判,或末日审判。看似基督教语言,实为两可的表述,见 441,2820 注。

980. "剑余"的儿子：辩士翁弗思（499,590）。

986. 钉耙（egl）：麦芒,转指钉、爪,钉耙的齿？无善解。克雷伯校读：可怕（eglu）,形容词阴性主格,修饰"利爪"（handsporu）。其假设是,因词尾 u 与后一词"恐怖"（unheoru）的起头字母相同,eglu unheoru,抄写者容易看漏了。但两个同义形容词并联,"可怕恐怖的"（利爪）,意思累赘且句法别扭,如冉恩指出。

994-95. 四壁悬挂……壁毯：古日耳曼宫室的典型布置。

1002. 死,不容易躲：插入此节,颇有赞赏古代英雄社会的宿命论的意味。参较荷马史诗《伊利昂记》vi. 488,特洛伊英雄赫克托安慰妻子：懦夫也好,勇士也罢,没有谁躲得过命运（moira）。

当然诗人也不忘提醒听众,基督教的生死观不同：生,应当"深谋远虑,明辨在心"（1059）；死,则是"去天父怀中求得和平"（188）。两种世界观和价值观的冲突、调和与并存,是史诗反复展示的风格基调。参 175 注。

1003. 困境（nyd）：命运的具体化，每个人面对的情势。

1006-07. 让自己的躯壳躺进坟茔：教会反对火葬，推行土葬，因为人是从尘土来的，须回归尘土（2458，《创世记》3:19）。

1014. 两位族亲，直译：他们的族亲。指下句罗瑟迦和罗索夫伯侄。举起（geþægon，1015）：受、取、饮。指喝酒或赏酒，皆通。参 1025 注。

1016-19. 罗瑟迦和"胜利之狼"罗索夫……阴谋与背叛：诗人暗示，罗索夫后来辜负了二伯的信任。学界通说（猜测），老王殁后侄子篡权，杀了罗瑟迦的长子罗里奇，如萨克索《丹麦史》记载。但萨克索的版本，颠倒了角色形象，像是后起的传说。因为罗索夫（Rolfo）成了正面人物，英勇而骄傲的丹麦王，而被他推翻的罗里奇（Røricus）却是一个卑鄙吝啬的项圈赐主。参 1163 以下。

阴谋与背叛（facenstafas，古冰岛语：feiknstafir）：罪愆、背叛。二词译一。

1020. 海夫丹的剑帅：罗瑟迦。剑帅，原文"剑"（brand），提喻武士。罗瑟迦曾为父王海夫丹领军（1063）。校读如克雷伯注本：（海夫丹）儿子（bearn）。

1025. 接过大厅的酒盅，一饮而尽：按宫廷礼节，表谢意。

1043. 英格朋友（Ingwina）：丹麦人的别名，通说即罗马史家塔西陀《日耳曼志》（Germania）章二所载，三支日耳曼人之一，傍海而居的 Ingvaeones。

英格，是北欧神话里的生育和丰收神（Ingvi-freyr），被希尔德子孙奉为远祖。相传他曾在东丹麦人中间生活多年，最后

"乘着波浪离去"(ofer wæg gewat)——让人不禁联想史诗开头,"麦束"之子的灵船(44-52)。

1053. 黄金厚偿:赔偿金,付给阵亡的高特战士的家属。见158注。

1056. 上帝英明/壮士无畏,扭转命运:此句"上帝"与"壮士无畏"(壮士,ðæs mannes,"那人",指贝奥武甫)并列为主语,早先有学者认为明显不符教义,不啻异端,是窜入的伪笔。其实恰好示范了诗人的宗教宽容,见27,572,2526注。

1061. 纷争世界,旅次人生,直译:在这里,这漫长的纷争之日,享用/旅居这世界的(人)。老王有一颗伤感的心(1873以下)。

1063. 半丹麦人:罗瑟迦之父海夫丹(56,1020)。

1064. 欢乐之树(gomenwudu):即六弦琴,套喻(2108)。

1067-69. 另一座大厅的悲剧……举起利剑:此二句意译。原文有讹,似有脱文,无定解。家将(eaferum,1067):儿子们,转指亲族、家将、扈从。

这段"费恩堡事变"插曲(1067b-1159),歌手的演唱省略了听众熟悉的一些细节。要还原整个故事,须弄清楚三个问题:一、角色的确切身份;二、行为动机,尤其是"骗马"韩叶斯(Hengest)的妥协和复仇;三、插曲与全诗的关系。参齐克林(Howell Chickering)译本。幸好传世有一首古英语英雄歌谣《血战费恩堡》的残卷(见附录一),恰是描述那场战斗的,还提及插曲中的人物;跟史诗合起来读,可以大致看出费恩堡事变的轮廓。以下介绍颇得益于托尔金的专论

《费恩与韩叶斯：残卷与插曲》，虽然他有些极为博学的大胆推论，因证据不足而只能停留在猜测。

霍克之子席乃夫属于扩张中的丹麦势力，麾下部族混杂，人称半丹麦人。伏克瓦德之子费恩的东弗里西王国首当其冲，他娶了席乃夫的妹妹（或姐姐）"要塞"席尔白，以改善外交。

深秋时节，席乃夫同副手韩叶斯率领一支六十人的队伍（37*）访问费恩的要塞，或许是准备共庆新年。不久，客人察觉到主人可能背信弃义，就抢先占了大厅。冲突的起因不明，因为插曲从停战后开始讲，而残卷只写了血战的一个场面。但挑起冲突的很可能是费恩手下跟丹麦人有仇的朱特武士，参 1072 注。战斗持续了至少五天（41*），弗里西人（进攻方）损失惨重。

插曲开始时，席乃夫跟费恩的儿子，舅甥二人已经倒下——托尔金主张，费恩之子是按照日耳曼风俗托付舅舅抚养的；此次是伴随舅舅回家探亲，不想竟一同作战了——韩叶斯提出讲和的条件。他知道第一，主人已伤了元气，需要休整；二，费恩不大可能像英雄西蒙复仇那样，放火烧自己的大厅（见 875 注）；三，丹麦人有王后席尔白的同情；四，费恩似乎是身不由己，被部下（"费恩的家将"）牵入冲突的，他也希望停战。另一方面，丹麦人供给有限，即恒脱围，冬天也不便航海返国。所以双方订了和约，席乃夫的残部留在费恩堡过冬，认费恩为首领，拿他的赏赐。

注意：歌手是在丹麦宫廷讲这故事，因而一一列举费恩的保证，为韩叶斯的妥协开脱。在现代读者看来，丹麦人获取了对方极大的让步，似乎该满意了：毕竟冲突发生在费恩家里(费恩堡),他的儿子和席乃夫一样,也应得到赔偿。但是,英雄社会的复仇伦理的可怕之处在此:向自己主人的凶手妥协,同他媾和,乃是天下第一大的耻辱。而根据古人的团体责任,费恩须为部下的行为负责。

这样,韩叶斯反而进退两难了:一边是他和费恩的誓约,另一边是他作为扈从对首领席乃夫的效忠。这是日耳曼武士所能想象的最痛苦的抉择。故而当那支"巨人族早有所闻"的宝剑"交到他的膝上"(1144-45),他就再不能犹豫了。春天迎来了丹麦人的增援,复仇的利刃落到毫无准备的费恩头上。

韩叶斯后来很可能去了不列颠。据比德《英人教会史》(i.15)和《盎格鲁-撒克逊编年史》记载,公元四四九年(或稍后),在英格兰南部的肯特登岸的日耳曼雇佣军的首领,是两兄弟,韩叶斯和霍尔沙(Horsa)。他们自称大神奥登的子孙。不久,他们发现岛国富饶,而聘用他们服务的土著不列颠王公没有戒备,就招募族人,反客为主,把不列颠主人赶到山里去了。

这段插曲,在鹿厅主人听来是庆祝胜利的娱乐;对于史诗的听众,却是鹿厅终将焚毁的预言。插曲由阴沉的暗示前后框起(1017-1019,1164-1168),展示了史诗的一个叙事风格特征,即人物、事件之间的照应和对比。席尔白的哀歌不仅黯淡了薇色欧对罗索夫的期望(1180-87),而且还回响在罗瑟迦女儿茀莱娃的婚姻悲剧里(2024-68)。通观全诗,上篇插曲揭示丹麦人和平的脆弱,正好与下篇使者预言瑞典人攻灭高特相呼应,形成一对称结构:

1072. 巨人族的信誉：朱特人（巨人族）跟弗里西人是近亲，见
903 注。费恩的扈从，两族的人都有。此句暗示，半丹麦人
的王霍克同意把"爱女"席尔白（1076）嫁给弗里西王费恩，
是为了缓和两国的关系；而费恩手下的朱特武士没有恪守
主人的信誉 向客人席乃夫挑起了冲突。

1073. 亲友相残 直译：丧失亲爱者（复数）。冲突双方都是王后
的族亲。

1074. 儿子和哥哥：原文复数（儿子们和兄弟们）。托尔金认为，
这是古印欧语双数用法的残留，指舅甥二人为一对。参
1114-15。

1077. 命数的裁断（meotodsceaft）：不说上帝裁断或裁判（441，
686，1178），而把祸福归于命运（1003，1074）。故意模糊，
言不可言 是诗人的风格。

1079. 她，校读，指王后。原文：他。指费恩，接下句，文意不顺。

1084. 席乃夫的副手，直译：王公的扈从。复指上句朱特人韩
叶斯。

1085-87. 韩叶斯，弗里西人，丹麦人，原文均是代词：他们。译
文从托尔金，解作韩叶斯代表丹麦人残部提议，进攻大厅的
弗里西人回应。巨人子孙（1087），指效忠于费恩的朱特武
士（冉恩注）或韩叶斯手下的朱特人（托尔金观点），皆通。

1091. 韩叶斯的队伍：韩叶斯的亲随，朱特战士。至此我们知道，席乃夫率领的"六十人"由两部分人组成：丹麦人扈从和"韩叶斯的队伍"。换言之，费恩堡冲突的双方都有朱特战士，各事其主，正如托尔金指出。

1096-97. 郑重/严格(elne unflitme)：以无可争议的诚意？无善解。校读：以不幸的/带来灾难的诚意(elne unhlitme)。参托尔金注。

1103. 杀项圈赐主的凶手：指费恩。按复仇伦理，部下或"家将"杀死丹麦人的首领(1067)，费恩须承责。

1107. 火葬(ad)：校读，从克雷伯、铎比及冉恩注本。原文：(兑现)誓约(að,1096)。绚烂(icge)：一说系古冰岛语"光耀/绚丽"(itr)的同源词，另说源自神名英格(1043)，表大、奇。生僻词，仅此一用，无善解。金子：陪葬用；另说是费恩给部下的赏赐，或支付丹麦人的赔偿金，见158注。

1108. 盾族的勇士之杰：席乃夫。

1115. 舅(eame)甥：校读，从克雷伯注本(1074)。原文：可怜的(earme)，修饰贵妇人。骨舟：即尸体，套喻。

1118. 柴堆：移自上句。载去(astah)：本义升起，暗示灵魂升天(古冰岛语：á bál stiga)。烈士(guðrinc)，托尔金校读：(升起了)浓烟(guðrec)。参较3143以下贝奥武甫的火葬。

1123. 部族双方(bega folces)：指组成席乃夫扈从(同一"部族")的丹麦人和朱特人，一座柴堆上并排躺着的战友。另读作敌对双方，即丹麦人跟弗里西人，则是两个部族一块儿或同时举行火葬的画面。但此处"部族"(folces)是单数而非复数生格，见托尔金注。

1125-26. 失去战友的武士……高堡：费恩的军兵，有些是临时
召集的，打完仗，拿到赏赐就回家了。一说武士指其中的朱
特人，见 1072 注。高堡：美称家园。解作费恩堡则文意不
通；那样的话，发生冲突的大厅得搬去城外了。

1129. 郁郁不乐（æal unhlitme）：校读，从克雷伯和冉恩注。意为
（遭难而）非常不幸/苦闷，参 1096 注。原文有讹，无善解。

1133. 新的一年：古人以三月为正月。这一节颇有比兴手法的
趣味：韩叶斯复仇的欲望沐浴着春光，复苏了。

1141. 靠铁剑（irne）：校读，从克雷伯注本。原文：（心）里
（inne）。巨人的子孙：即在费恩堡挑起冲突，击杀席乃夫
的朱特武士。见 1072 注。

1143. 洪拉夫的儿子（Hunlafing）：通说洪拉夫是古拉夫和奥拉
夫的兄弟（1148, 16ˇ），死于费恩堡事变。据古冰岛语《希
尔德王朝沙迦》（Skjöldungasaga，佚文，今存拉丁语摘要），
三兄弟同为丹麦王 Leifus 所生。
战辉（hildeleoma）：宝剑名。解作剑，套喻，亦通。把剑交
到膝上，是武士向领主表效忠，或首领奖掖扈从的仪式
（2194）。洪拉夫的儿子以此提示丹麦人的血仇未报，使韩
叶斯无法"拒绝世人的规矩"（1142），亦即扈从为首领（席
乃夫）复仇的义务。

1145. 巨人族早有所闻：剑最记仇。参较 2036 以下，丹麦公主
的侍臣因剑得祸，以及下篇威拉夫拔剑助战、刺龙继位，引
来瑞典人的报复。见 2764 注。

同样的表达法亦常见于古冰岛语文学，如《散文埃达·规尔斐王受惑记》(*Gylfaginning*)章二十：[雷神索尔]高高举起的大锤"碾子"(Mjöllnir，另作闪电)，霜巨魔和山巨人都十分熟悉。这不奇怪，因为它敲碎了他们许多先辈和亲友的脑袋呢。

1148-50. 古拉夫和奥拉夫……倾吐冤屈：古拉夫、奥拉夫两兄弟，是费恩堡"那场屠戮"的亲历者(16*)，参 1143 注。似乎开春以后，他们设法回去丹麦，搬来了增援。故他们"倾吐冤屈"，听者为韩叶斯较为合理，而后者也已经动了复仇的心思(1139-41)。克雷伯和冉恩的解读是：两人说起遇害的席乃夫，动了感情，骂费恩的部下背信弃义，屠杀访客。韩叶斯然后率兵攻入费恩的大厅。如此，两兄弟诉冤，也可译为(指着费恩)控诉(mændon)。

1154. 射手：美称勇士，见 705 注。

1158-59. 送回丹麦……交还她的亲族：歌手取丹麦人视角，说席尔白公主回到族人中间。站在弗里西人的立场，则是"王后被夺"(1153)。

1162. 项链金光闪闪：薇色欧第二次登场，呼应 613 以下。
　　一对勇者伯侄(1163)：罗瑟迦与罗索夫。参 81, 246, 1016 注。

1165-68. 翁弗思……对同胞并不诚实：暗示宫廷辩士后来做了背信的事，或卷入某种阴谋，比如破坏老王同侄儿的友谊(1164)，挑唆罗索夫篡位，杀害罗瑟迦之子罗里奇。详见 499, 1016 注。诚实(arfæst)：或作仁慈。

这是贝奥武甫表态后,鹿厅里欢声复起,"长凳上乐音清亮"之际,宝座前落下的一片阴影,而敏感的王后觉察到了。

1171. 黄金之友:谕王公赏赐之慷慨(1475, 1601, 2418)。

1173-74. 记得……远近得来的礼品:传统美德,不忘报恩,广施仁爱。见1723注。

1175. 我听说:套话,委婉提醒夫君,两个王子将来可能需要贝奥武甫和高特的支持。其实罗瑟迦向"蜂狼"表达"父子亲情"时,薇色欢在场(923, 947以下)。

如此,王后把自己设定为场外人,一句"我听说",话音就变谦和了:当着罗索夫和高特客人的面,提及敏感的继位问题,措辞须十分小心。但她又必须让国王明白,应先手防止罗索夫或外人觊觎王位,别等到"百年"之后。所以她这一段话有点闪烁,绕圈,充满了修辞。

不过王后真正期待的对话者,是贝奥武甫;"言毕她转向长凳,她的两个王子"罗里奇和罗思蒙,以及坐在两兄弟之间的"高特人的英雄"(1188以下)。然后拿出"镂金的礼品":两个臂环,一领锁子甲。"我听说"——现在是诗人必须修辞,赞美了——"还有一只天下英雄的珍宝里绝无仅有的/特大项圈(healsbeaga mæst),纯如矮子霹雳薪兄弟(魔法炼造)"(1195)。当着宾主全体,她请"亲爱的贝奥武甫"收下这只大项圈,并赞扬起高特王子,那"人人歌颂,而永播海疆/直达峭壁上风的宫廷"的神威和英名。但请耐心教导这两个孩子,她说,我不会忘记报偿——请以行动善待我的儿子吧,幸福的人!末了还特意补充一句,"这里/贵族互相信赖,对领袖忠心耿耿/扈从团结,族人有备:武士喝了誓酒,只等我一声命令"(1215-31)。

我们不知道罗瑟迦听了作何反应,罗索夫的脸色如何。诗人没说。但读者可以听见薇色欧的心声,一句比一句坚定。

1178. 命数的裁决:见1077注。

1179. 子孙,直译:亲人(1339)。

1181. 晚辈:复数,对应下句"我们的孩儿"(复数,1185)。委婉而坚决,希望罗索夫能担大任,辅佐王子。

1196-1201. 大项圈:诗人用矮子霹雳薪兄弟的项链(Brosinga mene)设喻;这一节包含历史、传说和神话三条线索:

其一,东哥特王"巨力"(Eormenric)。据六世纪史家约旦尼斯(Jordanes)《哥特人史》章二十三记载,巨力王称霸于顿河与德涅斯特河流域(今属俄罗斯、乌克兰与摩尔多瓦),邻国皆瑟瑟发抖;号称财富冠绝天下,可媲美亚历山大大帝。后来一部落首领反叛,他将那人的妻子苏尼尔达(Sunilda,即沙迦里的绝世美人 Svanhildr 王后)用两匹野马分尸。苏尼尔达的两个兄弟报仇,将他刺伤,留下了残疾。三七五年前后,匈奴压境,他自度无力抵抗,就自杀了。巨力王在日耳曼传说中成了反复无常乃至病态的暴君。例如,十三世纪《西德列克沙迦》(Þiðreks Saga)描述,他强奸了亲信谋臣的美貌妻子,受到算计报复,竟马踩亲生儿子,绞死一对外甥。

其二,哈马(Hama,古冰岛语:Heimir)是沙迦描述的智者兼勇士,因触怒巨力王,流浪了整整二十年,到处抢掠暴君的财富。最后入修道院悔罪自新,交出了武器和全部金银。但传说中并无他盗取大项圈一事。

其三,霹雳薪兄弟,是北欧神话里的四个矮匠人("火矮人"),住在一巨岩内,用魔法炼造项链(Brísinga men)。爱神芙蕾娅太喜欢这件宝贝了,竟同意跟四兄弟各睡一晚。不想流言传到奥登耳中,天父就派诡计多端的洛基变作一只苍蝇,飞入女神的卧室,盗走了项链。

史诗糅合了这三条线索,"浓缩"为一名喻,关键在末句:聪明的哈马在"光明之城"(喻修道院)交出珍宝,收获了"永恒的回报"(1201)。相反,高特王赫依拉将"因骄傲而撞上不幸"(1206),戴着大项圈栽倒在异乡。诗人的旁白或沉思未完,"鹿厅里响起一片喝彩"(1214):薇色欧将宝物交到贝奥武甫手上。一如西蒙/海勒摩的传说(参 875,898注),大项圈的故事也提供了评价英雄/枭雄的正反两个参照人物并其作为:

正面英雄	反面枭雄
西蒙屠火龙除害	海勒摩残害忠良
哈马获永恒回报	赫依拉骄傲身亡

如同费恩堡插曲,这名喻还预示了丹麦王后的期待落空:厚礼未能防止屠杀,黄金巩固不了和平。不仅罗瑟夫后来没有报答国王"从小到大赐他的荣誉"(1187),"残酷的命运早已捻起了"包括罗瑟迦的军师在内的"许多勇士的命线"。见 1234 注。

1199. 光明之城:按后世传说,指哈马出家的那所修道院。

1201. 永恒的回报:美称悔罪自新或皈依天主。但史诗作者援引的哈马故事,未必是后来中古高地德语英雄歌谣或北欧沙迦的版本。

1202. 外甥(nefa)：或孙儿/外孙(1961)，皆通。

1205-09. 命运攫走了他……在圆盾下裁倒：以传统教义观之，
命运(wyrd)可代表赫依拉等异教英雄所不能理解的黑暗
的支配势力；而上帝，则是一切行为事件的终极意义的唯一
仲裁。蔑视前者为勇，"该来必来，任随命运"(455)；认识
后者为智，"死亡攫走的人/须信靠主的裁判"(440)。因
此，赫依拉之死既是惨烈的，又是无谓的。而站在基督教伦
理的"高度"看，那片汹汹然横亘在勇士和命运之间的大
海，不过是"一盏波涛"。
这个意象，与年代相去不远的李贺(790~816)的七绝《梦
天》巧合：黄尘清水三山下，更变千年如走马。遥望齐州九
点烟，一泓海水杯中泻。

1210. 收拾残躯：八世纪英国有一部无名氏《怪物志》(*Liber
Monstrorum*)，讲到"统治高特人的王"赫依拉，说他身材奇
伟，十二岁上已经无马可骑。死后，法兰克人卸下他的骸
骨，保存在莱茵河口一小岛上供人观看(i. 2)。参194注。

1214. 喝彩：众人为王后的赠礼喝彩，打断了诗人仿佛因为看到
大项圈而勾起的沉思或旁白。

1225. 希望这份礼品令你满意：或作保证厚礼不断，或祝愿安享
财富。无定解。

1231. 只等我一声命令，直译：(都)照我吩咐的去做。显然薇色
欧参与(至少一部分)宫廷决策，且颇有威望，一如高特的
年轻王后慧德(1927-31)。

罗马史家很早就注意到,日耳曼妇女相对自由,尤其是贵族女性,在部落中地位颇高,非罗马女子可比。据塔西陀《日耳曼志》章八之述,部落里的男人包括首领,普遍尊重女性的智慧,甚而相信她们拥有某种神圣的预言能力。故愿意征求意见,对她们的答复和建议亦不敢轻忽。

但王后的请托("请耐心教导/这两个孩子",1219),贝奥武甫没有马上回复。他十分谨慎,因为事涉两国关系,超出了立功报恩。他选择等到肃清魔巢,打赢了鹿厅保卫战以后再表态。事实上,他是在访问丹麦的第四天早晨(第一天打葛,次日妖母报仇,第三天征潭),向国王辞行的时候,做出承诺的。这样做,比立刻回答更有分量,更让对方放心。承诺共两项,一是代表首领赫依拉同意,两国"息弭争端,抛却宿怨"重缔和平(1857)。具体说,即答应如果丹麦受到侵犯,贝奥武甫将亲率一千精兵前来助战。第二,高特将支持王储罗里奇接班。不过,当着鹿厅里包括罗索夫在内全体大臣面,"剑奴"之子说得很委婉(1835以下):若是罗里奇/有意光临高特人的宫廷/(丹麦)王子可以在那里/找到许多朋友。有作为的人/去远方游历,大有裨益。

罗瑟迦大喜,把风族王子夸奖一番,称他"成熟/智勇双全,且长于辞令",甚至"猜想"说,万一雷泽尔的儿子(即赫依拉)遭遇不测,高特人除了贝奥武甫,"绝无更佳的人选","假如你愿意统治你的同胞的国度"。这既是褒扬,也是试探。智慧的"蜂狼"没有回答。他领受了十二件珍宝,就同"热泪浸湿了苍髯"的老王拥抱,告辞了(1840以下)。

1234-35. 残酷的命运……许多勇士的命线,直译:不料命运,当它,残酷的古老命数,已经要来(索取)许多勇士。

悬念取消，气氛顿时沉重了。但读下去便会发现，葛蔡代母亲的复仇，她的"悲伤的征途"，只杀了一名勇士，即罗瑟迦的第一爱将，军师艾舍勒（1241，1296）。那么被捻起命线的"许多勇士"，指谁呢？只能是鹿厅内的众人，包括两位丹麦王子。

我们知道，鹿厅的荣光并不长久。这座殿堂之冠才刚建成，摆开宴席，读者就接到了警告（81 以下）：大厅高高耸立／张开宽阔的山墙，它在等待／一场突袭……当利剑在翁婿之间／唤醒血仇，布下无情的屠宰。"翁婿之间"，指罗瑟迦把爱女嫁给霹族王子英叶德，企图用联姻消弭冤仇（2024 以下）。而罗瑟迦和罗索夫，这对"坚毅的伯侄"，最终也将陷于"阴谋与背叛"（1016-19）。

可是后来罗索夫篡位时，贝奥武甫并未干预。史诗通过两段插曲暗示了原因："命运攫走了"戴着大项圈的赫依拉，高特人在弗里西全军覆没，仅"蜂狼"一人生还，游回祖国（1205，2354 以下）。赫依拉之子赫理迪继位，国势大衰；面对北方瑞典的越来越大的威胁，高特自顾不暇，已经无力出兵支援薇色欧和两位王子，兑现承诺了。

誓约在命运面前都是脆弱的；而那只魔法炼造的大项圈就是命运。参 1196 注。

1250. 劲旅（þeod）：兼指人民、族人、军队（1230）。

1253. 仍归葛蔡代守卫：讽刺，回放前文"大厅内新来的卫士"一节（141）。

1262-64. 该隐对弟弟举起屠刀……定罪流放：转述圣经的该隐故事，但"举起屠刀"是诗人增添的细节。经书只说：来到田间，该隐突然扑向弟弟，把亚伯杀了（《创世记》4:8）。标记(1263)：典出《创世记》4:15，耶和华便在该隐的额上做了记号，使碰见他的人不敢杀他。

1267. 受诅咒的凶犯（heorowearh hetelic）：或充满仇恨的凶魔，指葛婪代继承了该隐之罪，故谓"命定"（1266）。关于怪物为"该隐苗裔"（107），见 102 注。

1274. 来自地狱的妖孽：极言其凶恶。参 101，162，852，2312 注。

1278. 为儿子讨还血债，直译：为儿子的死报仇。死（deoð），校读。原文：虎人（þeod）。

1282-87. 那雌怪之凶悍……顶多略逊一分：鉴于后来贝奥武甫下深潭斗妖母，比打葛婪代艰苦（1492 以下），克雷伯以为，作者是拘于教义立场而不愿承认，女性的勇武可以胜于男子。但水底搏妖不似守卫鹿厅，没法突然出手一击制敌，对"蜂狼"的挑战也大得多。

1285. 锤纹，直译：锤打（出纹路）。见 1459 注。

1301. 安置在别处休息：特意注明，贝奥武甫（和高特战士）是客人，庆功宴结束，自有客房招待。

1304-06. 这笔交易……抵偿：诗人爱用交易或买卖设喻（971，2415，279?）。

1318. 英格朋友：美称丹麦人，见 1043 注。下句"如他所愿"（æfter neodlaðu），另作邀请宴乐之后、如此紧急召见。无确解。

1323. "桦矛之军"艾舍勒：诗人借国王之口说出了死者的名字，从 1294 行葛婪代母亲闯入鹿厅，"掐起一位贵族"起，至此共三十行。参 343 注。

1333. （得意扬扬）饱餐，校读，从克雷伯注本。原文：以杀戮而闻名。

1339. 儿子，直译：亲人（1179）。

1341. 财宝赐主：艾舍勒军师是贵族，地位显赫，拥有自己的扈从，甚至大厅。参2195注。

1343. 你，直译：你们。虚指国王和全体扈从。

1356-76. 一片隐秘的疆土：诗人描绘葛婪代母子的窠巢，借用了传统修辞和象征。参较《格雷特沙迦》章六十六，地形大致是荒原沼泽中一口深潭，四周悬崖耸立，密林障日；一条飞瀑落下水波，瀑布后面藏了一个洞府。最为接近史诗的一段写照，却是第十七篇《布里柯林布道文》（The Blickling Homilies）。布道文为十世纪抄本，复述一篇拉丁语《圣保罗所见之异象》（Visio Sancti Pauli）描述的地狱，大意如下：

于是圣保罗望着中洲大地的北端，诸水汇入深渊处。只见水面立起一块灰色巨岩，树林全被冰霜覆盖了；黑雾缭绕的石壁下，是水怪和亡命者的老巢。悬崖上方，却有许多晦暗的灵魂挂在冰树枝头（on ðæm isgean bearwum），反绑着手，被一群饿狼般的鬼魅撕咬着……从崖顶到水面，足有十二哩高。冰枝一断，挂着的灵魂便一片片落下深潭，被水怪捕走。这些，就是生前在世上作恶，临死还不肯悔改的人的亡灵。

齐克林指出，冰树的意象不见于拉丁语底本。是否布道文的这一细节受了《贝奥武甫》启发，就不得而知了。但诗人的用意很明确，就是拿"银发的王"摹状的深潭，造一"异象"，象征盎格鲁-撒克逊人心目中的地狱，"该隐苗裔"的归宿。作为对比，他还在这幅教义象征满满的图景上，画了一只死在岸畔的牡鹿（heorot, 1368-72）。《诗篇》42:1：像公鹿渴望着清溪/我的灵思念你/啊上帝！诚如一颗"理智的（基督徒的）灵魂"，那头落入猎犬围剿的公鹿，宁死也不投入"永灭"之深潭。

1366. 水波上磷磷的火：参较下篇，龙穴的穹洞内"湍流夹着毒焰"（2546）。妖魔统治的地方，自然律不起作用。

1379. 有胆就找她出来：激将法，跟厚赏搭配（1380以下）。

1384. 智者（snoto- guma）：美称首领、君主（1314, 1785, 3120）。

1385. 与其悲悼, 毋宁复仇：英雄社会，复仇即维护荣誉，而美名比生命久长。参较维吉尔《埃涅阿斯记》卷十的名言，朱庇特安慰伤心的大力神赫库勒斯（466-69）：人都只有一小段追不回来的生命。勇气的任务，便是用功业延长名声（sed famam extendere factis, hoc virtutis opus）。

1386. 人生在世无非一场拼斗，直译：我们每人皆须坚持/拼到终了,（他）在世上的生命。

1392-94. 她/她，原文：他，阳性第三人称单数，指妖母。或因妖孽鬼魅庆灵之类，多为阳性名词（aglæca, deofol, feond, gast, orcneas, 112, 133, 646, 756, 807, 1274, 1355）。

1408. 高贵的战士（æþelinga bearn），直译：高贵者/贵族的儿子/后裔。此处"儿子"为中性名词，单复数同形，指罗瑟迦或他率领的精兵，皆通（参3170）。动词"攀上"（ofereode）虽是过去时单数，但史诗中不乏单数动词接复数主语的例子，如"阴郁的波涛（复数）压着（单数）他太久了"（905）。

1412-13. 他：指丹麦王。老练的亲随，直译：（富有）智慧/经验的人(1592)。

1421. 艾舍勒的头颅：怪物为何在岸上留下首级？标记领地？
下句"激流里还在冒出滚烫的血丝"(1422)，自然律失效，
众人可确认抵达魔窟。见 1366 注。

1424. 步卒忙蹲下观察(feþa eal gesæt)：准备战斗，观察周边地
形和龙蛇海怪的分布等。参业师阿尔弗雷德(William
Alfred)先生和爱尔兰诗人希尼(Seamus Heaney)译本。唐
纳逊(Talbot Donaldson)教授译为"坐下休息"，不妥。来到
魔窟岸畔，忽见军师的头颅，潭水殷红，应该十分警觉，防备
敌害才是。

1426-28. 海龙……岬角……船帆之路(海)：似乎深潭靠近海
(淡水)又与海相通(咸水)。受演唱传统的影响，诗人不太
讲究细节的前后一致。旅人(sið, 1429)，直译：旅途。意
谓海怪逐船，时不时造成海难。参 913 注。

1431. 深潭，直译：它们。

1435. 潭水(holm)：或海水(1131, 1591)。

1437. 野猪护符：见 304 注。带齿的(1438)：或带钩的。

1442. 穿上铠衣：全副披挂，照样潜水搏怪，"蜂狼"不啻超人。
见 2360 注。

1446. 骨屋：套喻，指身体(2507)。

1452. 古代的良匠：见 454 注。

1454. 斧，直译：战刃。统称刀剑斧钺。

1455. 罗瑟迦的辩士：翁弗思，"剑余"之子(980, 1465)。

1457. 无力的支援：伏笔，照应 1523 以下。

龙停剑（Hrunting）：古冰岛语同源词：hrotti，剑（诗藻），hrinda，推、冲刺。据《散文埃达·诗典》，勇士法夫尼变成大蛇（龙）守护他的黄金之前，拥有一把宝剑，名 Hrotti。法夫尼的弟弟雷金（Regin）欲夺龙穴之宝，认少年西古德为义子，然后唆使西古德杀了大蛇。见 884，2233 注。

辩士的这口古剑又称"长柄大剑"（hæftmece，1456），此名类同《格雷特沙迦》中石洞巨魔的武器，一杆叫作"木柄短刀"（hepti-sax）的大剑。参 1600 注。日耳曼武士传统，英雄各有古剑，威名所系。翁弗思拥有这样的"一品古宝"，"它从未在搏斗中辜负主人"（1458 以下）。可见辩士也是一个武艺高强的战士，遐迩闻名。

1459-1460. 雪刃明晃晃印出丫杈毒纹……鲜血淬硬：此种带花纹的剑产于二至八世纪间。据专家考证和实验，是将十六根细铁棍镶入一片剑刃；扭曲了的细铁棍遂形成复杂的波、环、蛇纹或丫叉状图案（1489，1697）。详见大卫森（Hilda Davidson）《盎格鲁-撒克逊英国的剑》。

又，古代日耳曼人相信，武器沾了敌人伤口的血，会变得坚硬（1460，2685）。参较《尼亚尔沙迦》（Njal's Saga）章一百三十，复仇的"夺命"剑因久不沾血，竟"软"了一刃。

1468-69. 没敢试试……潜到激流下面：典型的讽刺语调。但要翁弗思学贝奥武甫，也穿上盔甲，手提长剑，沉下潭底去搏妖，有点苛求辩士了。参 1442 注。

或许"剑余"之子借剑，是想表现鹿厅武士的慷慨，抵消高特王子的指责（590 以下），虽然"龙停"到了怪物的洞府里，"没禁得起赞誉"（1528）。

1478. 您依然是我父亲：提醒罗瑟迦作为"义父"和君主（鹿厅主人）的义务（948,1176）。名分（stæl,1479），本义地位，转指名分、义务等。

1488. 驰誉的人：向宫廷舌战的对手致敬，感谢借剑。

1495. 过了好半天（hwil dæges）：夸张修辞。另作一小会儿。则"蜂狼"犹若常人，在水下憋气不久。罗宾逊解作：（入水时）天大亮了。但此说对不上故事的时间表：贝奥武甫"拂晓"去见罗瑟迦（1311）。待英雄表了决心，国王才召集队伍，备马出发。走了一段崎岖的长路，来到深潭，时间已经不早；不然"黑雾"不散（711,1360），没法看清楚崖岸和水里的龙蛇怪兽，让高特武士射杀其中一条（1433）。贝奥武甫潜水搏妖，大约发生在午后。因丹麦人等待无望，从岸畔撤离，是在下午三点（1600）。参杰克注本。

1498. 五十个冬夏，直译：一百个半年。见 153 注。

1506. 雌海狼：形容妖母凶猛（1599）。

1507. 铠环王子（hringa þengel）：铠环，提喻锁子甲（406,1195,2261,2754）。

1518. 看清了那深渊的孽障：借着火光，开始同"雌海狼"搏斗，交手三个回合。第二、三个回合分别从 1529,1557 行开始。

1522. 访客（se gist）：贝奥武甫。之前葛蒌代曾是"杀人的访客"（792），现在轮到他母亲待客了。

1523. 寒光咬不住生命：妖母同葛蒌代一样，有咒语保护，刀枪

不入（801 以下），除了妖巢石壁上悬着的那口"胜利保佑的
神剑/古代巨人锻造的兵刃之王"。见 1558 注。日耳曼传
说，女魔须用她自己的武器或所谓"命剑"方能杀死。寒
光，喻宝剑。

1524. 龙停，直译：利刃。

1526. 变甲士为白骨，直译：（刺穿）死定了的人的胸甲。

1537. 肩膀（eaxle）：此名词按格律通常应重读，却未押头韵，故
有学者（如唐纳逊译本）据诗行的头韵（f-）校读作：头发
（feaxe）。

1538-39. 没有为厮杀而后悔：曲意修辞，呼应先前葛篓代的"毫
无悔意"（135）。

1546. 宽刃短刀．妖母佩戴、使用且收藏武器（1557），这一点跟
她儿子不同。

1549. 刀尖雪刃只咬下一片火星，直译：（锁子甲）抵挡住了刀尖
雪刃的进入。

1558. 胜利保佑的神剑（sigeeadig bil）：暗示英雄站起，看到墙上
的神剑（妖母的"命剑"，见 1523 注），是蒙"主持正义"的上
帝护佑（1556）。原文无"神"字，据文意补。下同。

1562. 神匠（giganta），直译：巨人。或暗示巨人时代的神匠威兰
（1684），见 454 注。

1563. 希尔德子孙的力士：贝奥武甫。强调他为丹麦除害。

1571. 天烛：喻太阳（569，1965）。象征妖母丧命，洞府肃清了
魔障。

1579. 火塘伙伴：见 261 注。

1581-82. 吞下十五个……背走十五个：前文说背走三十名丹麦
　　　　战士（123），与此处略异。

1590. 砍下了怪物的头：理由有三：以牙还牙，抵偿军师艾舍勒
　　　的头；取回首级，做战利品或"胜利的标记"（1654）；以及防
　　　止葛蒌代的亡魂回来骚扰鹿厅。

1592. 老练扈从：指国王的亲信，见1412注。

1600. 第九时（non dæges）：下午三点。也是福音书所述，耶稣在
　　　十字架上咽气之时，《路加福音》23:44-46：及至六时前后，
　　　黑暗笼罩了大地，直到九时。太阳灭了光，圣所的幔子从中
　　　间裂作两截。耶稣大喊一声，道：父亲啊，我把我的灵，托
　　　付于你的手了！说完，便咽了气。
　　　　勇敢的希尔德子孙／开始撤离（1601）：讽刺意味，参较之前
　　　贝奥武甫所言，"常胜的希尔德子孙"（597）。有趣的是，
　　　《格雷特沙迦》章六十六讲英雄下瀑布搏巨魔，也有这一情
　　　节：教士在悬崖上等待，忽见瀑布后面石洞里淌出血来，以
　　　为格雷特被对手杀了，就丢下他跑回家去了。

1602. 客人：高特战士，贝奥武甫的扈从（1626）。

1606-07. 淋了妖血的神剑……冰棱开始消融：继1571行"恰
　　　　似……天烛"，又一个生动的明喻。冰象征罪和死；释冰消
　　　　罪，当然是天父／命数之主的旨意（1609-11）。

1616. 滚烫的妖血：毒血从葛蒌代的残躯"喷涌而出"，熔化了神
　　　剑的"波纹雪刃"（1666以下）。

1620-21. 激流平静……宽阔而清澈：象征深潭（浮世的一角）祛
　　　　除了罪戾。浮世（gesceaft）：词根本义造，指受造的（人借
　　　　住的）世界。

1627. 感谢神明：见 626 注。

1637. 矛杆（wælsteng）：抬阵亡者的杆子，通常即长矛。

1641. 十四名……骁将：高特战士被葛蓉代杀死一个（740），算上贝奥武甫，尚剩十四人。

1649. 王后，直译：（他们）中间那位夫人。

1653. 我们……带来了礼品：首先归功于高特人全体，然后介绍"水底的厮杀"（1655）。参 958 注。

1658. 上帝为盾：香喻护佑，彰显神恩，呼应天父释冰消罪的明喻，见 1606 注。"蜂狼"第二次明确地言及上帝，致敬"人的主宰"（1651），让罗瑟迦和丹麦人放心，魔巢业已肃清。参 588, 686, 697, 2330, 2795 注。

1659-60. "龙停'未能奏效……兵刃并无错失：委婉而大气，不怪辩士的古剑，而把胜利归了"人的主宰"（1661）。

1663. 孤军独斗的，直译：没有朋友（援助）的。

1666. 两头洞主：妖母同葛蓉代的僵尸。

1685. 北国之滨（Scedenigge）：斯堪的纳维亚半岛南端，今瑞典南部，同 19 注。

1694. 护手（scenn）：或（剑柄的）金属贴面、包金。无定解。

1695. 古奥的文字（runstafas）：即鲁尼字母。日尔曼人的古文字，起源于巫术咒符。

1702. 生来就要胜出，直译：生来就（比别人）更好/强/勇敢。

1705-06. 全部的力量……沉着把握：赞叹英雄以智慧控制勇力，不鲁莽行事。沉着（geþyldum）：兼指忍耐、坚定。

1709-23. 海勒摩……汲取这一教训：此节教训，"暴君丢下人世的欢乐"（1715），出于罗瑟迦之口，跟前面以海勒摩对比英雄西蒙一段（898以下），语气风格不同。后者是诗人"即兴"插入的旁白；而前者是替紧接着的大段道德劝谕铺垫（1725-68）。

1710. 剑福王（Ecgwela）：此名仅见于史诗。从上下文推测，该是古代丹麦的部落酋长（"王"）。

1712-14. 屠杀与苛政……被废黜流放：前文诗人旁白，较笼统，只说海勒摩倒台，是因为"失了勇气和胆略"，然后"被出卖到仇人手里"（902以下）。

1722. 不得解脱苦役：婉言下地狱/冥府。

1723. 人的美德（gumcyst）：指慷慨赏赐，广施仁爱，亦即海勒摩"嗜血的欲望""断绝金环的赐礼""蹂躏人民"的反面（1718以下）。冬霜染鬓（wintrum frod），直译：以（许多个）冬天之老/智。习语，喻白发人的智慧、经验（2114, 2276）。

1725-68. 罗瑟迦的劝谕：此段道德说教，因其鲜明的基督教语汇和布道文风格，早先有学者怀疑是后人添加的。但老王先已认了贝奥武甫为"义子"（947以下），他被剑柄上刻着的洪水灭巨人的文字所触动（1687以下），给"所爱之人"（以及大厅内全体扈从）讲一点当首领须"提防厄运"的大道理（1758），似乎于情节语境并无违碍。而"布道文"口吻或风格，也符合的诗人的叙事策略：庆功宴之前，借"垂暮之年的智者"之口，阐发自己的宗教伦理，回应听众/读者的道德关切（1874以下）。参克雷伯和冉恩注。

1727. 赐人类以智慧、土地和等级：解释何以人与人有别，才智、财产和社会地位不同。等级（eorlscipe）：或作壮举、英雄事业（2134，2622）。

1730. 受爱戴（on lufan）：另作（生活）在可爱的（家园）。

1740-47. 直到胸中蓄起一股傲气……不知自卫：中世纪常见的名喻，其渊源可追溯至《新约》，见1743注。古英语文献，学者讨论，多引八世纪末长诗《基督》为例（756以下）：所以我们总要唾弃虚荣……〔天父〕就遣下圣洁的使者（aras），为我们遮挡凶徒的箭镞，以免魔鬼伤害我们，当那毁谤者（wrohtbora，即撒旦）拉开他欺诈的弓，搭上苦箭，射向上帝的子民。
灵的哨兵（1741）：喻良知或理智，兼指（诗人和听众的）基督教信仰。

1743-46. 刽子手……阴险密旨：联想《以弗所书》6:13-17的告诫，传道者要会众手持信仰之盾，抵御大恶即撒旦（"受诅的恶灵"）射出的火箭。阴险密旨（wom wundorbebodum），喻撒旦的诱惑。

1753. 借来的躯壳：喻今世生命的短暂、脆弱、易朽。参2591，3127注。

1757. 没感到丝毫的戒惧：继位者不劳而获，自然不懂爱惜，也不会记住教训，引以为戒。

1760. 永恒的报偿：喻获拯救（1201）。下一节感慨生命无常，属于中世纪的老生常谈。而罗瑟迦身为"义父"，如此谆谆告诫被誉为"勇士之冠"的"义子"（1761），也不算唐突。见

1725 注。

万不要骄傲(oferhyda ne gym)：接回前文"傲气"(1740)，总结劝谕。

1770. 五十个冬夏：虚数，形容长久。同 1498 注。

1771-73. 保国护民……找不出一个对手：强调自己维护和平，造福人民。

1785. 高特人大喜……就座：老王谈古论今，谆谆教诲，但贝奥武甫没有回应。也许他的确太累太饿了，在白天的殊死搏斗之后。

1797. 远道而来的：原文修饰前句"疲倦的人"，后移以顺文意。

1799. 宽广的心(rumheort)：喻高贵、慷慨(2110)。

1801-02. 渡鸦欢声报晓：吉兆，源出太阳神话，东西方略同。《楚辞·天问》：羿焉彃日？乌焉解羽？北欧神话和沙迦传统，鸦是天父奥登的伴侣。但乌鸦在古英语诗中也常作凶兆，见 3025 注，《血战费恩堡》6,34-35；另如《布鲁南堡之役》61,《马尔登之役》106。

1807. 那力士(se hearda)：指贝奥武甫(376,1963)。克雷伯读作"剑余"之子(翁弗思)的同位语，稍勉强。即假设此时高特王子已归还"龙停"(虽然诗中未说)，临别，翁弗思把名剑送给英雄。然而"感谢"(1809)的主语(他)只能是贝奥武甫。

1809. 借(lænes)剑，校读(1455 以下)。原文：馈赠，leanes。

1812. 大勇之士：士(secg，古冰岛语：seggr)，本义男人，诗中常指武士、勇士(1569,2351,2700)。大勇(modig)，此处指日耳曼英雄社会的勇士之理想品德：勇敢、高尚、骄傲、慷慨、严于律己等。且奥武甫不提剑刃在潭底"辜负了王子"（1524），凸显了他的大度和礼貌。参1659-60。

1833. 表达敬意（herige，哥特语：hazjan）：本义赞美，婉言援助。

1834. 长矛如林（gærholt）：通作（拿起）矛杆，弱。此处的意象是援军到来，高举着长矛，看去像一片树林（holt，2846；德语：Holz）。见杰克注。

1836-39. 若是罗里奇……大有裨益：此节委婉承诺支持丹麦王子，回应薇色欧王后的嘱托（1219-27）。难怪老王听了"赞不绝口"（1840）。参1231注。

1845. 雷泽尔的儿子：赫依拉（1484）。

1852. 假如你愿意统治：伏笔，呼应后来贝奥武甫拒绝称王，坚持辅佐赫依拉年幼的儿子赫理迪（2373以下）。

1853. 心性（mocsefa）：兼指心灵、心意、性格、品德、气度（349）。

1857. 息弭争端，抛却宿怨：可知高特和丹麦之间，原先有过冲突。如此，当初贝奥武甫提出帮丹麦人除魔，高特长老未加劝阻，反而"占卜看兆"，积极支持"蜂狼"出征，（202以下），或也有"缔和平"的考虑（1855）。参460注。

1864. 两国人马（leode）：复数，表团结。或作贵国人民/你的族人（如唐纳逊译本），则是褒扬高特人齐心。

1873. 期望虽有两面（bega wen）：即日后二人有再聚或见不到，两种可能。

1885-87. 身为国君……岁月消泯的一切：表彰罗瑟迦近于理想君主，反言/暗示丹麦太平不久，老王未能妥善安排身后之事。见 81,1016,1165 注。消泯（scod，古冰岛语：skaða）：本义伤害（1034）。

1892-93. 厉声喝问来客：见 236 以下。

1899. 战舰的警卫：即哨长。

1900-02. 一把镶金的剑……倍受尊重：高特王子行事周到，果然"认准人的美德"，赏赐大方（21,1723）。

1906. 大海的斗篷：套喻，复指上句"风帆"。

1912. 借着风力（lyftgeswenced）：一作被风吹打的（船）。

1918-20. 忙系缆绳下锚……然后：这两句的主语（第三人称单数）作贝奥武甫或警卫，皆通。漂走（forwrecan,1919）：另作损坏。

1927. 慧德（Hygd）：意为"心/思/慎思"，与赫依拉（缺心＝鲁莽）和下节的余力（力量＝骄横）王后相对。海列思（1928）是她的父亲。

1929-31. 她并没有……舍不得给高特人赐礼：慧德虽然年轻，做王后时间不长，却能够积极参与朝政，慷慨赏赐，鼓励武士效忠。参 1231 注。

1931. 余力（Þryð, Modþryðo）："力量/骄横"。因抄本原文专名不大写，复合词的连写亦无定则，此词究竟作何解，是不是公主的名，学界莫衷一是。拙译循通说，解作王后名，理由是：一、据《两奥法传》（*Vitae Offarum duorum*，成书于 1200 年前后的传奇），八世纪英格兰中部墨西亚王奥法二世的王后，名叫昆余力（Cyneþryð，拉丁语：Quendrida）。二、萨克索《丹麦史》卷四,讲到一个赫木余力(Hermuthruda),故事与史诗描写的相近。三、此名源自北欧神话:英雄灵堂有司酒女神,其一名余力(Þruþr);常受奥登派遣,飞去战场上替勇士选择胜利或阵亡(《散文埃达·规尔斐王受惑记》)。四、尊重原文,方便释读:王后若是缺了名字,则抄本必有脱文,如冉恩指出。脱文既不可考,也无法拟构,不如认余力为名。

两位奥法,一世是盎格鲁人在欧陆时的王(四世纪),从小是哑子,只知吃喝玩乐。三十岁时,父王"矛手"加蒙(Garmund,?961)失明,撒克逊人大兵压境。他突然开口回答挑战,在决斗中手刃敌酋和力士,从此威名远扬(《丹麦史》iv.106~117)。二世,是八世纪英国的盎格鲁-撒克逊人最强大的王(757~796在位),查理曼大帝的长子曾向他女儿求婚,未成。传奇说,他娶了查理曼大帝的一位亲戚。那妇人名叫余力(Drida),在家乡曾犯下"特别可怕的罪",被判处流放,丢在一条无桨无帆的小船里,只身漂海来到不列颠。她的美貌和花言巧语迷惑了奥法王。可是一旦做了王后,她就开始施展诡计,戕贼忠良,乃至图谋王位;终于恶有恶报,被强盗扔下了水井(《两奥法传》)。

史诗中,余力嫁的是奥法一世,而且故事还没有跟古老的"驯悍妇"母题分家,似乎起源甚早。这段插曲,除了用坏公主余力反衬慧德王后,还蕴含着一层深意。婚前,余力是一个女版海勒摩,滥用上帝赐她的美貌和权力(1933以下);婚后,她的"勇力"同奥法一世的"智慧"相配,性格一变,"以贤惠而闻名"(1952),其智勇结合的位置/顺序与慧德王后跟赫依拉刚好相反:

赫依拉（缺心＝勇）　　　　　　奥法（贤王＝智）

慧德（心／思／慎思＝智）　　　余力（力量＝勇）

诗人暗示：当"智"（sapientia）和"勇"（fortitudo）这两种中世纪文献经常讨论的品性结合时，智必须领导勇才能成功，否则就会走向失败：贤王奥法"以智慧执掌家园"（1959），而鲁莽的赫依拉"因骄傲而撞上不幸"（1206）。

1933. 夫君（sinfrea）：或作父王。这里潜伏着一个民间故事的"求婚驯悍妇"母题：公主绝美，但向她求婚（"斗胆在白天正眼看她"）的青年如果失败，都要砍头（1934 以下）。最后，公主未来的夫君到来，赢得了她的爱与顺服。参较《尼伯龙之歌》（*Das Nibelungenlied*）里桀骜不驯的布伦希尔德（Brünhild）公主。

1939. 死尸（cwealmbealu），直译：死恶／滥杀之恶。

1942. 纺织和平（freoðuwebbe）：部族首领或国王之间嫁女联姻，消弭冤仇，维系和平。故公主、王后习称"纺织和平者"。参 2017 注。

1944. 海明的亲戚：即盎格鲁人的奥法王。海明或是奥法的上辈血亲，托尔金猜想是外祖父，失考。奥法之子艾眉称"海明的王子"（1960）；王子，直译：亲戚。

结束灾难（onhohsnode）：砍脚筋，转指停止。生僻词，无善解。另作嘲笑、淡化（onhoxnode）。

1947-62. 年轻的冠军，高贵的王者……沙场无敌，战士的柱石：诗人礼赞四世纪盎格鲁王奥法一世父子，致敬史诗听众熟悉的墨西亚王奥法二世。柱石（to helpe）：支援、支持、倚靠（1709，1834）。

1963. 孤胆英雄（se hearda，1807）：插曲结束，回到叙事主线，聚
焦贝奥武甫。

1969. 奥根索的终结者：即赫依拉。但实际上，崖族（瑞典）老王
死于赫依拉麾下的勇士"野猪"艾伏尔之手（2485-89，
2961-81）。

1976. 凯旋的壮士，直译：步战的（胜）客/壮士。

1980. 海列思的女儿：慧德王后（1927-28）。

1982. 众英雄（hæ[leð]um），校读，从克雷伯注本。原文费解：
hæ[ð]num。再恩据《游吟诗人》81：mid hæðnum，解作海
德纳人，hæðnas（古冰岛语：heiðnir），一挪威部落，居住在
今奥斯陆以北。

1994. 曾经一再劝你：赫依拉劝阻一事，上文未提（202，415 以
下）。同样的细节不连贯，下文还有（3079 以下）。见
1426，1581 注。

2008. 拂晓前：或夜里（126，2271，2759）。

2013. 两位：原文无，据文意补（1188 以下）。

2014. 主人（weorod）：队伍、一群人，此处指丹麦人。

2017. 部族的和平担保：美称薇色欧王后，意同"纺织和平"，见
1942 注。

2022. 顺次：或不停地，（从大厅的一头）到另一头。

2023-68. 莆菜娃（Freawaru，"主/丰收神觉察/保护"）插曲：萨
克索《丹麦史》vi.182 以下，讲了一个丹麦王子英叶德复仇

的故事,可与史诗对观,梗概如下:

英叶德(Ingellus)在父亲费洛德(Frotho)死后继位,统治丹麦。但他挥霍无度,被杀父仇人撒克逊王"黑王子"史外廷(Swerting,与赫依拉的舅舅同名,1202)的几个儿子的谄谀所包围;后者还把妹妹嫁了他。费洛德的亲信,老臣斯塔卡特鲁(Starcatherus)流亡在外,听说新王堕落,就从瑞典回来。他见英叶德与仇人吃喝玩乐,完全忘了替父报仇,怒不可遏。遂化了装,闯入王宫的晚宴,把满腔义愤倾诉在一首萨克索用了七十节六音步长诗记载的哀歌里,历数英叶德的不孝之罪——唱得年轻的国王坐立不安,终于心中点燃了迟到的复仇之火。他一跃而起,手刃了仇人,把宴席变成了屠场。

相比之下,史诗插曲的角色、背景和冲突的细节都有所不同(例如英叶德是髯族王子),语言也含蓄得多。诗人同情的是"罗瑟迦的公主"、英叶德的新娘苇莱娃,关注的是仿佛被血亲复仇制度化了的命运悲剧。

2026. 髯族(Heaðobeardan):通说活跃于波罗的海南岸,艾尔伯河下游(今德国北部)。

2028. 女儿,直译:女子。

2029. 倒下一位君王(leodhryre):显然英叶德之父、髯族首领"长者"费洛德(Froda,2026)死于丹麦人之手。而罗瑟迦把女儿许配给英叶德,是希望化解血仇。君王(leod):男子、部落成员,转指部族首领、王,见348注。

2034. 新郎,直译:他。下句(丹麦人的)年轻侍臣(dryhtbearn Dena,2035),指陪同新娘/公主的扈从,通作复数。读作单数(如齐克林),指某一丹麦武士,亦通。则此句可作:当他(丹麦武士)随司公主迈进大厅。新娘/公主(fæmne):本义姑娘。

2037. 金环之珍(hringmæl gestreon):喻宝剑,以剑柄装饰的金环(或剑刃有环形纹路)设喻(1563,2042)。此句跨章,共五行("须知……无一幸免",2036-40)。

2039. 那一次,直译:直至他们(扑向)。此行原文起头的词首字母大写(Oððæt),表示第二十九章开始,但未写罗马数字。抄本脱三十章标记,至2144行,有罗马数字标明第三十一章。参2360 2821注。

2042. 熟悉的金环(beah):指剑柄的装饰或剑刃的纹路(2037,2047以下)。

2045. 向他表露心底的思想:解作勾起他(年轻战士)的心底的思想,亦通。

2051. 威折将军(Wiðergyld):髯族将领,一说即受挑拨的那个年轻战士的父亲(2044)。

2059. 父亲的旧债:子女有替父母报血仇的义务,而凶手的后人按团体责任便是报复对象。参2884注。

2061. 凶手却遁出宫去躲藏起来,直译:对方却从那儿逃出去,活了下来。

2069. 接着讲葛羿代:诗人为什么重述打葛征潭,学界颇有争议。历史上,重复是口传/说唱文学的常套,而且因为是分场次(章回)演唱,情节前后矛盾,自不必回避或设法修补。法国探险家亚历山卓·大卫内尔(Alexandra David-Neel)在她的《格萨尔王》序中谈到,藏族歌手并不屑于琐细的情节统一,因为他们自信是神明附体,或心灵受了激励才唱史诗的。

不过此处是"剑奴"之子向首领汇报,若干细节的增添、变化,便是第一人称英雄视角的呈现,透露了他的心理和想法,而不仅是诗人的词藻铺张。比如,贝奥武甫特意强调了高特王的崇高声望(2131)和族人的荣誉(2095),并把胜利归于赫依拉的仁爱,称主公为唯一的至亲(2150-51)。所以这段重述读来并无冗赘之感,真的是"长话短说"(2092)。只有一个细节的"补充"略显突兀,即葛娄代的大手套,见2085注。

2072. 苍天的宝石:套喻,形容太阳。

2075. 不计安危,直译:(尚且)安全/未受伤害。婉言(以危险逼近反衬)高特战士的无畏。

2085-88. 手套……龙皮毒囊:此细节前文没有,但北欧神话中,巨魔常使神奇的大手套(hanzki)或皮囊捕敌。只是,等到"蜂狼"回国汇报才给葛娄代增添一件兵器,且把他杀死的高特战士也取名"手套"(韩修,Hondscioh,2076),有点画蛇添足了。

2101. 晨光照临:贝奥武甫省略了金顶悬挂魔爪,诸部头领观看,罗瑟迦认"义子"等情节(834-40,946以下),直接跳到庆功宴和妖母复仇。

2105. 盾族长者:指老王,或在座的谋臣长老,或"岁月缠身的老将",皆通(2110-11)。

2110. 心地宽广:见1799注。

2121. 女妖,直译:女人。

2127. 叼在胸前,直译:以妖怪的拥抱(带走)。山溪(firgenstream,2128):另作瀑布,参1356注。

2131. 您的名字,直译:您的生命。这也是前文没有的细节。古人视名誉为生命。罗瑟迦求援,呼赫依拉的名字,是提醒贝奥武甫,扈从/外甥的一言一行都代表国王/舅舅。注意,贝奥武甫不提父亲"剑奴"欠罗瑟迦的庇护和支付赎金之情,即自己的报恩之债,却把施救的荣誉归于赫依拉名下,从而给丹麦王"答立重酬"(2134)规定了语境。这一汇报细节,提示了"剑奴"之子的审慎和政治智慧。参460注。

2141. 运数未尽:征潭获胜而生还,"剑奴"之子(在赫依拉面前)归于命运的安排,而非作者所称上帝"掌握胜负""主持正义"(1553-56)。见1558,1658注。

2147. 任我挑选:夸张,极言罗瑟迦奖赏之慷慨(1048,1486,1686)。

2149-50. 因我全部的福祉/只系于您一身,直译:仍然(我的)一切在您,靠(您的)福恩。赫依拉是贝奥武甫仅存的舅舅,故称至亲(2151)。

2152. 绣着野猪头的战旗(eafor heafod-segn):或绣着野猪的打头的战旗,或旗杆饰有野猪的战旗。无定解。野猪,象征勇力,见304注。

2157. 来历(est):本义恩惠、心意(2149),转指礼物,或宝物的来历。

2158. "剑矛"海洛格：罗瑟迦之兄(59,468)。

2161-62. 英勇的"剑卫"海鲁娃……忠心耿耿：显然海洛格的儿子先父亲而卒(病亡或战死)，没能接班；但已经长成少年，加入大厅里的扈从，故可称"英勇""忠心"。海洛格遂传位于弟弟罗瑟迦(465-69)。

2165. 苹果红(æppelfealuwe)：或枣红、栗色、带褐斑的。参较古冰岛语：apalgrár，带灰斑的(马)。

2172-73. 大项圈……薇色欧的赠予：但读者已经知道，后来赫依拉"在圆盾下栽倒"，战死在弗里西，胸前戴的正是这只"天下无双的珍奇"(1202以下)。

外加三匹……骏马(2174)：至此，贝奥武甫将打葛斐代之后罗瑟迦的赏赐，兵器连同名骥(1020以下)，全部献给了国王同王后，自己仅留下一匹战马。

2179. 讲求荣誉(æfter dome)：兼指审慎。

2182. 无与伦比的力气：力气(cræfte)此处为阴性单数宾格，如同古撒克逊语和古高地德语(kraft)，做上句"慷慨大礼"(ginfæstan gife，也是阴性单数宾格)的同位语。若按通常的用法，作阳性单数工具格，则此短语是修饰动词"守持"：用无与伦比的力气守持着，上帝赐他的慷慨大礼。

2183. 早年，他曾经被人小觑：民间故事中常见的"懒王子"母题。奥法一世和英叶德成年以前的荒淫，都是例子。详见1931,2023注。但此节暗示，贝奥武甫少时看似"懒散"，甚至"好欺负"(2187)，其实是对部落之间的打打杀杀和血亲复仇不感兴趣。他虽然追求荣誉，却行事谨慎(æfter dome，

2179)，与人为善而不喜暴行。

2188-89. 人后来会变——一份荣光抵消了全部责难，直译：转变竟来到了那秉光之人，对（他的）每一次痛苦/责难。

2194. 他把剑搁到了贝奥武甫膝上：首领奖掖扈从的仪式，参1143注。

2195-96. 七千户采邑……大厅并宝座：从此贝奥武甫有了自己的采邑、蜜酒大厅和扈从，做了领主的副手，相当于罗瑟迦的侄儿罗索夫在丹麦的地位（246，1016）。"剑奴"之子对王室/酋长家族的祖传领地也享有继承权（2197），因为他是外公雪泽六王收养的王子（2430）。

户（hid，拉丁语：familia）：土地单位；一户大约是一个自由民/农民（ceorl）养活一家（hiwen）所需土地（hiwisc）。户的面积，各地大小不一，视农田品质而定。

下　篇

2200. 学界通常褒上篇，贬下篇。因为上篇叙事节奏相对快，而下篇老是打断叙事，拐进插曲和沉思，风格就略显"僵硬"，甚而有"僧侣气"（皮尔索先生语）。但这风格上的前后对比，人物在行动与反思交织，形成张力，在我看来，更像是诗人的精心设计，以容纳多角度的命运悲剧的铺叙。

上篇末尾，贝奥武甫当了国王的副手，有了自己的采邑和大厅扈从。成长传奇完成，一片光明。下篇起头便道出了高特的危局。赫理迪因收留流亡的瑞典王子，被篡位的奥尼拉攻杀。"大好河山遂托付给了蜂狼"，统治五十年"太平无事"（2207）。然后笔锋一转，一个逃亡奴隶摸进了龙穴，拿走一只金觥。守护宝藏"三百个冬天"的火龙随即报复，"遍地烧灼，百姓涂炭"。作者却立刻取消悬念，宣布高特人的"财宝赐主"将迎来"悲壮的结局"（2309）。故事就此展开，一点不拖泥带水。

2201-07. 后来刀兵撞击……贝奥武甫：此节笔法简省，实为上下篇之间漂亮的过渡和转折。赫依拉、赫理迪父子战死的故事细节，则放在后文中慢慢交代（2354-90，2914 以下）。崖族（2203），即瑞典人，见 63 注。

贺里奇（Hereric, 2204）："雄兵"，赫理迪的舅舅，慧德王后的兄弟。

2208. 五十个冬天：五十，约数谓多，见 123 注。

2209. 智慧的王：如同罗瑟迦（279），贝奥武甫为王，也以智慧著称（2328，2715）。

2211. 龙（draca，拉丁语：draco）：因其剧毒，吐火，会飞，穴居，又名毒龙、火龙、飞龙、穴龙（niðdraca, 2272；ligdraca, 2333；fyrdraca, 2688；widfloga, 2346；eorðdraca, 2711）。古人习称龙为大蛇（wyrm, 892）。海蛇，也叫海龙（sædraca, 1426）。详阅朱丽娅·史密斯《从混沌到启蒙：欧洲龙的自然史》，载《我是阿尔法：论法和人工智能》，牛津大学出版社，2018。

2214-31. 有个不知名姓的人（niða nathwylc）：此节跨章。因抄本损坏，脱文较多；学者校订，歧见纷纭。通常抄本首尾两页容易受损或遗失。此页和末页（fol. 182ʳ, 201ᵛ ＝旧对开页数 fol. 179ʳ, 198ᵛ）的磨损表明，史诗的下篇当年曾经单独成册，颇受（极可能是寺院）读者的钟爱。大概因为屠龙故事容易作传统教义的阐释，例如视庆龙为恶魔化身；但也可能恰恰相反，才吸引了好奇、无聊或寻求刺激的僧侣。

2216. 异教的宝库：虽然这宝库和里面的黄金被指为"异教"（2276），守护宝藏的毒龙却没有像葛婪代母子那样，"头顶神/上帝的烈怒"，也不叫"地狱之魔""受诅的戾灵""人类的仇家"或归于"鬼魅"一族，而"被剥夺了欢乐"（101,133,162,711,720,1266,1274）。似乎诗人不觉得这条喷火的飞龙十分邪恶。它之所以爬出龙穴来危害百姓，是因为有人盗走了它的宝觥，而非出于对上帝和他创造的世界，包括人类的仇恨。换言之，它同高特人的战争也是"异教"的，并不受教会教义的管辖。

2223. 奴隶：原文磨损，仅剩第一个字母 þ，通作奴隶（þeow），因为下文说，盗宝的是一个逃亡奴隶，他把大觥献给主人，求得了饶恕（2281-84）。另读（盗宝的）贼（þeof，参 2219）。贵族主子（2224），直译：某位英雄/贵族/人之子。
　　接着的几处脱文校补，皆无定解：张望（2226），另读发现。可怖的形象（2228），另读悲惨的（人），指盗宝奴隶。

2231. 宝觥（sɪncfæt）：盗宝是火龙之难的起因。面对飞龙的毒焰，贝奥武甫身为高特人的护主，将不得不挺身而出，与"宝藏的卫士"（2212）同归于尽。但我们往下读就会发觉，宝藏的含义要复杂得多。在勇士埋黄金一节里，它象征人生短暂与欢乐，尘世功名的徒劳，吞噬一切的时光。直到

"风族的战王"(2336)与大蛇一起倒在血泊之后,我们才知道,宝藏带着"远古王公植下的大咒",实际是死的象征(3069以下)。

2233-35. 无名勇士……藏匿的黄金:通说这故事母题的原型,是埋金的人化作守宝的龙,如北欧神话里的大蛇法夫尼。法夫尼原本是一个勇士。他杀父夺金,变成一条龙,守护他的宝藏,最后被英雄西古德割腹而毙命。见884,1457注。

2237-38. 行将绝灭的一族/剩下的最后一位战士,直译:那一族战士仅剩的,走得最长(走在最后)的一位。

2249. 它本来就取自你的怀抱,直译:它原本是从你这儿(被)众勇者取出的。那么宝藏是谁埋下的呢? 克雷伯认为,是很久以前"一支高贵的部落"(æþelan cynnes)掩埋的,并植下了黄金的诅咒(2234,3069-70)。后来被另一部落的"众勇者"(gode,2247)发现挖出,享用了一段时间。言说者即这后一族的"最后一位战士"(2238)。参3050注。

2253-54. 为我背剑/擦亮镂金的酒杯:埋金的人像是一位部落首领,"金环的牧者"(2244);或是作为最后的族人,取首领口吻,回忆"大厅里的欢歌"(2252)。

2263. 喜宴之树:六弦琴,套喻(1064)。

2264. 猎鹰:日耳曼贵族喜欢饲鹰游猎。这个嗜好在《贝奥武甫》时代也传到了英国。八世纪上半叶,"日尔曼人的使徒"圣波尼法斯(约675~754)在弗里西人和西撒克逊人地区(今荷兰与德国北部)传教,曾替故乡的盎格鲁-撒克逊君主物色猎鹰。见再恩注。

2270. 无主的宝藏（hordwynn），直译：宝藏喜悦。即任人享受的（无主）宝藏。

2272. 光滑的毒龙：龙身披鳞甲，无毛，故谓光滑。

2276. 从冬天到冬天，直译：以（许多个）冬天之老/智。见1723注。此句是伏笔，"异教黄金"于守卫者飞龙"一无益处"（2277），照应结尾高特人修大陵掩埋宝藏，"黄金复归黄土……一如当年，于人们无用"（3167-68）。

2282. 开恩饶命（frioðowær），直译：和平之约/保护。即开恩，不惩罚。回放2221以下。

2284. 可怜人：指逃亡者，盗宝奴隶。

2288-89. 迅速爬下/循着气味（stonc）：一词二义，或同音词（参克雷伯及昆恩注），分头译出。

2291. 运数未尽的人，托天主的恩典：若命运即神恩，且此处天主（walderd）指基督教的上帝，则上帝不仅救了逃亡奴隶，由此而起的战祸也是他，"一切功罪的仲裁"的规划（181）。参572,2526注。

2295. 入侵龙穴的逃犯，直译：侵害它的人。

2303. 宝藏卫士等到夜幕降临：如同葛婪代母子，火龙也惯于夜战，人称"拂晓前的摧毁者"和"黎明前的飞怪"（uhtsceaða，uhtfloga，2271,2759）。

2311. 迎来了悲壮的结局：下篇一个突出的叙事风格特征，是取消悬念，淡化时序而着重说理、反思、抒情（参2323,2341-44）。

2312. 来客（gæst）：若读长元音，可作灵魂、精灵、妖魔（102，

133,1122,2073)。然而火龙,按诗人对日耳曼传统的"了解之同情"(mitfühlen und verstehen),不属于葛婪代那种"来自地狱的妖孽"(helle gast,1274),故读短元音作 gist 的变体,即来客/访客/不速之客较好。参 2216 注。

2323. 上希望的当:指其骄傲。也是命运的反讽,毒龙跟英雄,弱点相同,见 2530 注。参较葛婪代的"希望"和"断了希望"(wen, orwena,733,1002)。

2326. 宝座……落入火海:说明火龙要比葛婪代危险得多,后者是侵犯不了宝座的(167-69)。

2330. 古老的法例(ealde riht):一说暗指摩西十诫,假设"全能者/永恒之主"是诗人和他的听众的上帝。但正如圣保罗所言,"没有律法的外族"可以"顺其本性"(physei),凭理智之灵,发现符合圣法的道德律/自然法(《罗马书》2:14)。如此,高特王以为"触怒了"的全能者或天主(Wealdend,2329),也未必是指上帝而成史误。参 27,588,2291 注。

2332. 黑暗的思绪:参较鹿厅遭袭击后,罗瑟迦同样的心情(170,189 以下)。此时贝奥武甫还不了解火龙之祸的起因(2403),但他没有向命运低头,而是决心拼死捍卫家园,一显英雄本色。

2338. 全铁的战盾:智慧的"战王"意识到,如同深潭斩妖母那一次,他将不得不使用武器,盾与剑。而平常,"蜂狼"取胜仅靠过人的膂力,他的"一双铁掌"(379,1335,2506 以下)。

2341. 终生为善(ærgod):久善、上佳,转指一向尊贵、身经百战、久经考验(130,988,2586)。

2343. 对阵大蛇,直译:大蛇也一同(迎接命运/死亡)。

2345. 金环之君(hringa fengel)：即赏赐金环的君主。阿尔弗雷德先生译为 the lord of the rings，顺便提示了托尔金"指环王"的出处。

2349-52. 无数险恶的交锋，自从……肃清了鹿厅：如此，鹿厅之战是"蜂狼"虎长为"胜利庇护的勇士"，"成熟"而成年的标志(1843,2388-89)。之前，只是砍海怪，宰巨人，练习或炫示他的武艺(418 以下)。

2353. 葛娄代同妩母，直译：葛娄代的家人。即母子(一家)同灭。

2354. 赫依拉倒下那天：插曲，接回高特王远征弗里西的故事(1202 以下)。见 194,1210,2201 注。

2360-61. 非凡的水性……肩负三十副铠甲：水性(sundnytt)，字面意思是"用游泳"或"用海"，即在"海/湖"(sund)里"运用"(nytt)游泳技能。三十，原文为罗马数字(XXX)而非古英语，而抄本缺第三十章标记。见 2039,2821 注。
罗宾逊大胆推测，此处"三十"实为誊写者误抄的第三十章标记。在他看来，背三十副铠甲游泳，非沉下海底不可。故贝奥武甫突围后，"用海"(sundnytt)应解作航海，即划船回国(《献给约翰·蒲柏的古英语研究》，页 125-26)。可是史诗明明说了，"蜂狼"一双铁掌有三十个人的力气；少年时代就能怒海搏浪，不停地游了五天五夜，路上还击毙九条海怪(380,544,574)。葛娄代首级的重量，恐怕不亚于三十副铠甲(四名勇士使出浑身力气才扛回鹿厅)，他照样一手提了浮上水面呢(1614,1636)。参 513 注。

2363. 冠族(Hetware,拉丁语：Chattuarii)：法兰克人的一支,居住在莱茵河下游(2916,参《游吟诗人》33)。

2368. 游回(oferswam)：罗宾逊扩张解释,作(划船)渡海,似无根据。见2360注及杰克注本。

2369. 王国的财富,直译：财富与王国。对应下句"江山"(eþelstolas,2372)：祖座、王位,复数喻君权、政权。献上……项圈和宝座：冉恩猜测,此句暗示慧德后来嫁了贝奥武甫,见3150注。

2377. 朋友的谋略：老臣尽忠,如朋友尽责。谋略,或作教导(1219)。

2379. 逃亡中的兄弟：奥特尔之子爱蒙、爱狄。之前,瑞典王奥根索战死(2486,2961以下),长子"可怖之军"奥特尔继位。奥特尔之死,见冰岛史家、大诗人斯诺利(Snorri Sturluson,1179~1241)的《北国史》(Heimskringla)章二十六、二十七：奥根索因丹麦王"长者"费洛德(史诗中费洛德是英叶德之父,髯族王,2026)出兵帮他平叛,答应年年纳贡。可是他坐稳了江山,没有实践诺言。奥特尔登基后,费洛德向他索取贡物,未果;遂发兵攻袭瑞典。次年夏天,奥特尔趁费洛德远征波罗的海沿岸地区,深入日德兰半岛南部抢劫。不料在凡德尔(Vendel)被丹麦援军包围,死于混战。丹麦人将他的尸体丢在一土丘上任凭鸟兽啄食,随后送一只木乌鸦到瑞典,谓奥特尔一文不值——从此他得了一个身后的绰号,"凡德尔的乌鸦"(vendilkráka)。

史诗从这儿说起：奥特尔之弟奥尼拉乘机夺了王位,两位王子爱蒙和爱狄逃到高特。赫理狄收留了他们,从而导致奥尼拉的讨伐。

2380. 渡海：海（sæ）或作湖，见 2394 注。

2383. 奥尼拉：原文以"王公"指代，无名字。显然史诗听众熟悉
瑞高战争跟赫理迪的悲剧。参较 2396。

2384. 祸根（mearc），直译：（生命的）终结。下句"赫依拉之子"
（2385），即高特王赫理迪。

2387. 奥根索的儿子：瑞典王奥尼拉。回桨，直译：（渡海/湖）
寻回家。

2390. 好一个大王：此语同 11b。指贝奥武甫或奥尼拉，皆通。
一说赫理迪无后。或许奥尼拉觉得高特弱小，贝奥武甫不
构成威胁——都说"蜂狼"力大无穷，他却不会打仗；先后
两位主公，赫依拉同赫理迪，他都保护不了——让他做首领
无妨。但作者马上告诉我们，篡位的瑞典王小觑了"剑奴"
之子，犯了致命的错误：骄傲。参 2323 注。

2392. 落难的爱狄：哥哥爱蒙死后（2612 以下），流亡中的爱狄
王子唯有贝奥武甫可依靠了。

2394. 宽阔的冰湖，似指梵纳湖（瑞典和欧盟第一大湖）。瑞典
人住在梵纳湖和瓦特湖（Vättern）以北，高特人据守湖的南
边，见 194 注。"冰"（ceald，冰冷/悲伤）移自下句。相传王
子的复仇之战发生在隆冬，大湖冰封之际。贝奥武甫派了
军队，但自己未参战。参克雷伯注。

2402. 亲率十一名战士：贝奥武甫为何不全军出动，去迎战飞
龙？或者，既然挑了十一名武士组成决死队，包括副手兼
接班人威拉夫，为何到了墓冢（龙穴）前又宣布（2533），要
跟毒龙一对一决斗？为何不学沙迦英雄西古德，在大蛇喝

水或出行的路上设伏,割开它的无鳞甲的肚皮? 当然,那可能是后起的传说(见 884 注),我们的贝奥武甫仅听过西古德之父"胜掌"西蒙屠龙的歌谣:孤胆英雄如何"贴着灰色的绝壁",一剑"刺穿了斑斓的火龙","铁刃深深插入石崖"(886 以下)。所以他决定效法?

或许,答案在"蜂狼"自己,如托尔金所言,就两个字:骄傲(ofermod)。参 2530 注。诚如威拉夫后来感叹的,国王不听劝阻,忘了审慎和智慧的判断(dom),致使"众人要为一个人的意志/忍受痛苦"(3076 以下)。

但还有另一种可能:经过"五十个冬天太平无事"(2208),高特早已武备松弛,缺乏有经验的战士。面对火龙的淫威,贵族百姓都害怕了,失了抵抗的意志。老王真正忧虑的是民族的未来,亦即下一代人的接班问题。所以他率领这十一名亲信出征,既是孤注一掷的冒险,也是品格的考验。他要用自己的死,向族人证明,命运是可以凭勇气克服的,神恩不弃勇者。见 572,2574,2696 注。但是他失败了:从一开始就注定了失败。他不知道,那墓冢内的黄金带着古人即原主的诅咒;那诅咒仅凭他的勇力是克服不了的,求得神恩也不行(3057)。当决死队背转身子逃进树林时,唯有威拉夫一人举起了圆盾,敢于刺龙(2596 以下)。而这位年轻的接班人手中挥舞着的,恰是他父亲留下的那口"人人知晓"的古剑,雪刃记着瑞典王的血仇(2611-25)。

2404. 坦白者的手:盗宝奴隶投案自首,其主人交出金觥(2282-83)。而国王把这件龙穴之宝放在膝上(to bearme, 2405)观看,无意中也触碰了黄金的诅咒(3070)。见 2231 注。

2407. 第十三人:史诗的听众/读者如果熟悉福音书故事,会想到叛徒犹大是耶稣师徒的第十三人。但此处老王带上盗宝奴隶，只是要他领路，而非参加屠龙，如同那十一名扈从。下句称他为"俘虏"（hæft, 2408），"心中惨苦"，或暗示了他的出身：不是买来的奴隶，而是来自别的部落的战俘，做了高特贵族的奴隶。参 2897 注。

2415-16. 没有人能够……购得这份黄金：暗示代价之不可承受。参 971，1304 注。

2419. 祝福：准备上战场，鼓舞士气。但诗人旋即笔锋一转，引入老王的回忆，即雷泽尔插曲（2425 以下）。

2422. 灵/灵魂（sawol）：阴性名词，故称她（2424）。宝藏，对应石壁下面火龙守卫的那一座（2280, 2411 以下）。

2426. 年轻时我没少打仗：包括鹿厅除害和之前的砍海怪、宰巨人，见 2349 注。

2428. 第七个冬天：即七岁。为巩固血亲纽带，贵族人家把儿子送亲属或外族有地位的人领养，是古日耳曼人的习俗。七岁是标准的领养年龄。《英人教会史》的作者比德，就是七岁送进寺院，请住持教养（v. 24）。

通常，为"纺织和平"（1942），一族首领把女儿嫁给另一族的王子，再将女儿之子接回娘家，交舅舅抚养。舅甥之间遂有一种特别亲密的感情和依存关系。故而，费恩堡事变，席尔白王后见儿子跟哥哥一同战死，特别伤心，坚持舅甥俩在柴堆上躺到一处（1114 以下）。同样在《罗兰之歌》（La Chanson de Roland）中，查理曼大帝见到外甥罗兰的尸体，痛不欲生。而亚瑟王传奇也秉持这一伦理，让读者感到：亚瑟的外甥兼私生子毛德列造反，罪恶远甚于王后桂尼薇与圆桌骑士朗士洛私通(详见《玻璃岛》,第二版,生活·读书·新知三联书店,2013)。

舅甥亲(赫依拉/贝奥武甫,西蒙/费特拉),伯/叔侄反(罗瑟迦/罗索夫,奥尼拉/爱蒙和爱秋),是古日耳曼文学的熟套或叙事母题。

2432. 备受爱护,直译:于他的生命一无可恨。曲意修辞,形容外公爱护备至。参792注。

2435-36. 二舅/大舅:意译,提示贝奥武甫同高特二王子的关系。原文:亲人/长兄。鲁莽(dædum):行动、作为,复数指手段。暗示赫尔巴之死或是过失,打猎时被弟弟误伤(2437)。但此事也可能有预谋,"鲁莽"便是委婉的说法。下文透露,老王"一向不喜欢次子"赫士军(2467)。

2438. 主公和朋友:赫尔巴是雷泽尔的长子、王储。

2441-43. 那是讨不回的死债……不能复仇:叙事切换到雷泽尔视角。无意杀人本来也该赔偿,但老王是死者和夺命者双方的父亲,无法报复或索取赎命金。见158注。这在日耳曼英雄社会看来,是不堪忍受的痛苦和耻辱。

作者给了一个悲哀的类比(2444以下):照盎格鲁-撒克逊人的刑律,被依法处决的罪犯的家属,例如一位老人"看着亲生儿子……吊上了绞架",同样也无权要求赔偿。

如此聚焦于白发苍苍的老人,让他"独自为逝者唱着哀歌"(2460-61),这段命运悲剧便添了一层阴郁的色彩。因为接下去听众/读者就会明白,贝奥武甫的死,也是没有赎金的"讨不回的死债"。

2448-49. 年岁与智慧(eald ond infrod)：古人重视老人的经验智慧，垂暮之年便成了智者的同义词(1874)。

2452. 祖业守护人：即王位继承人(2731)。

2453. 立于他的城堡：婉言长大成人，接班。其实次子赫士军已经成年，但老王中意并培养的是长子(2467)。

2457-58. 骑手睡了/英雄黄土：动词"睡了"(swefað)复数，可知主语"骑手/英雄"(ridend/hæleð)也是复数(二词单复数相同)。仿佛老人/雷泽尔的思绪跳跃，想到古往今来无数英雄的归宿：黄土坟头。若"睡了"校作单数(swefeð，他睡)，则骑手/英雄可指"逝去的儿子"赫尔巴(2438,2451)。参克雷伯注及克林译本。

2460. 独自为逝者(an æfter anum)：或作(把哀歌)一支又一支/一遍又一遍(吟唱)。见杰克注。

2465. 索取赎金，直译：要(夺命者)就暴行赔偿。见 158 注。

2469. 选择了神的光明：婉言去世。若作基督教习语，则神指耶和华上帝。罗宾逊认为，按北欧传统(古冰岛语套喻)，"神的光明"(godes leoht)可喻指(异教)神的国度，或中洲大地沉沦之后，全体义者在天上的居处。参阅《木腿正义·他选择了上帝的光明》，增订版，2007。故译文保留原文"神"的歧义。

紧接着，诗人说流尽了眼泪的老王"仿佛一个蒙福的人"(2470)，却是反语修辞，"蒙福"(eadig)是反言其境遇极其不幸。

2475. 奥根索的儿子：奥特尔、奥尼拉兄弟，见 2379 注。大湖(heafo, 2476)，复数，指梵纳湖和瓦特湖。参 2394 注。

2485. 他的亲人用利刃判了凶手，直译：一个亲人（赫依拉）为另一个（赫士军）用利刃把（罪责）归了凶手。利刃，提喻挥剑的勇士，指艾伏尔。判（stælan），本义置、归、定（罪责），转指报复（1340）。参2961以下。

2488. 定罪之手：意译。"定罪"即上句"判"字，一词二译，见2485注。

2490-91. 让我赴沙场……报答赫依拉的封赏：第一次瑞高战争时（伤心岭伏击和老鸦林之役），贝奥武甫尚且年幼。他的军事生涯始于赫依拉登基以后。

2493. 叶夫沙人（Gifðas，拉丁语：Gepidae）：东日耳曼部族，哥特人的近亲。早先住在波罗的海南岸，维斯瓦河三角洲附近（今波兰北部），是雇佣兵的一个来源。

2501. 血战突围：指赫依拉失败的弗里西之役，高特军被法兰克人围歼（1202-14，2354以下）。
戴雷文（Dæghrefn）："日鸦"，法兰克勇士。从上下文看，似乎贝奥武甫的宝剑"钉锋"（2680）是从"日鸦"手上缴获的。关于鸦，参1801，2379注。胡迦人（Hugas，2502）：即法兰克人（2913）。

2503. 那副胸铠及其尊贵的装饰（frætwe breostweorðunge）：此句接回上篇写赫依拉"末一次远征"一节的这一句，"法兰克人收拾了君王的残躯／胸甲连同那只大项圈"（se beah，1210-11）。故一般推断，高特王是突围时被"日鸦"戴雷文击杀的。这大项圈原是薇色欧王后的馈赠，贝奥武甫将它献给了慧德王后（1216，2172-73）；但最终，成了法兰克人的战利品。

2508. 让这双铁掌,加上利剑:"剑奴"之子非常清醒,这一次,面对火龙,他没法赤手空拳(2518以下)。见2338注。

2526. 让命运,让人间的报应者:此处"报应者"(metod,命数的裁量/规定者)作"命运"(wyrd)的同位语,是指基督教的上帝,抑或高特人的异神或别的人世主宰,取决于读者的宗教和伦理立场(参较110,168,670,979)。见227,697注。但如果以报应者称上帝,而等同于异教徒嘴里的命运,则明显是有违教会教义而近于异端了。

2530. 我和毒龙,直译:我们两个。贝奥武甫坚持与毒龙"一对一"决斗(2533),似乎是轻敌了,虽然墓冢顶上的十一名扈从随时可以加入战斗,支援老王。托尔金的看法,是"蜂狼"犯了骄傲,如罗瑟迦警告的(1740以下)。见2402注。这也是英雄歌谣和北欧沙迦常见的一个母题。
注意,"剑奴"之子当年打葛婪代,也说过"一对一决斗"(426)。那一次,扈从都加入了恶战,"个个奋勇争先",虽然刀剑伤不了那凶魔(794以下)。

2538. 迎战者,直译:著名/勇敢的武士。搏龙开始,至2711a结束;如同潭底战妖母,也是三个回合。第二、三个回合分别始于2591b,2688行。参较1518注。

2546. 湍流夹着毒焰:奇幻世界的景象,见1366注。

2547. 他:贝奥武甫,或虚指任何人(都无法挨近宝库)。

2563. 锋利无比(ungleaw):从冉恩注本。另读如克雷伯:不钝(unslaw)。人与龙,直译:(他们)彼此。

2565. 恐怖只在对方眼中:感到对方的恐怖,或要对方恐惧,皆通。

2572. 生命之躯，直译：生命和身躯。

2573. 平生第一次，正是那一天，直译：那里他那一次，第一天。
无定解。

2574-75. 不顾命运/未颁他争战的荣耀："剑奴"之子已经没有
退路，必须以勇气克服命运，不负王公或"高特人的黄金之
友"的美名（2571，2583）。见 572，1385，2402 注。

2576. 大力古剑（incgelaf）：生僻词，从再恩注本，无善解。

2591. 借来的岁月（lændagas）：意谓生命易逝，命数无定（1622，
1753，2342，2843）；反言英雄建功，须抓住每一个机会。参
3127 注。

2596-98. 他的亲随扈从……只顾保命：关于"战火临头/扈从与
首领同在"之义务（22-23），塔西陀《日耳曼志》章十四亦有
记载：战场上，首领若不能以勇气胜敌，扈从若不能表现出
与之相称的勇气，均受谴责；但终身的耻辱和名声扫地，是
在战斗中抛开首领，自己逃命。
贝奥武甫这十名扈从的胆怯，亦可比之于耶稣的十个门徒
（彼得和犹大除外）在他被捕时的表现：果然，（众门徒）都
撇下他，逃走了（《马可福音》14:50，《马太福音》26:56）。
这可能是诗人要基督徒听众产生的联想，但他点到为止，说
是巧合也行。因为副手威拉夫加入了战斗，他不是否认老
师的彼得。而"第十三人"，那个盗宝奴隶，也没有背叛国
王和主人。相反，他成了威拉夫的"勇敢的使者"，向贵族
百姓预言了即将到来的战争与毁灭。见 2407，2897 注。
但老王挑选的这支决死队，只有威拉夫一人经受住了火龙

的考验。这就给敌国一个信号：高特人怯战，军力不行。而新王威拉夫年轻，缺乏战争经验，又是浪手族人（2813），能否团结风族抗敌，是说不准的。参 2625 注。更重要的是，当年他父亲杀瑞典王爱狄的哥哥爱蒙王子，留下的那笔血债，在威拉夫继位后，极有可能引来复仇的屠戮。参 2402，2616，2764 注。这么看，贝奥武甫与火龙同归于尽，确是不智的选择。他本该听从部下劝告，集思广益的；最好是像英雄西古德那样，善用计谋。换言之，他应当上年轻人到一线作战，让威拉夫和他的战友设法屠龙，赢得他们的英名，传播开去，震慑敌国；而非凭匹夫之勇，一对一决斗，夺取荣誉。也可以组织多个梯队，轮番进攻；同时发动百姓支援，让高特人全体经受战火的洗礼。只有这样，趁自己还健在，指导全民参战，才能变坏事为好事，真正做到"等待命运的指派，守土自强"（2737）。

然而，贝奥武甫忽视了这一切；仅在最后一刻指定威拉夫接班（2801），别的一无准备。屠龙夺金，英雄捐躯的壮举，竟成了亡国灭种的悲剧的前奏。

2601. 亲情的义务（sibb）：威拉夫是贝奥武甫的族亲（2698，2813），故扈从或誓约义务之外，他还负有血亲互助的义务（2633 以下）。

2604. 盾士（lindwiga）：持盾的战士。

"精灵军"艾夫雷（Ælfhere）：有学者怀疑，这是贝奥武甫的本名，因为跟贝父的名"剑奴"艾奇瑟（Ecgþeow）押头韵，符合古代日耳曼贵族取名的规矩；而"蜂狼"未押头韵，像是外号，见 343 注。但此说并无可信的证据。参克恩注本的人名词条。

2608. 对公地拥有的各项权利(folcrihta gehwylc):威拉夫之父
"圣岩"威赫斯坦(Weoxstan),本是瑞典(崖族)王奥尼拉麾
下的武士(2616以下)。但加入贝奥武甫的扈从之后,作为
高特王的族亲,获许使用部落公地(folcscaru, 73),享有与
高特人同等的待遇。故儿子威拉夫可称"崖族盾士"
(2604)。

2612. 奥特尔之子爱蒙:见2379,2392注。

2616-19. 奥尼拉一句未提复仇……兄长的儿子:暗示威赫斯坦
是奉君命诛爱蒙,故叔父不会替侄子报仇,或索取赎命金,
参2441注。但是,贝奥武甫帮助另一位流亡王子爱狄攻杀
奥尼拉之后,威赫斯坦便无法留居瑞典了,因他是新王的哥
哥的凶手。"圣岩"遂投奔他的族亲贝奥武甫——"剑奴"
之子也是浪手族人(2813)。

2625. 铠衣和无数遗产,直译:战衣各种无数。由此可知,威赫
斯坦加入高特王的扈从后,受到擢拔,颇富有。
下句"这是第一次/年轻的冠军加入……战火的风暴"
(2625b-27):伏笔暗示,威拉夫资历浅,缺战功和领导经
验,能否担当大任,还是疑问。见2730,2764注。

2627-28. 他的心没有融化:心融化,喻胆怯。亲人的遗赠:父亲
留给威拉夫的古剑,亦即爱蒙王子的遗宝(2612)。

2633-34. 接过蜜酒……向我们主公起誓:此二节(至2660)威
拉夫表决心,阐发扈从的誓约义务,属于诗人想象。首领危
急,他至多喊一两声,就得"冲上去,支援统帅"了(2648)。

2650. 神明为证：神明（god），或作上帝，则属史误，即威拉夫学他的主公，也'认得"（wat）作者的基督教上帝。参27，1658，2330，28?4注。为证（wat），同下文"深知"（2656）。

2653. 天理难容，直译：我觉得（这）不在理。理，指扈从伦理；天，暗示扈从之誓有神明见证，不可违背（2634，2650）。

2660. 请加上我的一份，直译：我们俩（威拉夫参战后）一起分担。

2664-68. 像您年轻时常说的……我来助您了：克雷伯以为，此处语气不像年轻的扈从，毋宁说是作者本人在呼喊。但威拉夫为何不能引用贝奥武甫的豪言呢？国王年轻时的壮举早已脍炙人口，方才他自己还两次提到（2426，2511以下）。

2673. 铁箍（rond）：或作盾心。下句"亲人"（2675），指贝奥武甫。

2680. 这一击过孟，反而折了"钉锋"：类似的英雄折剑，屡见于古日耳曼文学。但"蜂狼"通常的战法是徒手肉搏，使用兵器他的手容易"太重"（2684）。他这把"钉锋"（Nægling）古剑，通说是从法兰克勇士戴雷文手里缴获的，见2501注。

2685. 在伤口淬硬的武器：伤口（wundum），提喻鲜血，见1459注及再恩注；传统校读：奇妙/绝技制作（wundrum，1452）。

2696. 一显他的性格：熟语，性格（gecynde）养成品格。

2697. 让过那颗头颅：指毒龙的头。让过，直译：没有关注。解作不顾或不避（龙口喷出的火焰），亦通。

2699. 咽喉，直译：（头的）下方。龙的咽喉和腹部是它的弱处，如西古德屠龙故事所示。见884，2233注。

2705. 拦腰斩断：或剖开至腰。火龙虽是二勇士"合力摧折"（2707），但最后一击属于贝奥武甫。

2717. 巨人的杰作（enta geweorc）：美称古人的设计（2774,2978）；抑或，掩埋黄金的那位无名勇士利用了一处巨人洞府的遗址？参2233以下。

2728. 死亡近在咫尺：意同2420以下。

2730-31. 假如我命中能有一个亲生子嗣：贝奥武甫无子，因此提拔了族亲威拉夫做副手，培养接班人（2800以下）。此节是老王的自我评价，强调家园和平，首领谨慎，一切以王国和民族利益为重。

2734-35. 刀兵/武力，直译：（用）战争之友。参1810，"战友"喻宝剑。

2737. 命运的指派（mælgesceaft）：时间/机遇之造，即人的不可逆料的命运。守土自强，直译：守好自己的（疆土、职责等）。

2738-43. 从来不蓄谋挑事……戕害亲族：背信弃义，偷袭残杀，是日耳曼英雄社会的日常现实。参阅罗瑟迦论暴君海勒摩及道德教训（1709-22,1740以下）。

2747-51. 让我最后看一眼……坦然交出生命：屠龙英雄始终不知道，墓冢内的黄金是古人/原主诅咒了的。见2231,2404,2764注。

2754. 披上铁环织就的铠衣：威拉夫刺死毒龙后解开胸甲，以便照料主公；现又穿上，执行任务。

2756. 座椅：灭亡了的"高贵部落"的遗物（2233以下）。

2764-66. 世人谁能幸免……掩埋尽可随意：感叹,不仅无名勇
　　　　士埋宝是徒劳,守护黄金的大蛇跟屠龙英雄亦是同样命运。
　　　　贝奥武甫的胜利,在打开洞府的那一刻变成了失败。因为
　　　　宝藏带来的是(异教的)诅咒(2276,3052,3069以下);黄金
　　　　终要"复归黄土""于人们无用"(3166-68)。不无讽刺意
　　　　味的是,"睿智的王公"要端详了黄金才交出生命(2747
　　　　以下)。

　　　　同样,威拉夫拔剑参战,刺龙搜宝,当上贝奥武甫的接班人
　　　　的同时,他的家传古剑(2615),他作为国王,也就敲定了风
　　　　族的末日:瑞典王不必再顾忌贝奥武甫帮助爱狄复位的旧
　　　　恩,可以尽情向"圣岩"之子威拉夫和高特人讨还血债了。
　　　　参2596注。

2769. 那旗射出的光辉：神物会自己发光,照亮整座地宫。联想
　　　　葛婪代母子的深潭洞府,里面也有"耀眼的火光"(1516,
　　　　1570)。

2770. 宝器(wrǣte),校读。原文费解：复仇/惩罚(wræce)。见
　　　　3058注。

2777. 三个世纪,直译：长时。参2278,"三百个冬天"。

2783. 使者(ar)：指威拉夫。

2791-92. 胸中……的宝库(breosthord)：喻心。古人视心为语
　　　　言、思想和感情之官(258,2819)。下句"皓首的王……叹
　　　　息"(2792-93)：校补,参诸注本。原文脱半行。

2795. 荣耀之王,永恒的上帝：直至见到从墓冢起出的"古人聚

敛的珍奇"(2748),"蜂狼"才启齿感恩,第三次也是最后一
次口呼上帝。见 686,1658 注。然而英雄并不明白,他舍命
"购买"龙穴之宝,得到的却是异教黄金的诅咒(2416,3066
以下)。

2800. 晚年最后一段命途:晚年(frod),兼指智慧,见 1723,2448
注。命途(feorhlegu),即一个人分得(命中注定)的生命期
限(参 2823,3064)。

2801. 替国人解忧:婉言继位称王,参 2730 注。解忧,或作照顾
需求。

2803. 明亮的大坟:海边建高陵,是日耳曼古俗,起于何时不得
而知。塔西陀《日耳曼志》章二十七,提到日耳曼部落首领
简朴的火葬,用武器盔甲和战马殉葬。参 3137 以下。荷马
同维吉尔史诗亦有类似的记载:《奥德修记》卷二十四,描
写希腊人在海岬上为英雄阿克琉斯及其密友帕特洛克勒
斯筑大陵,让水手远远就能望见,细节与《贝奥武甫》雷
同,是著名的例证。另如《伊利昂记》vii. 85-91;《奥德修
记》xi. 74-78;《埃涅阿斯记》vi. 232-35,注家多有引用。
英雄社会实行火葬,大约源自灵魂不灭的信仰。例如中国
古代的羌族,《墨子·节葬下》:秦之西有仪渠之国者,其亲
戚死,聚柴而焚之,熏上谓之登遐。仪(义)渠,即羌族。羌
人强悍,风气与古日耳曼人不无相通之处。《汉书·西羌
传》:羌人以战死为吉,而以病死为不祥。

2807. 浪尖的黑雾:对应上句"明亮的大坟"(2803),凸显一个
美丽的意象:拂晓或黄昏时分,浪尖起雾,水手抬眼望去,
海岬的一角刚刚披上红霞,高陵放光,犹若灯塔。黑雾

（genip），兼指昏暗、迷雾（1360）。

2813. 我们家即浪亡族仅存的根：诗人至此才透露，威拉夫不仅是贝奥武甫的亲戚，而且是部落最后的勇士，"战余"之人，一如其名（Wiglaf, 2602）。跟龙穴宝藏的无名主人一样，他也将掩埋"无用的黄金"（3127），悼念族人的凋零。

2814. 扫尽（forsweop），校读参 477 行，原文有讹。另读如再恩注本：诱惑（forspeon）至命运的裁断。喻毁灭（1077）。

2820. 去义人中间寻求审判：审判（dom），复义词，可指基督教的末日审判（3170），或英雄为后人/义人传颂的世俗荣耀、荣誉或美名（884, 1387, 1471, 1490, 2179, 2665）。见 441 注。

能否解作末日审判呢？也许，但是得忽略之前他的选择："柴堆同炽烈的死焰"（bæl, hate heaðowylmas, 2818），因为柴堆焚尸，跟膜拜偶像一样，是教会批判并禁止的"异教陋俗"。正确的安葬法，如作者说的，应当是"凡内中有灵的皆须寻觅"（上帝）"为人的子孙/预备的去处；让自己的躯壳/躺进坟茔"（1004 以下）。所以此处的"审判"，更像是英雄为后人所传颂，那样一种世俗的，亦即（教会眼里）异教的荣耀或美名，人民心中的裁判。

所以，当诗人把统帅之死归于"天主的旨意"，"每一个人/每一件事，都是上帝的安排"（2857-59），他并未因此就否定命运对人的摆布。同样，感叹"古族的黄金"被一道咒语锁了，不许人入龙穴抢掠，"除非上帝，胜利的真理之王"允准，"万有之主开恩"（3054, 3074），这话也没有排斥命运或"远古王公"植下的大咒的胜利。因为，贝奥武甫死了——"命运太强了，竟裹挟去了/风族的王"（3085）。

2821. 此行原文起头的词首字母大写(Ða),表示第三十九章开始,但未写罗马数字。一七三一年,收藏史诗孤本的威敏寺图书楼遭了火灾;之后,幸存的古籍移交给了大英博物馆。一七八七年,有位冰岛学者,丹麦王家档案馆馆员索克林(Grímur Jónsson Thorkelin, 1752~1829)来访,曾雇人并亲手誊写了两份《贝奥武甫》。这两份手抄本(Thorkelin A, B),此处都标注了罗马数字"XXXVIIII"(三十九)。参2039注。

2826. 断作两截,直译:被压倒于毁灭。

2828. 鏖战的利刃(heaðoscearp),校读。原文失对,文意欠通:鏖战的砍击(heaðosceard)。铁锤之余勇(homera lafe):锤之余,复指利刃,即把剑刃比作匠人铁锤(之勇)的产出/剩余。

2843-44. 不惜付出……结束匆匆旅程,直译:不惜以(自己的)死支付,双方(一起)走到各自借来的生命的尽头。见1753,2591注。

2847. 背誓:指他们背叛了与首领的誓约。

2854. 淋水:试图复苏已经咽气的老王(2790)。

2859. 上帝的安排(dom godes):兼指神的审判、荣耀,见441,2179,2820注。

2860-61. 厉声呵斥……一涌而出,直译:从那青年,那先前失去勇气的极易得着严厉的回答/呵斥。

2864. 凡有一点良心,直译:那愿意讲真相/实情的(1048-49)。

以下八行为一包含插入语而不太连贯的长句,尽显威拉夫的激动和愤怒。分三句意译出之。

2874. 神明:指高特人的神,同 2650 注。若作上帝,即威拉夫跟从主公,称基督教的上帝为"胜利的主宰",则为史误。参 227,626,2526 注。

2880. 不许它继续张狂,直译:令它越来越弱/糟糕。

2881. 口中(gewit):心智、感觉,借指头、口。

2884-88. 断绝你们黄金与宝剑……四出流浪:背弃首领之罪罚,一如维护荣誉和复仇的义务,是团体责任,由家族或部落全体承担。参阅塔西陀《日耳曼志》章六、十四。

2897-98. 侦者纵马赶到岬角,直译:那骑马上到岬角的。参 3028 注。没有片刻的沉默:曲意修辞,犹言立刻报告。
然而谁是侦者? 这是贝学上一道有名的难题。威拉夫身边,只有十个垂着头的逃兵和一个带路的奴隶(2402 以下)。而这位"勇敢的使者"(3028)声调庄严,分析透彻,回忆深沉,预言又十分悲哀,仿佛诗人把自己代入了故事角色,没管语境和叙事逻辑,或人物刻画的真实感,见 2664 注。参较《罗兰之歌》2921-29,查理曼大帝哀悼外甥罗兰,预言战争一节。
就故事本身的逻辑看,派逃兵应该不会,因为他们已经失去威拉夫的信任,受了责罚,即将流放。有无可能是后方营地来打探消息的人呢? 但海岬上坐着的"全体贵族"整个上午一直在等消息,没派出探子(2893 以下);实际上也没人认得去龙穴的路。贝奥武甫的副手可以托付重任,带口信的人,似乎只有那个向导即盗宝奴隶了。只有他能够向贵族百姓宣布,并且证明,老王临终指定了威拉夫继位。有奴隶的报告跟见证在前,十个逃兵作为背誓的罪人就没法否认了。诚然,他是"引发这场祸难的奴隶""心中惨苦的俘虏"(2406-08);但这"可怜人"(2284)也最有动机和意愿将功补过,重新做人,当一名"凭良心说实话"的使者(1048)。而新王登基,肯定会给他报偿。

这奴隶却是一个"运数未尽的人,托天主的恩典"渡过了逃亡之难(2291)。神恩不弃卑微者,史诗确认了这一信条,描写并不负面。而且火龙之祸伊始,他和主人就向国王坦白,交出了金觥。所以贝奥武甫决意屠龙,选定十一名武士之后,命盗宝者带路;他遂做了"决死队的第十三人",见2407注。

但诗人又称他为"俘虏"(hæft)。什么意思呢?国王下旨,臣民必须服从;奴隶带路虽非自愿,却也不是俘虏。古人包括日耳曼社会,奴隶不外乎这几个来源,抵债、购买或俘获。只有战俘和抢掠别的部落得来的奴隶可称俘虏,抵债和买来的奴隶不是。所以这盗宝者很可能是一个外族战俘,做了高特贵族的奴隶。如果他先前在"两海之间"闯荡,作战,见过世面,对瑞典人和法兰克人有所了解,他心中的"惨苦"和不愿意,就有了深意。威拉夫派他当使者送战报,"策马赶到岬角",也就合乎情理了。而报告结束,使者被称为"勇敢的人"或勇士(secg hwata, 3028),也暗示他曾经是战士。

诗人说,这使者/奴隶的预言"句句不假"(3029)。但是有一个细节,跟后文的描述有出入:龙穴的宝藏没有付诸火海,烈焰吞食(3015),而是重入入土,做了英雄陵墓内的陪葬品。可见使者预言,并无神灵附体或神的启示,完全是他自己的分析。

他也不是作者的化身,如一些注家主张的,故而不提黄金的诅咒。那是诗人接下去告诉我们的,在形容了火龙的残骸之后(3052)。当然,高特人跟史诗的听众一样,熟悉日耳曼英雄传说;他们听罢奴隶之言应会想到,类似于西古德刺龙夺金的悲凉命运,见884,3167注。"于是全体起身,个个伤心落泪"(3030),跟随使者来到老鹰岩下,看,"高特人的主公,已经躺在灵床/长眠于大蛇的屠戮";后者僵卧在对面地上,"铠甲全烧黑了,伸展开去/足有五十呎长",身旁堆着些龙穴的宝器(2901,3040)。这时,不用诗人借使者之口宣布,他们大概也明白了,那"古族的黄金"对于风族意味着什么。参2764注。

2911. 不远了,直译:可期待/在望了。

2914-16. 胡迦人:即法兰克人(2502)。冠族:亦属法兰克人,见2363注。此节回顾高特的宿怨:赫依拉王跨海抢掠弗里西人和法兰克人,遭反击而战死。参1202-14,2354以下。注意,使者谨慎,避免直接批评贝奥武甫的主公。对比2926以下。

2919-20. 扈从没能领取主公的厚赏,直译:没有珍宝可赏,主公给(高特)扈从。

2921. 墨洛温王:五至八世纪中叶,统治法兰克人的王室。

2926. 高特人太骄傲了:使者不赞同赫士军偷袭瑞典,劫持奥根索的王后。

2928. 奥特尔之父:即瑞典王奥根索。海兵首领(brimwisa,2929):复指高特人(海上来犯之兵)的王赫士军,赫依拉之兄。关于老鸦林之战,参阅 2472 以下。

2936. 刀剑的遗漏:喻激战的幸存者。

2939-41. 用利刃拿他们开膛……挂上绞架:一说这是向大神奥
登献祭,而非虐杀战俘。

2942-44. 希望/援军(frofor):安慰、支援、有望获救。一词二
译,参 7,185,1016,2288,2488 注。

2959. 雷泽尔的战士(Hreðlingas):雷泽尔的后裔,复数喻高特
人/战士。

2965. 旺雷的儿子:此节写旺雷二子战瑞典王奥根索。"灰狼"
沃尔夫首先砍中老王,自己也受了重伤;但奥根索转过身去
反击"灰狼"时,被另一方向的"野猪"艾伏尔得手,"铁盔裂
开""饮剑倒地"(2487)。

2977. 赫依拉的骁将:艾伏尔。

2979-80. 巨人的铁盔:形容头盔高大,像是巨人制作。

2982. 灰狼,直译:他的亲人/兄弟。

2985. 野猪掠夺了对手,直译:一武士掠夺了另一个。

2988. 献在赫依拉面前:二哥赫士军战死,赫依拉继位,做了"高
特人的主公"即国王(2990-91)。

2993. 钱(sceattas):盎格鲁-撒克逊时期通行的银币。原文无此
词,通说指土地和铠环(锁子甲)的价值。参 1507 注。

2997. 独生女:贝奥武甫肃清鹿厅回到高特时,慧德当上王后才
"几个冬天"(1929)。鹿厅之战距赫依拉在老鸦林杀奥根
索,继位称王,据克雷伯估计,大约五年。见"重构大事年
表"。所以这女儿通说是赫依拉与前妻所生,赫理迪的异

母姐。

　　托尔金推算,老鸦林之役,赫依拉约三十岁;此时女儿即便
是他和前妻所生,也未及婚龄。因而"历史上"她可能是雷
泽尔的女儿,赫依拉的小妹。但史诗中赫依拉仅有一个妹
妹,即贝奥武甫的母亲(374)。

2999. 部族间,直译:人(与人)的(复数)。

3005. 举盾的英雄(hwate scildwigan),校读从克雷伯注本。原文
费解:盾族勇士(hwate scildingas),复数,所指不明。旧说指
丹麦人或盾族(Scildingas):贝奥武甫曾保护盾族和鹿厅,杀
葛婪代及妖母。但这样解释接不上使者的报告;后者预言敌
族入侵,老王治下的五十年和平结束(2208),而非回顾之前
"剑奴"之子在丹麦的战功。同理,一些学者解作提示从前
丹麦人与蛮族的冲突,如英叶德迎娶弗莱娃的悲剧(2024 以
下),也背离了预言。另说此语暗示同名的丹麦王/酋长贝奥
武甫,即"六麦"贝鸟的事迹(见18 注),就更勉强了。

　　贝奥武甫是赫依拉之子赫理迪战死后登王位的,故"举盾的
英雄倒下"一句,可指赫理迪及高特将士阵亡(2202,2387)。

3010-11. 火化……不是几件兵器,而是整座宝藏:此处使者的
说法与后文葬礼的描述矛盾。虽然柴堆"挂满头盔圆盾,
闪亮的铠甲"(3139),宝藏本身,"臂环与项圈",全部放进
了贝奥武甫的陵墓,"交还大地保管"(3163-67)。

　　几件兵器,直译:(给普通武士陪葬的)一小份。

3013-14. 可怕的代价……生命买来的臂环:呼应国王的临终遗
言,但使者/盗宝奴隶的预言未提黄金的诅咒(2415-16,
2799-80,3069 以下)。

3021. 刺破拂晓前凛冽的黑暗：古英语文学中,拂晓、清晨常隐喻或象征哀思、凄凉、争战、死亡(126,128,483,1077,2124,2450,2484)。

3025-27. 乌鸦/秃鹰/灰狼：它们来战场食尸,是古英语和古冰岛语文学中的熟套(2448;6˚,34-35˚)。但描写它们交谈自夸,据说只有这一例。

3028. 勇敢的使者,直译：勇敢的人/勇士。暗示使者(盗宝奴隶)曾是战士,见2407,2897注。

3029. 预言(wyrda)：命中注定要发生的事。此处指使者对贝奥武甫死后局势的分析和预判。但说到瑞典人入侵的威胁,他聪明地避开了新王威拉夫的家传古剑即"爱蒙的遗宝"与"宿仇"的关系(2999)：当年正是威拉夫的父亲威赫斯坦,用这口剑杀了瑞典王爱狄的哥哥爱蒙(2611以下)。参2616,2627,2764注。

3040. 这火龙一身吓人的斑斓铠甲：此龙不似被西古德割腹的那一条(法夫尼变的毒龙),尸骸没有"在烈火中熔化"(897)。

3047. 它身旁堆着些觚觥杯盘：威拉夫奉命搜缴龙穴,拿上来给国王看的宝物(3773以下)。

3050. 一千个冬天：从最初王公埋宝开始计算(3069-70),见2249注。飞龙盘踞洞府,守护"异教黄金",则有三百个冬天(2275-80)。千年,一说化自基督教的末日学说：千年到头,恶魔撒旦将要"被释出牢狱,回来诱骗万族"(《启示录》20:7-8)。

3052. 一道咒语：咒语锁宝藏，是古代日耳曼屠龙传说的一个母题，参《尼伯龙之歌》和《伏尔松沙迦》。龙穴里的黄金虽然属于异教（2216, 2276），打开宝库取走，却需要一个上帝"中意的人"，且事先获准。这儿，诗人亮明了他的基督教立场，并且暗示，"一千个冬天"前的藏宝人指异教神祇发的咒誓，唯有获得"胜利的真理之王"（或真正的胜利之王）的恩许，亦即呼圣名祈祷，才能解除（3054 以下）。

然而，贝奥武甫感谢上帝，是在看到了宝藏以后（2794）。之前，他只是"以为自己触怒了全能者"，"违反了古老的法例"（2329-30）；根本没想到屠龙夺宝，跟世间万务一样，应祈求上帝的"安慰与援助"（1273）。

如此，由命运观之，"蜂狼"完全被蒙在鼓里了：屠龙之前，他已经沾染了诅咒，从金觥由坦白者（奴隶及其主人）的手呈至他膝上的那一刻起（2405）。临死，他要"最后看一眼古人聚敛的珍奇"，好好端详赢来的宝藏（2747）；他仍不明白，"那堆灿烂的黄金"藏着何种命运。英雄为所爱者，为首领、部落或国家献身，是英雄歌谣跟史诗的一个传统主题。只奥武甫舍弃生命"购得这份黄金"（2416），是要让风族富裕，巩固国力，延续和平。他绝对想不到，黄金非但无用，只能复归黄土，还要带来杀戮和灭亡。因为瑞典人的血仇随着"圣岩"之子威拉夫的登基，复活了。而那十个亲信背弃主公，做了逃兵，受罚流放，不啻向敌族宣告：扈从背誓，老王已死，不足惧了。参 2402, 2764 注。

3058. 宝物（wræte），校读。原文：复仇/惩罚（wræce）。可指毒龙因宝库失窃，向附近百姓泄怒、报仇。同 2770 注。

3059-60. 无知的掩藏并未使主人获益：宝物朽坏，最终被盗，没能在地下陪伴主人（2260）。无知（unrihte）：不对、做错，转指不知对错。

3061. 出类拔萃的人物，直译：少数几个中的一个。曲意修辞，指贝奥武甫。注意作者不提奴隶盗金觥，引发火龙之难。参 2231 注。

3063-65. 奥秘：美名的壮士何处了结命数……蜜酒大厅：此即学界所称，令古代日耳曼人困惑不解的"命运之问"；据史书记载，也是盎格鲁-撒克逊人皈依基督教的原因之一。公元六二七年，北盎布里国王爱德文（Eadwine）受传教士感化，召群臣商议皈依。有大臣讲了一则生动的讽喻，大意如下（比德《英人教会史》章十三）：

大王啊，人生与未知之世相比，仿佛一只麻雀扑翅穿过酒宴大厅。隆冬夜晚，您和武士谋臣团团围坐，中央燃起暖暖的火塘，外面，风雪交加。这麻雀从大厅的这扇门闯入，转眼又从那扇门飞出。它在厅内，片刻间躲过了风暴。但马上，它又不见了，消失在茫茫冬夜。人生在世，短暂若此。人生之前和之后如何，我们一概不知。所以，倘若这新教义能给我们一个明确的解答，我们信它是没错的了。

然后，由国王的祭司领头，众人一起亵渎、焚毁了异教神庙。

3069-70. 深深……植下的大咒（diope benemdon），直译：深深地立下（咒语或誓言，1096）。

3072. 魑魅的庙宇（herg，古冰岛语：hörgr，古高地德语：harug）：异教神庙、神龛、神树等，转喻冥府/地狱。参 175，588 注。在虔诚的基督徒眼里，日耳曼人老祖宗的神祇不啻鬼魅，"灵魂的屠夫"（177）。

3073-75. 除非那万有之主开恩……索金的人：公认是全诗最为
费解、争议最多的一句，每每令学者沮丧，所谓 locus
desperatus。意译从克雷伯注，解作为贝奥武甫开脱，因为
诗人先已宣布。英雄死后，他的灵去了"义人中间寻求审
判"（2820）。参较 3051-57。

除非（næfne）校读。原文：他还不（næs he）。万有之主
（agend）：拥有/占有者、主人。解作天主、藏宝人或宝库/
墓冢的主人（飞龙），皆通。索金（goldhwæt）：另作赐金、贪
图/富有黄金、有魔力/附了诅咒的金子，无定解。

故此句亦可译为：之前（直至临死？），他（贝奥武甫）还不
可能看到/尚不明白，那主人的黄金宝藏之巨。或者：宝库
主人对黄金的贪婪/热情。或者：天主赐金的恩典/厚礼。
详见铎比和米切尔（Bruce Mitchell）注本。

然而，作者把一切归于神恩，主张宿命论（3054 以下），仍解
释不了贝奥武甫的悲剧。如果唯有上帝中意的人，即先已
获"万有之主"恩准赏赐的人，才能打开宝藏，索取黄金，而
风族的王只是斩了毒龙，没能进入宝库：这是否意味着他
无缘恩典和黄金呢？难道是盗宝奴隶和威拉夫两个人有
福，既然他们先后打开洞府并掠取了宝物？但是原主植下
的大咒并未解脱。如使者/奴隶所言，黄金不仅无用，而且
将带来外敌入侵和高特的末日。见 2897 注。

3077-78. 众人要为一个人的意志/忍受痛苦：托尔金以为，威拉
夫此语是批评老王疏于审慎和判断，只想着建立功勋，太骄
傲了。见 2179, 2402, 2530 注。但也许，威拉夫和诗人一
样，看到了命运的无情的讽刺：人的渺小，功的徒劳，死的

急迫。尽管如此,他仍然相信贝奥武甫将"永享天主之护佑"(3109)。

3079. 主公,他不听我们劝阻:这一细节前文未交代,参2529以下。面对高特人的贵族大臣,浪手族的威拉夫作为接班贝奥武甫的新首领(2800以下),就需要强调,国王的死是"天意"(heahgesceap, 3084),任何人包括亲密战友都不可能阻挡。但说"放过那头黄金卫士",让它盘踞老巢,"住到世界终了"(3081),却是不现实的绥靖。飞龙已经在蹂躏百姓,焚毁宫殿,"蜂狼"除了消灭它,别无选择。

3083. 世界终了:北欧神话,待到"众神的黄昏",中洲天地皆将沦亡。参90注。

3092-93. 保有神志/清醒着:强调老王的遗言,包括指定自己继位,合法有效而不容挑战。

3109. 永享天主之护佑(wær):联想引子,"盾王"希尔德用尽寿数,"回到主的怀抱"(wær, 27)。如此全诗首尾呼应。

3110. 威赫斯坦之子……下令:语气一变,新王开始发布命令。

3114-19. 快了……向前:这段话(六行)通常算威拉夫说的,但口吻完全是诗人的了。参2664注。
浴血疆场/当矢飞如雨,弦响如蝗(3116-17),直译:经受铁(镞之)雨,当箭的风暴由弓弦发动。

3120. 智者(se snotra):美称首领、君主。见1384注。

3121. 七名:七,象征完满、成功(516,2195,2428)。

3124. 手举火把:因为发光的战旗(神物)已被威拉夫取下,墓冢内没了照明(2776)。

3125. 不用抽签分派：反言踊跃、积极投入，曲意修辞。

3127-28. 无用的（壹金）听凭毁损（læne）：本义借、租，转指短暂、易逝、脆弱、朽坏、无用。参 2591 注。

3137. 崖顶，直译：（那里）地上。

3138. 不凡的柴堆：婉言其高贵、大气。关于日耳曼部族首领的火葬，及希腊罗马史诗的类比，见 2803 注。

3147. 骸骨的大厅：套喻，形容尸身，同 1446 注。

3150. 那位[高]等贵妇：古俗，葬礼上要有妇人哀哭。但是冉恩猜想，她该是贝奥武甫的遗孀；而这遗孀不是别人，乃是慧德王后。她在赫依拉殁后嫁给了贝奥武甫（两人年龄相近）。所谓"献上王国的财富/项圈和宝座"（2369），乃是暗喻她的改嫁。遗孀在葬礼上领唱致哀，也符合古俗。参较《伊利昂记》xxiv.720 以下，特洛伊英雄赫克托的葬礼，妻子安德洛玛禘率妇女哀哭。

绑起金发（bundenheorde）：古代妇女婚后盘发，不垂发辫；志哀，则摅散头发（参阿尔弗雷德译本）。或许头发绑成某种式样，也是丧礼风俗？原文首字母模糊，故有学者读作：卷发的（wundenheorde），如唐纳逊译本。

这一行起，是抄本的末页（folio 201ᵛ），残损严重，特别是 3150-55 行。参 2214 注。方括号内脱文补缀的各种建议，见参考书目所列注本和译本。

3161. 炽焰的余烬：套喻，指骨灰。

3167-68. 黄金复归黄土……于人们无用：一个很自然的问题：如果高特处于弱势，为什么不留下这笔财富，向敌族（瑞典人和法兰克人)赎买和平? 一种解释是,宝藏是贝奥武甫赢来的,应随他而去,一如希尔德的灵船里的珍宝(37 - 46)。另一方面,黄金带着古人(异教徒)的诅咒,且已应验,不会给新主人带来幸福(3069-73)——即便打开宝库是得了上帝的恩许,见3052,3073 注。所以陪葬,"宝藏交还大地保管"(3166),成了唯一的选择。参2276 注。

易言之,这黄金无用,是因为对活着的人即高特人不祥,代价可怕(3013)。老王夺金牺牲,仿佛受了远古的掩埋者的诅咒,如同神话中毒龙法夫尼守护的宝藏,那被原主矮子"忧虑"(Andvari)诅咒了的黄金。相传矮子能变成狗鱼,在瀑布下面藏身,却没能逃过狡猾的巨人之子洛基的抓捕,被迫交出了他的金环的宝藏。后来为这份宝藏,法夫尼杀了自己父亲,变成大蛇守护。宝藏变为神秘的龙穴黄金,却被伏尔松之孙、西蒙之子西古德发现,劫走了。再后来,那屠龙英雄果然也遭遇不幸,被亲人的利刃刺穿(《散文埃达·诗典》)。参884,1457,2233 注。由此,演化出著名的《伏尔松沙迦》和关于矮人族"尼伯龙的黄金"(der Nibelunge hort)的种种传奇。

对于逝去的英雄(或任何王公贵族)在今世的美名和荣光,及在另一个世界的需用,陪葬一份"金环的宝藏"(2827)一如武器,是必需的。那是古俗,见36 注。当然,日常生活中普通百姓对黄金入土的态度,大约如《格雷特沙迦》章十八那句粗犷而实在的箴言:财宝藏土里,埋进坟冢,岂不浪费(þat fé er illa komit, er fólgit er í jörðu eða í hauga borit)。

3169-71. 环绕大陵,十二位勇士骑上骏马……为国王致哀;也是古俗。参较约旦尼斯《哥特人史》章四十九:匈奴大王阿

提拉(Attila, 434~453 在位)暴病而卒,他的灵床也是铺满
武器和金银,由诸部最勇敢的武士骑马环绕,哀歌礼赞。

3175. 告别尘世,直译:被带走/接走。

3176-77. 用言辞/用整颗心,将他铭记,直译:用言辞赞美,用心
爱他。

3179. 礼赞:移自上句(用言辞)"赞美"(herge)。

3181-82. 最和蔼可亲……最渴求荣誉:高特人纪念贝奥武甫的
四个赞语,用了最高级形容词,皆为日耳曼传统美德。前三
个符合基督教价值,但史诗将最后一个音符落在了世俗
"荣誉"(lof),这一教会教义不能苟同的英雄社会的理想之
上。参较"蜂狼"临终,对在位"五十个冬天"的自我评价
(2732 以下)。

如此,诗人委婉而明确地承认,贝奥武甫虽然多次提及上
帝,感谢"荣耀之王"(2795),但他一生"最渴求的荣誉"
(lofgeornost)还是异教的,而非如后来的中世纪骑士那样,
捍卫或见证上帝的荣耀;是"沙场上赢取青史垂名"(æt
guðe gegan... longsumne lof, 1535),以及作为首领,在蜜酒
大厅分赐金环的"美名"(lofdædum, 21-24, 81, 3033)。

是的,一个日耳曼英雄最大的幸福,不就是在他生前死后,
要两海之间所有大厅里的歌手咏唱他的功业:"听哪,谁不
知(他的)荣耀"(þrym, 1-2)。

一九八九年四月完稿,二〇二三年三月三稿增订

附　录

血战费恩堡

（残卷）

这是一首英雄歌谣（leoð）的残卷，气质上，属于鹿厅歌手为喝着蜜酒的武士演唱的那种。今人阅读研究《血战费恩堡》，却是因为歌中描写的人物故事，恰好连着《贝奥武甫》的插曲"席尔白莅悲伤"（1063-1159），而席尔白王后痛悼的，正是那场血战的牺牲。

读者或已发现，本书注评所引用的史料典籍，多数是拉丁语和古冰岛语文献。拉丁语是中世纪欧洲的"文言"，各国学者和教士的工作语言跟写作，都用拉丁语。《贝奥武甫》的故事和历史背景，包括神话传说，发源于盎格鲁-萨克逊人在欧洲大陆的故乡，即今天丹麦、瑞典和挪威南部及周边地区。这地方的部族，古时候说的各种方言，属于北日耳曼语，通称古北语（Old Norse），其中文学同历史记载最丰富的一支，便是古冰岛语（Old Icelandic）。古北语/古冰岛语跟古英语是近亲。但是对于《贝奥武甫》，古英语文学中可资对照分析的反而不多。《血战费恩堡》因为既是诗歌，又"剧情"重合，就非常难得了：它提供了同一种语言和格律内，同一题材不同风格的比较。相比史诗的复杂结构、诗人的教谕和沉思，歌谣残卷没有半句道德说教，一口气唱完的全是血淋淋的厮杀,扈从和首领誓死相报的古日耳曼英雄气概。

可惜的是,残卷的原稿早已逸亡,传世文本是一位名叫希克斯(George Hickes, 1642~1715)的教士兼学者抄录的,发表于一七〇五年(*Linguarum Vett. Septentrionalium Thesaurus*, i. 192-3)。内中舛误不少,后世学者做了许多考证。拙译大体依循克雷伯的订正和注释,并参考了托尔金的专论《费恩与韩叶斯》(1983),尤其是他对费恩堡事变的考释和极具想象力的重构。故事背景,见《贝》1067 注。

某年深秋,半丹麦人的首领霍克之子席乃夫(Hnæf)率副手韩叶斯(Hengest)等六十人,访问他的妹夫(或姐夫)弗里西王费恩(Finn),准备共庆新年。但是不久,客人察觉到主人态度有变,或者双方武士发生了冲突,就抢先占了大厅。拂晓前最黑暗的时刻,半丹麦人的警卫突然叫了起来:

……[山]墙着火了?

　　不,年轻的统帅[席]乃夫喊道:
　　那不是霞光,不是飞龙
　　不是这座大厅的山墙着火——
5　　那是他们[森森的刀剑]!
　　听,群鸦聒噪,灰狼哭号
　　铁矛铮铮,盾牌答应着枪杆。
　　月亮躲到乌云背后,偷袭
　　挑起了这部族间的新仇。
10　　快醒来,我的战士!
　　举起椴盾,拿出勇气

冲上去,齐心杀敌!

佩戴金环的虺从一跃而起
高贵的武士冲向大门
15　西福与艾哈拔出了宝剑。
边门由奥拉夫和古拉夫看守
韩叶斯亲自殿后支援。

大厅(外)"战军"还在劝"矛狼"
万勿拿珍贵的生命冒险
20　披上铠甲,率先向大门进攻;
那守门的(丹麦人)心狠手毒。
可是骄傲的青年没等他说完
就高声喝道:那大门归谁守护?

西福在此——里面回答——
25　短剑族的王子,赫赫威名
多少场恶斗,谁人不知?
撞在我的手里,你命数已定!

顿时、四壁回响起厮杀的呐喊
盾[心]粉碎,骨盔崩塌
30　英雄交手,大厅震动——
直至血战中"矛狼"首先倒下
(弗里西)大地上第一名健将;
古战的儿子周围,勇士

堆就一方尸山：渡鸦盘旋

35　黑羽闪闪；剑光烨烨

仿佛整座费恩堡升腾着火焰！

我从未听说，六十壮士

殊死搏斗，那样执着于荣誉

一如席乃夫手下这队扈从

40　尽忠，回报（往日的）蜜酒赏赐。

足足五天，他们坚守着大门

同伴没有一个倒地。

末了，一名受伤的武士退了下来

呻吟着，他的胸甲碎了

45　铁环不济，头盔也已裂开。

族人的牧者立即问他：

对方战士伤亡如何

那（两个）年轻人，哪个……

血战在继续。席乃夫中剑倒下，但进攻大厅的一方也伤
亡惨重，精疲力竭。韩叶斯便向费恩提出停战的条件。接下
去的故事，请参阅史诗插曲"席尔白的悲伤"（1063－1159）及
注评。

注　释

1. 山墙着火了：一般解作大厅内，半丹麦人首领席乃夫手下的

战士问话或惊呼,因为下句是席乃夫的回答。

5. 森森的刀剑:抄本有讹,原文句子中断。托尔金(《费恩与韩叶斯》)认为,此处脱了两个半行。他拟制的诗句是:不,那是仇敌逼近,举着刀剑。

6. 群鸦、灰狼,直译:鸟儿、灰衣者。古日耳曼文学传统,鸦和狼是凶兆,见《贝》1801,3025 注。

8. 偷袭(weaðdæda),直译:凶狠/带来痛苦的行动。

16. 边门,直译:另一扇门。

18. 战军还在劝矛狼(Garulfe),校读。原文:矛狼还在劝战军(Guðere)。因后文说"矛狼首先倒下",故多数学者把"矛狼"读作动词"劝"的宾语,战军便成了年长的战士。按原文,矛狼为长者,劝告年轻人战军,别第一个冲锋;然后自己上前,英勇阵亡。这么理解,也说得通。

21. 守门的丹麦人:即西福(24)。

24. 西福在此,直译:西福乃我的名字。

29. 骨盔(banhelm):喻盾或头盔,皆通。

33. 古战的儿子:即矛狼。古战(Guþlaf),这个名字与守大厅的丹麦人古拉夫相同(Guþlaf,16;参较《贝》1148:Guðlaf)。若两名指同一人,则父子分属反目成仇的主客两方:父亲是丹麦首领席乃夫的扈从,儿子跟随弗里西王费恩。这样的悲剧,在古日耳曼英雄社会,大概时有发生,文献亦不乏记载,如古高地德语残篇《希尔德布兰之歌》(Hildebrandslied,见克雷伯注本的附录)。但古拉夫/古战像是常名,很可能只是两个同名的战士,所以译名做了区分。

43. 受伤的武士：所指不明。托尔金赞同克雷伯,认为这武士是费恩的部下,受伤了,不得不退出战斗。因上一节说大厅内丹麦人坚守了五天,"没有一个倒地"(41-42)。这样,向他询问的"族人的牧者"便是费恩。后者意识到,伤亡太大,取胜无望(参《贝》1080-84)。但解作丹麦战士受伤,席乃夫发问,亦通。

46. 族人的牧者：喻部落首领、国王。

47. 对方战士伤亡如何：国王向伤者了解战况,估量形势。

48. 两个年轻人：或指席乃夫同韩叶斯。或许费恩想知道,对方谁在指挥战斗。

贝学小辞典

1.0 史 诗

《贝奥武甫》是欧洲史诗中的另类。不像古希腊和罗马的典范，荷马史诗同维吉尔《埃尼阿斯记》，它从未充当全民族的课本或诗人的教材。它之被尊为史诗，乃是因为其思想之深沉、风格之高雅、时空之宏大。

三场搏斗，杀怪刺龙，构成史诗的叙事主线，塑造了一个古日耳曼英雄"蜂狼"贝奥武甫。全诗为一对称的大结构，如托尔金（J. R. R. Tolkien）指出，即结尾与开端对照，或一个伟大生命中的两个时刻的对比：崛起与陨落，青春和晚年，第一次成功对应最后的牺牲（《贝奥武甫：怪物与批评家》）。

然而史诗要读懂不易。因为叙事不是直线的，而是打破时序，倒置因果，包含了许多神话传说、历史典故跟长短不一的插曲；又像是诗人兴之所至，取自由联想和隐喻暗示拼贴而成。论技巧，竟可以说是法国新浪潮电影的祖师爷了。思想观念上也颇为开放，不受禁锢。学界通说，《贝奥武甫》是八世纪英格兰寺院文化的一颗硕果（皮尔索《古英语和中古英语诗史》）。细读，却可以品味出作者对日耳曼英雄社会的异教伦理的宽容与同情，甚至表现出一种异端倾向（参1056，2526注）。若是拿今日西方的文化光谱来比拟，便是有点巴黎"左岸"的精英派头：看似散漫,实则激进,乐于突破教义信条。这些都是史诗的引人入胜处。

本书的注评,除了语词释义和背景介绍,一个功能,就是提示读者把故事里穿插的各种线索,前后呼应的象征、反讽、反思等,连起来解读。

1.1 抄 本

古英语诗多属孤本传世,史诗也是。现藏大英图书馆(原大英博物馆图书馆)的抄本为一合集(MS Cotton Vitellius A. xv),内含五篇古英语作品:《圣克利斯托夫受难记》(缺开头)《东方异闻录》《亚历山大皇帝致亚里士多德信》《贝奥武甫》和《尤迪丝》(缺开头和后半部分)。前三篇是散文,译自拉丁语;《尤迪丝》是诗体。根据字体判断,系两个书记在公元一千年前后("前后"照西洋古文字学和版本学规矩,允许二十五年误差)用当时的文学语言西萨克斯方言誊写;一个负责前三篇和史诗的1-1939行,另一个负责余下部分。之前有几代传抄,不可知了。

这部抄本有两点值得注意:一是没有任何中世纪文献提到过它;第二,前四篇作品的唯一共同之处是,都描写了怪物和奇迹。早期的圣克利斯托夫传说,称圣人为狗头巨人(cynecephalos),手稿插图也这么画他;《东方异闻录》和亚历山大东征途中写给老师的"信",就志怪(Zaubermärchen)而言,不比《山海经》逊色。《尤迪丝》则取材于天主教次经故事,也有神迹的一面:寡妇尤迪丝(Judith)为解救同胞,自愿携侍女进献于敌酋霍洛芬(Holofernes)。入夜,趁他酩酊大醉，在床上砍了他的脑袋。《尤迪丝》缺了开头，很可能是后人补入的，因为古代抄本的首尾易失（引自《木腿正义·他选择了上帝的光明》）。

这说明，不管《贝奥武甫》现在的文学地位多么显赫，当初，在抄本的原主跟阅读、收藏史诗的人眼里，它大概只是一篇流传范围有限（乃至孤本传世）的志怪故事。

历史上，《贝奥武甫》不仅长期湮没无闻——从乔叟、莎士比亚、弥尔顿到华兹华斯、拜伦、济慈，都不知英国有此史诗——还差点没能流传后世。一七三一年十月二十三日，收藏史诗抄本的威敏寺图书楼（Ashburnham House）失火。抄本虽然抢救了出来，羊皮纸的边缘却受了烤灼，开始变脆，脱落。图书楼幸存的古籍，后来移交给了大英博物馆。一七八六或八七年，有位冰岛学者，丹麦王家档案馆馆员索克林（Grímur Jónsson Thorkelin, 1752~1829）来英国和爱尔兰调查丹麦史籍，查到这部孤本，雇请博物馆的书记员抄了一份（学界称 A 卷）。他能读一点古英语（古英语同古冰岛语是近亲），研究下来，发现撞大运了，便回去自己又抄一份（B 卷）。这两份手抄本虽有不少讹误，但非常珍贵，因为保存了受损的羊皮纸页边日后脱落的文字。索克林返回哥本哈根以后，穷二十年之力考释翻译，出版了《贝奥武甫》，给它一个长长的书名《三暨四世纪丹麦英雄传：一首存于盎格鲁-撒克逊方言的丹麦长诗》（De Danorum rebus gestis seculi III & IV..., 1815），古英语／拉丁语对照。十九世纪上半叶，拉丁文仍旧是欧洲学界的共同语。所以索克林迻译史诗，没有用他的母语或丹麦语。

这期间，他还遭了一场劫难，即一八零七年的英丹战争。

拿破仑战争爆发后,英国害怕宣布中立的丹麦暗地里协助法国,就先下手为强,围歼丹麦舰队,并炮轰哥本哈根。索克林的寓所和藏书连同《贝奥武甫》手稿,皆毁于炮击引起的大火。幸好那两份手抄本没放在家里,保住了。他毅然从头开始,重新考据,校订,翻译。一八一五年,他的开山版(editio princeps)终于问世,立刻引起了英国和欧陆学界的热切关注。接着,《贝奥武甫》又乘着欧洲浪漫主义思潮的顺风车,登上了盎格鲁-撒克逊民族史诗的宝座。今天我们读的各种注本译本,大学课堂上讲授的《贝奥武甫》研究或"贝学",都滥觞于这位冰岛学者的坚韧不拔和贡献精神。

1.2　成文年代

《贝奥武甫》成文,按传统观点,当在七世纪末至八世纪末之间。其时位于英格兰东北的北盎布里国(Northumbria)寺院文化繁荣,"可尊敬的"比德(673～735)作《英人教会史》,圣波尼法斯(约675～754)渡海前往日耳曼诸部传教。这一片文学沃土,生机勃勃,最有可能孕育了史诗。

这一推断,主要基于语言分析和历史考证。例如,史诗抄本虽然年代较晚,却保留了古英语的一些早期特征,包括北方(盎格鲁)方言词汇和后来消失的变格形态,硬颚音同软颚音"g"互押头韵,以及专有名词的拼写法尚未受到(挪威和丹麦海盗讲的)古北语/古冰岛语的影响(参福尔克 Robert Fulk《古英语格律史》)。此外,史诗中的同源故事跟北欧沙迦相比,情节与叙事迥异,显得古朴得多。而七九三年,挪威海盗焚毁了北盎布里国寺院文化的中心林德斯法恩

(Lindisfarne)修道院，并当时英国藏书最丰的图书馆；之后，九世纪三十年代起，至十世纪末，丹麦海盗不断侵袭并殖民英格兰。如此，九世纪以降，丹麦成了盎格鲁-撒克逊人的心头之恨，继续如《贝奥武甫》那样为丹麦王室唱赞歌，津津乐道敌族异教徒的上史荣耀，就很不合时宜了。

这个"八世纪成文说"，学界一直有质疑和修正。一九八〇年，阿摩斯（Asaley Amos）发表《决定古英语文学文本年代的语言学手段》，动摇了一大半传统上赖以测定古英语文本年代的历史语言学标准，几乎所有古英语诗的"岁数"都模糊了，包括《贝奥武甫》。一些"思想解放"的学者，干脆主张抄本的年代即成诗年代，即史诗成文于丹麦克努特（Cnut）大王统治英格兰期间（1016～1035），而作者是昙花一现的英格兰-丹麦-挪威联合王国的宫廷诗人。这样，史诗颂扬丹麦王就不奇怪了（齐尔南 Kevin Kiernan《贝奥武甫与手稿》）。

不过"说有容易说无难"；这些八十年代时兴的新说只是论证了"有"（九世纪以降成诗）的可能性，却无法证伪或取代"八世纪说"。在缺乏有力的外证（如史籍记载、考古发现）的情况下，从语言特征和叙事风格等内证来看，似乎还是"八世纪说"靠谱些。后者另有一个佐证，就是史诗中不少日耳曼传说和北欧神话的典故，写得很隐晦，寥寥几笔，充满了暗示。这意味着，诗人的听众非常熟悉日耳曼祖先的异教文化，同情乃至认同被教会否定并试图清除的英雄传统（班生《驳论集·贝奥武甫的异教色彩》）。换言之，听众距离贝奥武甫的时代（五世纪末至六世纪下半叶）应该不太远，还保留着温暖的集体历史记忆。而如果《贝奥武甫》创作于九世纪中叶或更晚，则无论作者是寺院僧侣抑或宫廷诗人，此种碎片化、拼图化、"新浪潮电影祖师爷"的叙事法,加上在后世看来危险的宗教异端思想,恐怕找不到几个听众能够理解或共鸣,更没法指望他们的赞誉和传诵了(参 2.1)。

1.3 成文地区

按传统的"八世纪说",史诗的家乡在英格兰东北,北盎布里国。但是,怀特洛克(Dorothy Whitelock)以其名著《贝奥武甫的听众》(1951)证明,在整个八世纪,"英格兰没有一个地区在文化成就上未曾有相当的进步,足以创作并欣赏像《贝奥武甫》那样复杂的长诗"(页 105)。这是一次重大的修正。后来试图动摇史诗成文年代的各样新说,不论所依据的是历史文化阐释还是语言分析,都是此书的孩子。

1.4 作 者

肯定是无名氏。但单数还是复数呢?这个问题的解答,取决于如何看待史诗来源。先后有四家学说,都推动了贝学的发展:

一、部落歌谣说:即集体意识、集体创作,首先用于解释荷马史诗,盛行于十九世纪末。学者通过文本分析(如词汇分布和使用频率)区分史诗中不同来源的歌谣成分,假设史诗的前身为部落歌谣。然而《贝奥武甫》结构完整,风格统一,难以分割成歌谣片断(见 1.0,1.6)。

二、成长说:假设先有一首或一组日耳曼异教的"原史诗",经后人多次修改补充"提高",并涂上基督教色彩而传世。此说亦可视为对部落歌谣说的修正,但流行不久便受到了异教色彩说的挑战(见2.1)。

三、演唱程式说:一九三零年代,帕里(Milman Parry)带学生洛德(Albert Lord)到南斯拉夫做民谣调查,帕里提出一套描述民间歌手演唱谣曲的(口传作品)诗学理论,后由洛德阐发成书(1960)。此说能说明史诗的部分文体特征,但不承认文体可变异。因为每一次演唱,都是歌手在故事框架内运用代代相传的技法和修辞程式,如固定的修饰语搭配、押头韵的复合词半行、套喻变体等,所做的即兴创作(见2.2)。可是如果《贝奥武甫》源自不识字的民间歌手演唱的"记录",即使经过后人"整理",其传世抄本也不该掺进不同地区的方言,何况还有那么多起伏跌宕的长句和读书人的典故。参阅代序,及班先生文《盎格鲁-撒克逊程式化诗歌的文学特征》。

四、近四十年,多数贝学家同意,史诗出自一天才的手笔。他是一位精通日耳曼人传统文化(包括歌手艺术)的基督徒,或许还出家受过良好的寺院教育。因为秉持虔诚而宽容的理想和贵族精神,推崇祖先的英雄伦理,所以才对时代感到悲观(参27注)。学者给了他一个简单的称号:诗人。

1.5　影　响

当年史诗也许流传甚广,也许读者不出寺院和贵族圈子,不可考了。盎格鲁-撒克逊时代(449~1066)的古英语作品,存世的可能仅占一小部分。最重要的历史原因,是一○六六年威廉一世率诺曼人入侵,征服英格兰,法语成为宫廷和贵族的语言,英语的社会地位骤降。古英语文学的传播和保存,环境大幅恶化。加之一五三四年亨利八世为了离婚另娶,与罗马教廷决裂,自立国教;随后解散寺院,充公财产,导致大量古籍散失——欧洲中世纪的知识和书籍传承,主要依靠寺院,英国亦不例外。所以《贝奥武甫》能逃过历次劫难,孤本传世,已属万幸了。

八世纪末,主持查理曼大帝宫廷学校的英国大学者阿耳昆(Alcuin of York,735~804),倒是提到过《贝奥武甫》里的一个人物。他有一封信,批评老家林德斯法恩修道院的修士立场不稳,沉溺于异教徒老祖宗的陋俗和享乐,说:饭厅里读的应是上帝之言,听的该是讲经师,而非竖琴手;是教父们的布道文,而非异教徒的歌谣。英叶德干基督何事(Quid Hinieldus cum Christo)?屋子窄,住不下他们两个;在天的王怎能跟无救的异教王公相处(加蒙士威 George Garmonsway《贝奥武甫与类比文献》,页242)。不过,这个英叶德可能是指《血战费恩堡》式的英雄歌谣,不是史诗选段(2023-68)。

1.6 标题和结构

史诗抄本没有标题。冠以标题"贝奥武甫",全诗分上下篇,是现代学者的发明。上下篇的好处,是凸显了叙事主线的大结构对比:崛起与陨落,青春和衰老,胜利跟毁亡(见1.0)。大结构之下,伏笔与插曲镶嵌着变体和隐喻象征,色彩纷呈,论者比作盎格鲁-撒克逊艺术中动物变形图案的交织法;而将一支支插曲引到一处的死亡主题,就像是一块叙事的磁石。最后,"蜂狼"从战士到国王的英雄人格的成长,是伴随着三次搏斗,通过与正反面人物对照,一步步揭示的。

史诗因此也被看作阶梯形的三部曲式。

1.7　译　本

现代英语是国际通行语,非英语国家和地区的学校教育,普遍把它当作第一外语。古英语却是"小语种"(见4.0),绝大多数人包括以英语为母语者,需要通过翻译来阅读欣赏古英语作品。

《贝奥武甫》的第一个译本,即上文所述冰岛学者索克林的古英语/拉丁语对照本(1815)。虽然误读误译颇多,比如索克林以为史诗诞生于三至四世纪的丹麦;对话、插曲和典故,他也把握不准。但他的研究有几点影响了后世,如把诗中的基督教元素视为装饰,衬托作者歌颂的古日耳曼英雄理想。他认为"蜂狼"或"熊子"传说源于民间故事(见3.1),故学者钻牛角尖,考证作者的身份和名字,只能是徒劳。

索克林的译本面世后,受到丹麦大学者格隆威(Frederik Grundtvig, 1783~1872)的批评,引发激烈的争论。索克林的资助者便建议格隆威也出一个译本。格氏不通古英语,但他绝顶聪明,现学现用,没几年就推出了全世界第一个现代语言译本,丹麦语《贝奥武甫》(*Bjolwulfs Drape*, 1820)。不过他的浪漫气质占了上风,把头韵体史诗译成了尾韵阴阳交错的长歌谣体(dræpe,古冰岛语: drápa);而为了押韵,又撇开原意自由发挥。这译本学界评价不高;他自嘲说,天下读者只他一家。但史诗从此就走向了公众。

两个世纪以来,《贝奥武甫》各种语言不同体裁的译本,据称已达三百余种;并被改编成小说、话剧、喜剧、音乐剧、数码电影、连环漫画、电子游戏,等等,受众极广(参奥丝本Marijane Osborn《贝奥武甫译本录》,2014)。

现代英语译本,参考书目列举了七种有代表性的,包括我的两位老师阿尔弗雷德先生和希尼先生的译本。其中三种是散文:唐纳逊(Talbot Donaldson,业师李赋宁先生的导师)简洁准确,适于课堂教学。托尔金富有奇思,附牛津讲座稿,是他儿子克里斯托弗整理的。阿先生"雍容华贵,既有节制又有诗意的发挥"。诗体译本:希先生"冷峻而浑厚",爱尔兰风独树一帜(参见代序)。齐克林(Howell Chickering)对照原文,多直译,逐段评述。糜切尔(Stephen Mitchell)是多产译家,译过《道德经》《约伯记》《吉尔伽美什》《薄伽梵歌》跟荷马史诗。拉斐尔(Burton Raffel)通俗灵动,中学常用。他有一套文学翻译的理论,主张句子和句子成分应尽量保持原文的顺序,但押韵、套喻等可灵活处理,避免以词害意。

翻译文学经典,我在别处说过,本质上是加入母语文学之林的竞争。西方古典及中世纪经典的汉译,长诗为求信达,过去多译为散文;如杨宪益先生译《奥德修记》,杨周翰先生译《埃尼阿斯记》和《变形记》,田德望先生译《神曲》,方重先生译乔叟。大约是觉得仿古太受拘束,而新诗格律尚不成熟。另一方面,文艺复兴以降,包括莎士比亚在内的西方近现代诗歌的汉译,移植或模仿格律就较少遇到障碍,如歌德、拜伦、普希金、惠特曼,直至当代诗人。这是新文学努力向西方学习,形成的优秀传统。

古英语诗一些双关复义的表达、屈折语的灵活句法、头韵和半行重音的五种格律等,都是中文无法转译的。故再现原文的风格,要点在变化句式,善用跨行的张力,直译同位语变体和套喻，创造一种独具特色的叙事节奏而自成一体。"五四"以后新诗崛起，曾一度热衷于模仿西洋格律，如徐志摩、闻一多、冯至等。但不久即开始追随现代派的潮流（庞德、艾略特、马雅可夫斯基等），放弃了规整的诗行、节拍和押韵，散文化了。所谓诗意，便纯是个人化的抒情风格、思想的节奏和意境的追求。

进入网络时代，随着自媒体写作和新工人诗歌的兴起，诗与散文就完全乔了藩篱。如今的网文，散文分行已经十分普遍，同诗在形式上几无区别。或可预期，这一文体的合流，将给文学翻译带来前所未有的极大的自由。

2.0 贝 学

传统贝学，自索克林的《贝奥武甫》古英语/拉丁语对照本（1815）发端，到二十世纪上半叶，德国人贡献最大。依托语文学（历史语言学）的发达和考古新发现，德国学者皓首穷经，奠定了史诗的历史、宗教、神话传说、语言和诗律研究的基本范式与学术版图。长期以来《贝奥武甫》的权威注本，就是出自德国语文学家克雷伯（Friedrich Klaeber, 1863~1954）之手。一八九二年，他从柏林大学博士毕业，应邀到美国明尼苏达大学任教，讲授英语史和比较语文学。次年，学校请他校注古英语史诗，他便一头扎进这艰巨的事业，三十载孜孜矻矻，终于在一九二二年贡献了享誉学界的克雷伯版《贝奥武甫》（三版 1950，四版 2008）。

现代贝学，一般认为诞生于一九三六年，托尔金在不列颠（人文社科）学院的那场著名的演讲《贝奥武甫：怪物与批评家》。托尔金是语文学家出身。他在牛津开一门本科生的必修课《贝奥武甫》，要求一句句分析语法，译成现代英文；往往一学期下来，只讲了半部史诗。但他也很重视史诗的思想内容和人物塑造，考据分析每有洞见。演讲发表后，学界风气为之一变，论者开始关注《贝奥武甫》的语言艺术、名喻象征、创作思想、听众的宗教同历史背景等"文学与文学史问题"了。

近年来，贝学也受到政治正确话语的冲击，一如整个西方人文社科领域。通过接纳激进的文化多元立场，引入精神分析、女权主义、性别和族裔批判理论，开始偿还"清教主义""老白男"留下的历史旧债。但总体上学术水平不高。站在中国学术跟普通读者的角度，值得研究借鉴的，还是原先守护贝学"宝库"的那两条"凶顽的大蛇"：基督教/异教色彩说和演唱程式说。

2.1 基督教/异教色彩说

早期的德国贝学家，倾向于把史诗看作一部关于"条顿祖先时代"的百科全书，对故事和人物的来源逐一考证，认为《贝奥武甫》跟荷马史诗一样，是经过长期的民间演唱，最后由学者或诗人整理成文的民族史诗。因而其本质是日耳曼异教的，基督徒式的道德口吻跟"关公战秦琼"样的历史年代错误或"史误"（anachronism），属于某个多事的僧侣后来涂上的一层色彩。前述史诗起源的部落歌谣说和成长说，便是基督教色彩说的依据（见1.4）。

但是托尔金扭转了贝学的方向。新一代贝学家把眼光投向英格兰,研究史诗成文的历史和宗教文化背景。他们发现,不管史诗的前身是否异教部落传说,就传世抄本所载,亦即《贝奥武甫》的孤本来看,其套喻化的基督教语汇、精雕细琢的结构和盎格鲁贵族气质,只能出自一位基督徒诗人的手笔。而最有可能孕育他的艺术和宗教思想的,便是八世纪北盎布里国的寺院文化。于是之前所谓装饰性的"基督教色彩"开始沉淀,成了史诗的主旨的本色。

新色彩的最后一笔,完成在班先生手里。一九六七年,他发表《贝奥武甫的异教色彩》,援引大量历史文献提出,史诗若是八世纪英格兰寺院文化的产物,当时僧侣和贵族对欧陆"日耳曼兄弟"的基本态度,应是同情而非反感;对他们的异教美德,是尊重而非排斥。正如"日尔曼人的使徒"圣波尼法斯所观察的:他们虽然不认识上帝,也不知使徒传授的福音之法,却很自然地行着善功,仿佛圣法善功是写在他们心里的(ostendunt opus legis scriptum in cordibus suis)。圣法之外的民族可以顺其本性,行合乎圣法之事,这是圣保罗传道的体会。"他们尽管并无律法,却做了自己的律法。从而显示那律法的效能,已写在他们心间,由他们的良知一同见证,彼此主张,或告或辩"(《罗马书》2:14)。而罗马人的记载,自塔西陀以降,对日耳曼人的品德也不乏褒扬。觉得他们严肃、勇敢、诚实而守洁,"同他们接触后——包括同他们作战——甚至(堕落的)罗马人也变得纯洁了"。

所以班先生认为,史诗的"异教色彩"是作者着意渲染的,为的是让听众产生共鸣,赞赏逝去的英雄人格。因此《贝奥武甫》对于听众具有双重目的,它巧妙混合了世俗的和宗教的两种价值观:"既是一位理想化的日尔曼勇士的礼赞,又是基督教道德的陈述"(参《木腿正义·他选择了上帝的光明》)。

这次修订,重读史诗,重温了班先生同各家的著述,有些新的体会。班先生所谓史诗听众对日耳曼兄弟和异教美德的"同情""赞赏""褒扬",对应的就是诗人的宽容和开放(见1.0)。唯其如此,他才会拒绝把先人的功业跟英雄伦理,神话传说和结仇报恩的命运悲剧等,简单地归于迷信或罪业而贬抑。故史诗的成文年代可能较早,在八世纪上半叶。因为随着教会教义成为国家意识形态,获得贵族百姓认同,宗教宽容就难以维持了(见1.2)。诗人似乎很明白这一点。所以他十分注意营造氛围,将有选择的基督教语汇融入他的异教故事。布龙菲尔德(Morton Bloomfield)先生曾说,中世纪作家普遍缺乏"史感"(《乔叟的史感》,1952)。《贝奥武甫》诗人却是个例外(参175注)。的确,他让丹麦王罗瑟迦把上帝时时挂在嘴上,高特王子"蜂狼"也会口呼圣名。但通观全诗,引述圣经仅限于上帝创世、该隐杀弟这两章,以及洪水灭巨人的传说(90,1262,1687以下)。史诗刻画的部族首领、日耳曼武士和杀怪刺龙的英雄,既没有向上帝祈祷,也不认耶稣为主,不寻求天国和拯救。事实上,诗人极有分寸,凡是可以指向福音书或圣保罗教导的地方,都小心翼翼回避了引用圣书。

2.2　演唱程式说

民间歌谣的即兴创作和表演,须按照一定的演唱程式。歌手会程式化地灵活运用各种修辞手段,依照格律要求变换套喻和变体(见 4.2,4.3),史诗中,罗瑟迦的歌手"挑出曲子即兴填词/配合音律发为新声……将优美的字句巧妙交织"一节(868-74),便是生动的一例。

贝学领域的演唱程式说,原是用来解释荷马史诗的,基于帕里和洛德对南斯拉夫民间歌手演唱谣曲的记录和总结,即所谓"帕里-洛德理论"。一九五三年,马公(Francis Magoun)将这一理论应用于古英语诗和《贝奥武甫》,曾名噪一时。详见代序。

3.0 "蜂狼"贝奥武甫

这个名字,"蜂狼"贝奥武甫(Beowulf),没有按古代日耳曼贵族的规矩,跟父亲(浪手族人"剑奴"艾奇瑟)的名或高特王室的男子名(赫依拉、赫理迪等)押头韵,像是外号。英雄死后,也没有留下子嗣(见 2604,2730 注)。事实上,他既没有为舅舅和主公赫依拉报仇,打败法兰克人,也没有在自己统治高特的"五十个冬天",像罗瑟迦那样建成霸业,"号令四方"(67,78)。他的盖世武功似乎只发生在神话传说的领域,被诗人拼贴进了六世纪的丹麦、高特和瑞典三国历史;而故事主要出自两个母题:熊子和屠龙。

3.1 熊 子

"剑奴"之子贝奥武甫与熊的关系,隐含在他的名字"蜂狼"和他的搏斗方式(一双铁掌)里。但是从同源传说推测,这层关系原本应是故事情节的一部分,如古冰岛语《罗尔夫沙迦》(*Hrólfs saga Kraka*，约 1400)章二十三以下，"熊子"或"战熊"波士瓦(Böðvarr Bjarki)的故事：

> 波士瓦的父亲叫比约恩(Björn，熊)，母亲名贝拉(Bera，母熊)。比约恩是挪威王子，被狠毒的后母施了巫术，变成一头熊，死于国王的围猎。波士瓦长到十八岁，才得知父亲是谁。遂进宫用皮口袋扎住妖后的头，使她不能施法，处死了杀父仇人。不久，他从高特来到丹麦，投奔国王罗尔夫(Hrólfr，即史诗中丹麦王罗瑟迦的侄子罗索夫)，却在大厅角落里发现一堆啃过的骨头埋着一个青年，还在瑟瑟发抖。那人名叫"头兜"(Höttr)，因为胆小，成了酒席上众人扔骨头取乐的对象。"战熊"打抱不平，回击了欺负青年的武士。他杀了每到新年便来大厅行凶的巨魔，强迫"头兜"捧起怪物的血喝，割它的心吃，然后跟自己摔跤。青年心里便生出了勇气，接着又赢得罗尔夫的奖赏：一把金柄的宝剑(Gullinhjalti)。波士瓦则做了国王的十二力士之首，战功彪炳，智勇双全。

最后，国王因为骄傲而失去天父奥登的护佑，丹麦衰落了。罗尔夫的异母妖妹挑唆藩王造反，叛军包围了"项圈赐主"的大厅。"战熊"明白，败局已定。他灵魂出窍，化作一只狂怒的大熊，加入了丹麦人必死的战斗。

相比之下，史诗的描写更具"史感"(见 2.1)，也更现实主义。"蜂狼"一双铁掌虽有"三十个人的力量"(377)，打仗却做不到超人般的碾压敌人。他随同舅舅赫依拉远征弗里西，被法兰克人包围，并没有扭转战局。只是全军覆没后一个人突围，肩负三十副缴获的铠甲赴海，游回了家园(2361)。之后，瑞典王奥尼拉讨伐高特，攻杀赫依拉之子赫理迪，"蜂狼"也未能保护好主公。反而是敌族的王"让贝奥武甫坐了宝座/统治高特人"(2389)——显然不觉得这"熊子"大力士是个威胁。贝奥武甫支持流亡王子爱狄向奥尼拉复仇,也只是提供武器和人力,倚靠谋略,决策与常人无异(2391 以下)。

3.2 屠 龙

"蜂狼"搏怪屠龙,有一点跟日耳曼神话和北欧沙迦里的英雄(如雷神索尔和西蒙之子西古德,见 90,884,2233 注)不同:他使剑是万不得已,因为"命中注定/雪刃不能代他克敌。他的手太重了"(2682-84)。然而火龙不是葛婪代,不用铁盾和宝剑是没法接近,同它决斗的——除非改变策略智取。所以火龙之难伊始,贝奥武甫就意识到了自己命数将尽。这样,副手和接班人威拉夫,浪手族"最后的勇士",这个类比故事里没有的角色,便登场了。

3.3 贝奥武甫的神/上帝

史诗的抄本原文,专名均小写,"神/上帝"(god)亦然。但现代注本和译本往往大写 God,显上帝而隐异神(如天父奥登),失了原文的复义及模糊指代(参 13 注)。

所以读者如果不对照抄本原文,会有一种感觉:贝奥武甫跟丹麦王罗瑟迦一样,时常口称上帝,把功劳归于"至圣的主""人的主宰"和"荣耀之王"(686,1661,2795),显得十分虔敬,与基督徒无异。或许这正是作者的意图:给他的歌颂异教英雄的史诗涂上一层"政治正确"的保护色,同时又含蓄表达了他对逝去了的日耳曼英雄社会的怀念,对祖先的异教信仰的宽容,对传统的荣誉伦理的仰慕(见2.1)。

4.0　古英语诗

古英语属印欧语系日耳曼语族西日耳曼语支,跟古代北欧人说的古北语(Old Norse)或古冰岛语是近亲。

古英语文学涵盖的年代,从公元四四九年韩叶斯、霍尔沙兄弟率日耳曼雇佣军登陆肯特,至一〇六六年诺曼人征服英格兰,共六个世纪。大致相当于中国的南北朝到北宋中叶。传世的古英语诗,多数保存在四部抄写于十世纪末或十一世纪初的合集里,其中便有《贝奥武甫》抄本(见1.1)。格律和修辞方面,相较后世(乔叟以降)的英诗传统,古英语诗有三大特点:头韵、变体、套喻。

4.1　头　韵

一诗行分两半,两半行之间重读音节的"头"(元音或辅音)按照一定的规则押韵,称头韵(alliteration),原理类似"关关雎鸠"一句的双声。如同德语,古英语词的重音一般落在词根音节;词根(往往就是词头)押了头韵,词尾再押尾韵未免累赘。事实上,学者只找到一首从头至尾两半行之间押尾韵的古英语诗,它显然是受了中古拉丁语宗教诗押尾韵的影响。

4.2　变　体

同位语在古日耳曼诗学,传统上又称"变体"(Variation)。

其句法结构和分类研究之集大成者,当推德国学者派策尔(Walther Paetzel)的《古日耳曼头韵诗中的变体》(1905)。罗宾逊教授曾给变体下过一个定义:同一短语中,所指(referent)相同,句法上平行的词或词组(《古英语诗变体的两个方面》,1979)。往大处看,也可以指同一句子中平行的两个或多个短语变体(Satzvariationen)。

变体的句法特点,是不用连词或其他逻辑关联成分,以并列或排比的方式,在语言表层结构标明同位因素间的句法关系。此种非关联排比(parataxis)根据语境,可表示转折、让步、条件等意思,甚至暗示不同的语气(例如讽刺、强调);加上古日尔曼文学特有的委婉笔法(understatement),难怪被克雷伯誉为"无所不在"的"古英语诗风格之灵魂"(《木腿正义·他选择了上帝的光明》)。

变体的基础,是同义词和近义词。正如居住在北极圈内的因纽特人(旧名爱斯基摩人)有大量的形容冰雪的词,盎格鲁-撒克逊人的同义词和近义词,也很有特色,反映了日耳曼首领扈从制跟英雄社会的方方面面。以"人"(男人=战士)为例,史诗中至少有这十个同义词:beorn, ceorl, freca, guma, hæleð, leod, mann, rinc, secg, wer。这些词本义各异,但在诗里面可以互相替代,用作变体。如果包括不同身份、年龄的人/男人/战士,同义词和近义词就更多了:æþeling, eorl 表示出身高贵者;cniht, hyse, maga, mecg 是年轻人;gædeling, geneat, gesið, scealc, þegn 指首领麾下的扈从;cempa, oretta, wiga, wigend 则为勇士。

这于译家是一大挑战。因为那么多的同义词和近义词变体,是译文无法一对一再现的,只能适当重复、灵活替换或用别的方式表达了。

4.3 套　喻

套喻（kenning）多取复合词形式。古英语同德语一样，依靠复合构词表达复杂、专门或引申的概念。复合词的基础成分可有字面和比喻两层意思，前面加上限定成分，就限定或改变了词义。例如，fic-beam，无花果＋树＝无花果树；gleo-beam，欢乐＋树＝欢乐之树，喻竖琴。

布洛德（Arthur Brodeur）沿用德国学者郝士乐（Andreas Heusler）的讲法，把套喻定义为："迂回的称呼，其基础词通过诗人想象，和限定词建立特殊关系，由此将一事物比作事实上完全不同的另一事物"（《贝奥武甫的艺术》，页31）。但这只是说明套喻的诞生；从效用上说，套喻跟比喻的主要不同之处是：前者通常已经不是诗人的个人文体风格标记，而是传统诗歌用语中合着一定重音节拍（通常等于半行）的套话、成语。比如，古英语诗《创世记》里，夏娃摘食禁果的智慧之树叫 deað-beam，死亡之树；《十字架之梦》称十字架为 sige-beam，胜利之树，或战胜永死的圣树，这些属于诗人的创造即比喻。而约定俗成的隐喻，如《出埃及记》用 gar-beam（长矛之树）形容战士——手持长矛坚守阵地，宛如树木扎根于森林——才是套喻。再如，古冰岛语诗有把青草叫作"山坡上的海藻"（hliðar þang）的，直译未免离奇，容易引起种种庞德（Ezra Pound）式的遐想，而在当年的北欧"海盗"（vikingar）听来，大概只是虽然文绉绉，却并无多少海腥味的一句老话。

托尔金写过一段生动的介绍，颇能说明复合词套喻如何

表现了盎格鲁-撒克逊人的世界观,大意如下:

当初管身体叫"肉衣"(flæsc-homa)、"骨屋"(ban-hus)和"心牢"(hreþer-loca)的人,以为灵(gast)是关在肉里的,恰似自己易受伤的身躯披着铠甲,或小鸟囚在樊笼,或蒸汽闷于铁锅。灵魂在肉牢内冲动,挣扎于wylmas,即古代诗人每每提及的"沸滚的怒涛",直至她激情获释,飞到ellor-sið,即"通向另一个世界的长路"——那"大厅里的谋臣,乌云下的勇士/没有人知道"的去处(50-51)。而吟诵着这些复合词的诗人,他塑造的英雄祖先,行走在苍穹下的"中洲大地"(middan-geard),被"无垠的大海"(gar-secg)和世外的长夜包围,以极大的勇气坚持着"生命的匆匆旅程"(læne lif,2844),直至领受"命运的无情裁断"(metod-sceaft, 2815),"光明与生命一起"(leoht ond lif samod)毁亡。然而他说得十分委婉,个中滋味,便是令他的听众着迷的,古英语诗不可名状的魅力:深沉的情感,鲜明的画面,将这个世界的美与死娓娓道来;简洁的描述,有力的笔触,精炼的词语,清亮激越,犹如诗人手口拨响了的六弦竖琴。见霍尔Clark Hall版《贝奥武甫》,托尔金前言(伦敦,1950,页xxvii)。

重构大事年表

　　三场神话般的搏斗(打葛婪代、除妖母、屠龙)搭成了史诗的框架,穿插其间的是三个民族(丹麦、高特、瑞典)的历史传说。然而这些故事的时序打乱了、情节浓缩了,成为暗示人物命运,挑明叙事主题,反思古日耳曼英雄伦理的一支支"真实而伤感的歌谣"(2109)。为帮助阅读,梳理线索,译者参照克雷伯拟定的三国王谱和贝奥武甫生平(见其注本序),加以扩充,重构了这个大事年表。

　　《贝奥武甫》194 注提到,史诗所述,贝奥武甫参加的战斗,交往的人物,唯有一人一事见于同时期或稍后的史籍:高特王赫依拉远征弗里西,战死于公元五二一(另说五二四)年。史诗中其余人物和事件的年代,便是以此为支点,参考相关历史记载、文物和传说,所作的大略的推测。

375　　匈奴西侵,东哥特王"巨力"无力抵抗,自杀(约旦尼斯《哥特人史》)。

449　　朱特人韩叶斯、霍尔沙兄弟,应不列颠王伏提庚(Vortigern)之请,率日耳曼雇佣军乘三艘战船在肯特登陆,协防苏格兰人和皮克特人。伏提庚赠其一岛居住,史称"撒克逊人到来"(adventus Saxonum)。不久,韩叶斯反客为主,朱特、撒克逊和盎格鲁诸部入侵英伦开始(吉尔达《不列颠沦亡记》,比德《英人教会史》)。

| 495 | "蜂狼"贝奥武甫诞生,父亲是浪手族"高贵的骁将"(首领)艾奇瑟,母亲是高特王雷泽尔的独生女。佢七岁由外公收养,在高特宫廷长大。 |

498~500　丹麦三海夫丹卒,长子海洛格继位。髯族王费洛德生英叶德。

费洛德攻丹麦,杀海洛格。海洛格之弟罗瑟迦继位。

罗瑟迦伐髯族,杀费洛德,"号令四方"。

不久,贝父艾奇瑟杀狼子族武士何锁拉,寻求庇护,投奔罗瑟迦。后者居中斡旋,替艾奇瑟支付了赎金。

500　亚瑟王率不列颠联军抗击撒克逊人,赢巴顿山之役(《威尔士编年史》)。

502~503　高特王雷泽尔的长子(王储)赫尔巴被弟弟赫士军误杀。

雷泽尔哀伤而殁,赫士军即位。

503~510　第一次瑞高战争。瑞典军在伤心岭伏击高特人。

赫士军突袭瑞典,劫持王后;瑞典王奥根索反扑,救回王后。老鸦林之役,赫士军和奥根索先后战死。

510　雷泽尔之子赫依拉、奥根索之子奥特尔分别在高特和瑞典登基。赫依拉娶慧德王后。

515　贝奥武甫跨海驰援丹麦,守鹿厅,杀葛娄代,入深潭除妖母。罗瑟迦和王后薇色欧赠厚礼,收他为"义子"。

贝奥武甫回国后当上赫依拉的副手,有自己的采邑、蜜酒大厅和扈从。

518~520　罗瑟迦将女儿莆莱娃嫁给鬌族王费洛德之子英叶德,企图消弭鬌族与丹麦的宿怨。

鬌族攻丹麦,英叶德火烧鹿厅,但被罗瑟迦和侄子罗索夫击退(《游吟诗人》)。

521　赫依拉远征弗里西,战死(格里高利《法兰克人史》)。贝奥武甫杀法兰克勇士戴雷文,只身游回高特。慧德王后因儿子赫理迪年幼,请贝奥武甫称王,未获接受。赫理迪继位。

525　罗瑟迦去世。侄子罗索夫篡位,杀罗瑟迦之子罗里奇(萨克索《丹麦史》;罗索夫在北欧沙迦中是丹麦王,著名的英雄)。

532~533　第二次瑞高战争。瑞典王奥特尔奔袭日德兰半岛,战死,葬于瑞典乌普兰的凡德尔墓(斯诺利《北国史》)。其弟奥尼拉篡位,奥特尔之子爱蒙、爱狄流亡高特宫廷。

奥尼拉伐高特,攻杀赫理迪,"让贝奥武甫坐了宝座"。

爱蒙死于奥尼拉麾下的浪手族武士威赫斯坦之手,后者得了他的宝剑。

533　贝奥武甫登基,统治高特"五十个冬天,太平无事"。

535　贝奥武甫提供武器军兵,支持瑞典王子爱狄复位,攻杀奥尼拉。

威赫斯坦怕新王报杀兄之仇,投奔高特。

545	犀族再攻丹麦,罗索夫战死。
575	瑞典王爱狄去世,葬于老乌普萨拉。
583	贝奥武甫屠龙,战死。参与屠龙的副手、族人威赫斯坦之子威拉夫继位。
	不久,第三次瑞高战争爆发,高特灭亡。
597	圣奥古斯汀(St Augustine)奉教皇格里高利之命,到达英格兰南部肯特传教。盎格鲁-撒克逊人开始皈依基督教(比德《英人教会史》)。
625	萨屯胡船葬(东盎格里亚)。
685~825	《贝奥武甫》成诗(福尔克《古英语格律史》)。
716~754	圣波尼法斯(St Boniface)从伦敦出发,深入法兰克人和弗里西人地区传教。
735	"可尊敬的"比德(Bede the Venerable)逝世。
793	挪威海盗焚毁(英格兰北部)北盎布里国的寺院文化中心林德斯法恩(Lindisfarne)修道院。
850	丹麦人入侵英格兰。
878	爱丁顿之役,英王阿尔弗雷德大败丹麦军。
980	北欧海盗再度入侵英格兰。
985~1025	《贝奥武甫》唯一的传世抄本,大英图书馆孤本 MS Cotton Vitellius A. xv(内含五部古英语作品)完成。
1016~1035	丹麦王子克努特(Cnut)建立英格兰-丹麦-挪威联合王国。
1066	来自法国的威廉一世率诺曼人征服英格兰。

人名族名地名表

此表词条排序,按中译名的汉语拼音和四声笔画。括号内数字表示《贝奥武甫》的诗行,带星号者是《血战费恩堡》的诗行。

A

艾夫雷(Ælfhere, 2604):"精灵军",威拉夫的一位亲戚/长辈。有学者怀疑是贝奥武甫或"蜂狼"的本名,但并无证据。参冉恩注本的人名词条。

艾伏尔(Eofor, 2486,2963):"野猪",旺雷之子,高特武士,杀瑞典王奥根索,娶赫依拉独生女。

艾哈(Eaha, 15*):半丹麦人首领席乃夫手下的武士。

艾眉(Eomer, 1960):"名驹",盎格鲁王奥法与余力王后之子。据日耳曼传说,他是一个暴君。

艾奇拉(Ecglaf, 499):"剑余",丹麦宫廷辩士翁弗思之父。

艾奇瑟(Ecgþeow, 262,373,472):"剑奴",贝奥武甫之父,浪手族首领。曾在罗瑟迦的丹麦宫廷避难。

艾舍勒(Æschere, 1323,1421):"桉矛之军",罗瑟迦的军师,为葛婪代母亲所杀。

爱狄(Eadgils, 2392;古冰岛语:Aðils):瑞典王奥特尔之子。流亡高特,获贝奥武甫支持,攻杀篡位的叔父奥尼拉。

爱蒙(Eanmund, 2612;古冰岛语：Eymundr)：奥特尔之子,爱狄的哥
　　哥。奥尼拉篡位后,流亡高特,死于威拉夫之父威赫斯坦之手。

奥法(Offa, 1944)：盎格鲁人的王,史称奥法一世,娶佘力公主
　　为妻。

奥根索(Ongenþeow, 1969, 2475, 2924;古冰岛语：Angantýr)：
　　"反奴"? 瑞典王,奥特尔和奥尼拉之父。

奥拉夫(Oslaf, 1148; Ordlaf, 16*)："刀尖之余",费恩堡事变中
　　席乃夫和韩叶斯的部下。

奥尼拉(Onela, 62, 2383;古冰岛语：Áli)：奥根索次子。哥哥奥
　　特尔死后篡位,伐高特,杀奥特尔之子爱蒙和高特王赫理
　　迪。后被爱蒙之弟爱狄攻杀。

奥特尔(Ohthere, 2380;古冰岛语：Óttarr vendilkráka)："可怖之
　　军",瑞典王奥根索的长子。生有二子,爱蒙、爱狄。

B

半丹麦人(Healfdene, 1068)：费恩堡事变中席乃夫率领的部落,
　　丹麦人的一支;一说即加入丹麦的朱特人。

北国(Scedeland 19; Scedenigge, 1685)：斯堪的纳维亚半岛南
　　端(今瑞典南部 Skåne 地区),古属丹麦。

贝奥武甫(Beowulf, 343; Biowulf, 2194;古冰岛语：Bjólfr)："蜂
　　狼","剑奴"艾奇瑟与高特公主之子,史诗的主角。详见小
　　辞典3.0以下。

贝乌(Beow, Beowulf, 18;古冰岛语：Biár)："大麦",希尔德之
　　子,罗瑟迦的祖父,丹麦王/部落酋长。

勃雷卡(Breca, 506;古冰岛语：Breki)："击碎者/碎浪",父命
　　"鲨石"。少时曾与贝奥武甫比赛游泳,后为剑族首领。

D

戴雷文（Dæghrefn, 2501）："日鸦"，法兰克武士，死于贝奥武甫
　　的铁掌。

丹麦人（Dene, 2）：亦称盾族、希尔德子孙、英格的朋友、持矛的
　　丹麦人。为了押头韵或修辞目的，诗中别名颇多；或冠以
　　东、南、西、北（382,391,464,784），大概原是诸部的名号。

钉锋剑（Nægling, 2680）：贝奥武甫的宝剑，可能缴获自法兰克
　　勇士戴雷文。

短剑族（Secgan, 25＊）：古日耳曼—滨海部族。

盾族（Scyldingas, 30；古冰岛语：Skjöldungar）："盾王"希尔德的
　　后裔，即丹麦人。

F

法兰克人（Francan, 1210, 2913）："持矛者"（franca, 投枪）或
　　"自由人"部族。法国之"法"源出此名。

费恩（Finn, 1067）：伏克瓦德之子，东弗里西人的王/酋长，娶半
　　丹麦人的公主席尔白为妻。麾下有朱特武士效力。详见
　　1067 注。

费恩堡（Finnsburuh, 36＊）：费恩的城堡或王城。

费洛德（Froda, 2026；古冰岛语：Fróði，拉丁语：Frotho）："长
　　者"，英叶德之父，犟族王。死于跟丹麦人（或是罗瑟迦的军
　　队）的争战。

费特拉（Fitela, 880；古冰岛语：Sinfjötli）："孤狼"，英雄西蒙的
　　外甥和儿子。详见 875 注。

芬族(Finnas，581；拉丁语：Fenni)：即萨米人(Sámi)，挪威、瑞典和芬兰北部及俄罗斯科拉半岛的土著，旧称拉普人(古冰岛语：Lappir，古瑞典语：Lapper)。萨米语属于乌拉尔语系。

风族(Wederas，42-)：即高特人。

伏克瓦德(Folcwalca，1089)："人主"，东弗里西王费恩之父。

弗里西人(Fresan，1070,1207)：朱特人的近亲，居住在今荷兰和德国西北，有东西两支。

莆莱娃(Freawaru，2023)："主/丰收神觉察/保护"，罗瑟迦之女，嫁髯族王子英叶德。

G

该隐(Cain，107,1262)：亚当和夏娃的长子，农夫。因上帝不纳他的土产祭物却收下弟弟牧人亚伯献上的头胎羔羊，怒杀亚伯。

高特人(Geatas，194；古冰岛语：Gautar，古瑞典语：Gøtar)：又名风族。通说其疆土在瑞典西南部，梵纳湖往南至海滨一带。

葛婪代(Grendel，102)："磨碎/摧毁者"？词源不明，克雷伯取(深潭)"沙粒"或"水底"之意(古冰岛语：grandi)；另作"风暴"(古冰岛语：grindill)。袭击鹿厅的怪物，诗人归之于"该隐苗裔"。参102注。

古拉夫(Guðlaf，1148；Guþlaf，16˙)："战斗之余"，费恩堡事变中一丹麦武士。

古战(Guðlaf，33˙)：弗里西武士"矛狼"的父亲。

冠族(Hetware，2363,2916；古冰岛语：Hiartuar，拉丁语：Chattuarii)：住在莱茵河下游的一支法兰克部族。

H

哈尔佳（Halga, 61；古冰岛语：Helgi）："圣者/好人"，丹麦王罗瑟迦的弟弟，罗索夫之父。

哈马（Hama, 1198；古冰岛语：Heimir）：日耳曼传说中的智者和勇士，因触怒东哥特暴君巨力王，做了二十年流浪好汉，打劫国王的财物。详见 1196 注。

海夫丹（Healfdene, 56；古冰岛语：Hálfdanr）："半丹麦人"，贝乌之子，海洛格、罗瑟迦和哈尔佳三兄弟的父亲。

海勒摩（Heremod, 898, 1709）："武心/军心"，传说中的丹麦暴君，"麦束"之子飘来之前的酋长。见 898 注。

海列思（Hæreð, 1928）：高特王后慧德的父亲。

海鲁娃（Heoroweard, 2161；古冰岛语：Hjörvarðr）："剑卫"，丹麦王海洛格之子，诗人说他"英勇""忠心耿耿"。海洛格传位于弟弟罗瑟迦，意味着他先父亲而卒（病亡或战死）。

海洛格（Heorogar, 59；Heregar, 468）："剑矛/军矛"，丹麦王，罗瑟迦之兄。

海明（Hemming, 1944, 1960）：奥法、艾眉父子的前辈亲戚，失考。托尔金猜想是奥法的外祖父。

韩修（Hondscioh, 2076；古冰岛语：Vöttr）："手套"，贝奥武甫的伙伴，被葛婪代杀害。

韩叶斯（Hengest, 1083；17＊）："骟马"，朱特武士，半丹麦人首领席乃夫的副将。史载公元四四九年，他和弟弟霍尔沙（Horsa，马）率日耳曼雇佣军在今英格兰南部肯特郡登陆。此为朱特、萨克逊和盎格鲁诸部入主英伦的开端。见 1067 注。

何锁拉(Heaþolaf, 460)：“战争之余”，狼子族武士，死于贝奥武甫之父艾奇瑟之手。

贺里奇(Hereric, 2204)：“雄兵”，慧德王后的兄弟，赫理迪之舅。

赫尔巴(Herebeald, 2433)：“军队之勇”，雷泽尔长子，赫依拉的大哥，行猎中被弟弟赫士军误杀。

赫理迪(Heardred, 2202)：“勇谋”，高特王赫依拉与王后慧德之子，被瑞典王奥尼拉攻杀。

赫士军(Hæðcyn, 2434,2482,2925)：“争战之族”，雷泽尔次子，赫依拉的二哥。第一次瑞高战争，他突袭瑞典，劫持奥根索的王后，被围，战死于老鸦林。

赫依拉(Hygelac, 194,1203；古冰岛语：Hugleikr, 拉丁语：Hugletus, Chochilaicus)：‘心灵的献礼/缺心’，高特王，雷泽尔之子，贝奥武甫的三舅和三公。公元五二一年，率军远征弗里西(今荷兰北部)，战死。

黑王子(Swerting, 1202；古冰岛语：Svertingr)：赫依拉的舅舅或外公。

洪拉夫的儿子(Hunlafing, 1143)：韩叶斯手下一战士。通说洪拉夫是古拉夫和奥拉夫的兄弟，在费恩堡阵亡。见1143，1148注。

胡迦人(Hugas, 2502)：法兰克人的一支，或指代法兰克人。

慧德(Hygd, 1927,2172)：“心/思/慎思”，海列思之女，赫依拉的王后。再忆猜想她后来嫁了贝奥武甫，即史诗末尾率妇女哀哭的“那位高特贵妇”。见3150注。

霍克(Hoc, 1076)：“钩子”，半丹麦人的王/酋长，席乃夫与席尔白之父。

J

加蒙（Garmund，1961；盎格鲁－撒克逊王谱：Wærmund）："矛
　　手"，奥法之父，艾眉王子的祖父。

剑福王（Ecgwela，1710）：丹麦人的祖先，部落酋长。此名仅见
　　于《贝奥武甫》，详不可考。

剑族（Brondingas，521）：勃雷卡的部落，地域不详。

鲸鱼崖（Hronesnæss，2804，3136）：高特海岸一岬角，贝奥武甫陵
　　建于此处。

巨力（Eormenric，1200；古冰岛语：Jörmunrekkr，拉丁语：
　　Ermanaricus）：东哥特王，日耳曼传说中的暴君。公元三七
　　五年，匈奴压境，他自杀身亡。详见1196注。

巨人族（Eotan，903，1072）：即朱特人，又称巨人子孙（1087，
　　1141）。五世纪中叶起，入侵不列颠的西日耳曼诸部之一。

K

盔族（Helmingas，620）：丹麦王罗瑟迦的王后薇色欧的部落；盔
　　族，即盔王子孙，可能是狼子族的别名。见460注。

L

老鸦林（Hrefnawudu，2924；Hrefnesholt，2935）：瑞典一森林。
　　第一次瑞高战争，高特军突袭瑞典，双方的首领赫士军和奥
　　根索战死在那里。

老鹰岩（Earnanæs，3031）：高特一岬角，岩下即贝奥武甫屠

龙处。

狼子族(Wylfingas, 460)：何锁拉的部落，一说即盆族，住在奥德
河口，今德国东北。

浪手族(Wægmundingas, 2607, 2813)：贝奥武甫和威赫斯坦、威
拉夫父子的部落，分布在瑞典和高特，与高特王室联姻。

雷泽尔(Hreðel, 374, 1845, 2430)：高特王，赫依拉之父，贝奥武
甫的外公和收养人。

龙停剑(Hrunting, 1457, 1524；古冰岛语：hrotti, 剑)：为打妖母，
辩士翁弗恩借给贝奥武甫的"长柄大剑"。见1457注。

鹿厅(Heorot, 79；Heort, 991)："牡鹿"(1368)，丹麦王罗瑟迦
的宫殿。传统说法，原址在丹麦西兰岛(Zealand)上的小镇
列尔(Lejre, 古冰岛语：Hleiðr, 哥特语：hleiþra, 帐篷)，因为
北欧沙迦和史籍中的盾族王廷在那儿。

罗里奇(Hreðric, 1189；古冰岛语：Hrœrekr, 拉丁语：Røricus)：
"胜国"，罗瑟迦和薇色欧的长子。

罗瑟迦(Hroðgar, 60；古冰岛语：Hróarr)："胜利之矛"，海夫丹
的次子，丹麦三，鹿厅主人。

罗思蒙(Hroðmund, 1189)："胜手"，罗瑟迦和薇色欧的次子。

罗索夫(Hroþulf, 1016；古冰岛语：Hrólfr, 拉丁语：Rolvo)："胜
利之狼"，罗瑟迦的侄子和副手，哈尔佳之子。诗人暗示，老
王死后他将篡权。见1016注。

洛姆人(Heaþo-Ræmas, 519；古冰岛语：Raumar)：挪威南部(今
奥斯陆附近Romerike)一部族。

M

麦束之子(Scefing 5)：丹麦王希尔德的号。

矛狼（Garulf，18*）：费恩堡事变，弗里西王费恩手下第一个阵亡的年轻战士，古战之子。

墨洛温王（Merewioing，2921）：五至八世纪中叶，统治法兰克人的王室。

P

霹雳薪兄弟（Brosingas，1197；古冰岛语：Brísingar）：北欧神话中替爱神芙蕾娅造项链的四个匠人或"火矮人"。详见1196注。

R

犄族（Heaðobeardan，2026，2067）：费洛德和英叶德父子统领的部族，通说活跃于波罗的海南岸，艾尔伯河下游（今德国北部）。

瑞典人（Sweon，2472；古冰岛语：Svíar）：又名崖族，疆土在今瑞典中部，梵纳湖和瓦特湖东北。见2394注。

S

鲨石（Beanstan，523）：剑族首领勃雷卡之父。

伤心岭（Hreosnabeorh，2477）：高特地名。高特王雷泽尔死后，奥特尔和奥尼拉兄弟率瑞典军在此伏击高特人，引发第一次瑞高战争。

余力（þryð，Modþryðo，1931；古冰岛语：þruðr，拉丁语：Drida）："力量/骄横"，婚前为坏公主的典型，后来嫁给盎格鲁王奥法,竟成了贤妻良母。详见 1931 注。

W

瓦尔士(Wæls, 876；古冰岛语：Völsungr)："真正/合法的"（继
　　承人），英雄西蒙之父。见 875 注。

旺达尔人（Wendlas, 348；古高地德语：Wentil, 拉丁语：
　　Vandili)：鹿厅传令官乌父加的部族，日尔曼人的一支。

旺雷(Wonred, 2965)："无谋"，艾伏尔、沃尔夫兄弟的父亲。

威赫斯坦（Weohstan, Weoxstan, 2603；Wihstan, 2752；古冰岛
　　语：Vésteinn)："圣岩"，浪手族武士，威拉夫之父。早先效
　　力于瑞典王奥尼拉，后加入族人贝奥武甫的扈从。

威拉夫(Wiglaf, 2602；古冰岛语：Vöggr)："战余"，威赫斯坦之
　　子，贝奥武甫的亲戚和接班人，浪手族"最后的勇士"。

威兰(Weland, 454；古冰岛语：Völundr)：北欧神话中的神匠。
　　见 454 注。

威折将军(Wiðergyld, 2051)：髯族将领。

薇色欧（Wealhþeow, 613, 1162)：（神的）"凯尔特/番人女奴"或
　　"被（神）拣选的女仆"，罗瑟迦的王后，盎族公主。

翁弗思(Unferð, 499, 1165)："不和/纷争/无思"，人如其名，他
　　做了罗瑟迦的宫廷辩士。见 499, 1165 注。

乌父加(Wulfgar, 348)："狼矛"，旺达尔王子，鹿厅传令官。注
　　家由族名"旺达尔"推测，他来自瑞典乌普兰的凡德尔
　　(Vendel)或日德兰半岛北端(Vendill)。

沃尔夫(Wulf, 2964)："灰狼"，旺雷之子，艾伏尔的兄弟，高
　　特武士。

X

西福（Sigeferð, 15*；古高地德语：Sigfrit）："胜利平安"，短剑族
　　王子，席乃夫的扈从。

西蒙（Sigemund, 875；古冰岛语：Sigmundr）："胜掌"，瓦尔士之
　　子，北欧神话中的著名英雄。见 875,884 注。

希尔德（Scyld, 5；古冰岛语：Skjöldr，拉丁语：Scioldus）："盾"，
　　神话中的丹麦王。丹麦人亦称盾族、希尔德子孙。

席尔白（Hildeburh, 1071）："要塞"，霍克之女，东弗里西人首领
　　费恩的王后。她的儿子和哥哥席乃夫均死于费恩堡事变。
　　见 1067 注。

席乃夫（Hnæf, 1069；2*；古冰岛语：Hnefi）："拳头"，霍克之
　　子，半丹麦人首领，妹妹席尔白嫁给弗里西王费恩为妻。

Y

崖族（Scilfingas, 63）：即瑞典人。

亚伯（Abel, 109）：亚当与夏娃的次子，被哥哥该隐杀害。

叶夫沙人（Gifðas, 2493；拉丁语：Gepidae）：东日耳曼部族，哥特
　　人的近亲，是雇佣兵的一个来源。早先住在波罗的海南岸，
　　维斯瓦河三角洲附近（今波兰北部）。三世纪南下匈牙利建
　　国，六世纪为伦巴族所灭。

英格朋友（Ingwine, 1043；拉丁语：Ingvaeones）：即丹麦人。英
　　格，是北欧神话里的生育和丰收神（Ingvi-freyr），被希尔德
　　子孙奉为远祖。见 1043 注。

英叶德（Ingeld, 2025；拉丁语：Ingellus）：髦族王子，娶罗瑟迦女

儿芙莱娃为妻。

于门拉夫（Yrmenlaᶠ, 1324）：“巨剑”，丹麦军师艾舍勒之弟。

Z

战军（Guðere, 18ᶠ）：弗里西王费恩麾下一年长的武士。

朱特人（Eote）：又名巨人族，居住在日德兰（朱特）半岛，与丹麦
　　人和盎格鲁人为邻。见 903 注。

附录五

三国王室谱系

一、丹麦（盾族）

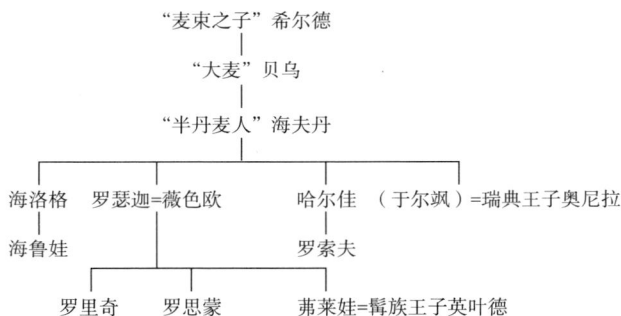

二、高特（风族）

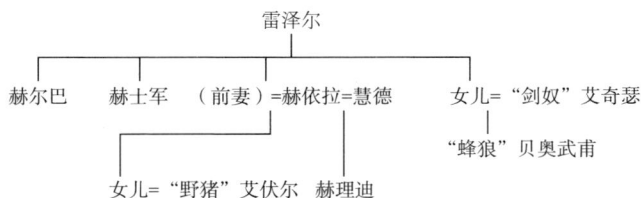

三、瑞典（崖矣）

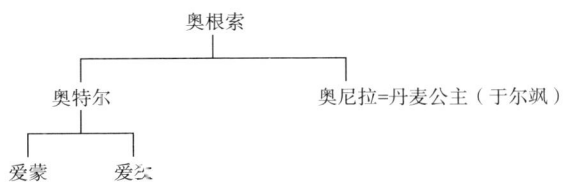

参考书目

一、《贝奥武甫》注本

Dobbie, Elliott, ed. *Beowulf and Judith*, Columbia University Press, 1953.

Jack, George, ed. *Beowulf: A Student Edition*, Oxford, 1994.

Klaeber, Friedrich, ed. *Beowulf and the Fight at Finnsburg*, 3rd ed. Boston, 1950; 4th ed. Toronto, 2008.

Mitchell, Bruce & F. C. Robinson, eds. *Beowulf: An Edition*, Oxford, 1998.

Wrenn, Charles, ed. *Beowulf and the Finnsburg Fragment*, 3rd ed. rev. W. F. Bolton. London, 1973.

二、译本

Alfred, William, et al. tr. *Medieval Epics: Beowulf, The Song of Roland, The Nibelungenlied, The Cid*, Modern Library, 1963.

Chickering, Howell, Jr. tr. *Beowulf: A Dual-Language Edition*, Anchor Books, 2006.

Donaldson, E. Talbot, tr. *Beowulf: A Prose Translation*, W. W. Norton, 1998.

Heaney, Seamus, tr. *Beowulf: A New Verse Translation*, W. W. Norton, 2000.

Mitchell, Stephen, tr. *Beowulf*, Yale, 2018.

Raffel, Burton, tr. *Beowulf*, Signet Classics, 2008.

Tolkien, J. R. R., tr. *Beowulf: A Translation and Commentary together with Sellic Spell*, ed. Christopher Tolkien, HarperCollins, 2016.

三、研究

Amos, Ashley. *Linguistic Means of Determining the Dates of Old English Literary Texts*, Medieval Academy of America, 1980.

Benson, Larry D. *Contradictions: From Beowulf to Chaucer*, ed. Theodore Andersson & Stephen Barney. Routledge, 2016.

Bliss, Alan J. *The Metre of Beowulf*, Oxford, 1958.

Bloomfield, Morton. "*Beowulf* and Christian Allegory: An Interpretation of Unferth", *Traditio* 7, 1951.

Brodeur, Arthur C. *The Art of Beowulf*, Berkeley, 1971.

Brøgger, A. W. & Haakon Shetelig. *The Viking Ships: Their Ancestry and Evolution*, Oslo, 1953.

Burlin, R. B. & E. B. Irving, eds. *Old English Studies in Honour of John C. Pope*. Toronto, 1974.

Chambers, Raymond W. *Beowulf: An Introduction to the Study of the Poem*, 3rd ed. Cambridge, 1963.

Chase, Colin, ed. *The Dating of Beowulf*, Toronto, 1997.

Crossley-Holland, Kevin. *The Norse Myths*, Pantheon Books, 1980.

Davidson, Hilda. *The Sword in Anglo-Saxon England*, Oxford, 1962.

Evans, A. C. *The Sutton Hoo Ship Burial*, British Museum, 1986.

Farrell, R. T. "Beowulf, Swedes and Geats", *Saga-Book of the Viking Society for Northern Research* 18, 1972.

Fulk, Robert. *A History of Old English Meter*, University of Penn Press, 1992.

Garmonsway, G. N. & Jacqueline Simpson, tr. *Beowulf and Its Analogues*, E. P. Dutton, 1971.

Ker, N. R. *Catalogue of Manuscripts Containing Anglo-Saxon*, Oxford, 1957.

Kiernan, Kevin. *Beowulf and the Beowulf Manuscript*, Rutgers University Press, 1981.

Lord, Albert. *The Singer of Tales*, Harvard, 1960.

Mitchell, Bruce & F. C. Robinson, *A Guide to Old English*, 8th ed. Oxford, 2011.

Nicholson, Lewis, ed. *An Anthology of Beowulf Criticism*, Notre Dame, 1963.

Paetzel, Walther. *Die Variationen in der altgermanischen Alliterationspoesie*, Berlin, 1905.

Pearsall, Derek. *Old Englsh and Middle English Poetry*, Routledge & Kegan Paul, 1977.

Pope, John C. *The Rhythm of Beowulf*, 2nd ed. Yale, 1966.

Robinson, Fred C. *Beowulf and the Appositive Style*, University of Tennessee Press, 1985.

——*The Tomb of Beowulf*, Oxford, 1993.

Smithers, G. V. "Five Notes on Old English Texts", *English and Germanic Studies* 52: 4, 1951.

Tolkien, J. R. R. *Finn and Hengest: The Fragment and the Episode*, ed. Alan Bliss. Houghton Mifflin, 1983.

Whitelock, Dorothy. *The Audience of Beowulf*, Oxford, 1951.

Wright, C. D. *The Irish Tradition in Old English Literature*, Cambridge, 1993.

四、历史文献

The Anglo-Saxon Chronicle, ed. Charles Plummer, 2 vols. Oxford, 1952.

Bede's Ecclesiastical History of the English People, ed. Bertram Colgrave & A. B. Mynors. Oxford, 1969.

The Blickling Homilies, ed. R. Morris. Oxford, 1967.

La Chanson de Roland, ed. T. Atkinson Jenkins. American Life Foundation, 1977.

Deor, ed. Kemp Malone. University of Exeter, 1977.

Elder Edda: *Die Lieder der Edda* hrsg. von B. Sijmons & H. Gering, 5 vols. Halle, 1925-31.

The German Epic Poetry: The Nibelungenlied, etc, ed. Francis Gentry & James Walter. Continuum, 1995.

Gregory, Saint, Bishop of Tours: *La Storia dei Franchi*, a cura di Massimo Oldori. Scrittori grecie latini. Roma, 1981.

Grettis Saga Asmundarsonar, Guðni Jonsson gaf ut. Islenzk Fornrit. Reykjavik, 1936.

Hrólfs Saga Kraka og Bjarkarímur, ed. Finnur Jónsson. Copenhagen, 1904.

Jordanes: *Getica*, ed. Theodor Mommsen, *Monumenta Germaniae Historica*, Auctores Antiqui, V. Berlin, 1915.

Liber Monstrorum, introduzione, edizione, versione e commento di Franco Porsia. Bari, 1976.

The Lives of Two Offas: Vitae Offarum duorum, ed. Michael Swanton. Medieval Press, 2010.

Njal's Saga, tr. Robert Cook. Penguin Classics, 2002.

The Poetic Edda, ed. Ursula Dronke. Oxford, 1969.

Saxo Grammaticus: *Saxonis Gesta Danorum*, ed. J. Olrik & H. Haeder. Copenhagen, 1931.

Snorri Sturluson: *Snorra Edda*, Arni Bjornsson bjo til pr. Reykjavik, 1975.

——*Heimskringla or the Lives of the Norse Kings*, ed. Erling Monsen. Dover Publications, 1990.

Tacitus: *Germania*, ed. J. G. C. Anderson. Oxford, 1938.

Þiðreks Saga af Bern: *The Saga of Thidreks of Bern*, tr. Edward R. Haymes. New York, 1988.

Visio Sancti Pauli, ed. T. Silverstein. London, 1935.

Völsunga Saga, hrsg. von Uwe Ebel. Frankfurt, 1983.

William of Malmesbury: *Willelmi Malmesbiriensis Monachi de Gestis Regum Anglorum libri quinque*, ed. William Stubbs, 2 vols. Rolls Series. London, 1887–89.

译注者简介

冯象

北大英美文学硕士
哈佛中古文学博士(Ph. D)
耶鲁法律博士(J. D)
清华大学梅汝璈法学讲席教授
兼治法律、宗教、伦理和西方语文

著/译有:
《贝奥武甫:古英语史诗》(1992;本事增订版,2023;浙江文艺修订版,2025)
《中国知识产权》(英文,Sweet & Maxwell, 1997)
《木腿正义》(1999;北大增订版,2007)
《玻璃岛》(北京三联,2003)
《政法笔记》(2004;北大增订版,2011)
《创世记:传说与译注》(2004;北京三联修订版,2012)
《摩西五经》(牛津大学,2006)
《宽宽信箱与出埃及记》(北京三联,2007)
《智慧书》(牛津大学,2008)
《新约》(牛津大学,2010)
《信与忘》(北京三联,2012)
《以赛亚之歌》(北京三联,2017)
《圣诗撷英》(北京三联,2017)
《我是阿尔法:论法和人工智能》(牛津大学,2018)
《先知书》(牛津大学,2020)
《历史书》(牛津大学,2021)
《圣录》(本事,2024)

(电邮:fengxiang@ post. harvard. edu)

一本书打开一个世界

欢迎订购、合作

订购电话：0571-85153371

服务热线：0571-85152727

HWÆT WE GARDE

na ingear dagum. þeod cyninga
þrym ge frunon huða æþelingas elle
fremedon. oft scyld scefing sceaþe
na þreatum moneʒū mæʒþum meodo setl a
of teah egsode eorl syððan ærest wear
ð fea sceaft funden he þæs frofre geba
weox under wolcnum weorð myndum þah
oð þ him æghwylc þara ymb sittendra
ofer hron rade hyran scolde gomban
gyldan þ wæs god cyning. ðæm eafera wæs
æfter cenned geong ingeardum þone god
sende folce tofrofre fyren ðearfe on
geat þhie ær drugon aldor ...ise lange
hwile him þæs lif frea wuldres weal der
worold are for geaf. beowulf wæs bren
blæd wide sprang scyldes eafera scede
landum in. Spa scea... ... ...hwæt godre
ʒe wyrcean fromum feoh ʒiftū... on fæder